# El libro del duelo

# Ricardo Silva Romero

## El libro del duelo

ALFAGUARA

Título original: *El libro del duelo*
Primera edición en Alfaguara: septiembre, 2023

© 2023, Ricardo Silva Romero
© 2023, de la presente edición en castellano para todo el mundo:
Penguin Random House Grupo Editorial, S. A. S.
Carrera 7 # 75-51, piso 7, Bogotá, D. C., Colombia
PBX (57-601) 7430700

© Diseño: Penguin Random House Grupo Editorial, inspirado en un diseño original de Enric Satué
Diseño de cubierta: Patricia Martínez Linares
Fotografía de cubierta: © Carlos Bernate

Impreso en Colombia-*Printed in Colombia*

ISBN: 978-628-7659-07-0

Compuesto en caracteres Adobe Garamond Pro

Impreso por Editorial Nomos, S.A.

*Para la familia Carvajal Londoño*

No es que esté muerto, no, es que nadie lo ve. Podría uno pensar que el mundo es ciego a él, a don Raúl Carvajal, pues la gente pasa y pasa y pasa a su lado —y sigue de largo y de afán— como si él ya no fuera el evangelista de aquel hijo que le mataron por negarse a matar, sino apenas un monumento a una guerra sin fin. Son las 8:44 a.m. Quizás sea muy temprano para la piedad y para el duelo. Tal vez sea mucho pedirles a los desconocidos y a los prójimos que le digan «buenos días, don Raúl» por el rabillo del ojo. Todos los días se toma la esquina de piedra de la Avenida Jiménez con la carrera Séptima de acá de Bogotá, que acá vienen a dar los ríos moribundos de estas mil tierras, dispuesto a contar su tragedia una y otra vez como si no la hubiera contado jamás. Pero la historia sólo empieza cuando alguien le pregunta por ella. Y hoy nadie lo está viendo, no, nadie lo ve.

Llegó hace media hora, un poco más, un poco menos, pues no es sólo un viejo erguido, sino un viejo muy puntual. Parqueó su pequeño furgón, el *JAC* de placas **SKZ-508** que parece un cucarrón blanco, en este cruce de calles que por obra y gracia de su relato de cada día —y de su puesta en escena sin rodeos— ya han comenzado a llamar «la esquina de la resistencia» y «la esquina de la dignidad». Se sacó las yucas de la espalda, crac, crac, crac, como despertándose de nuevo, apenas consiguió bajarse paso por paso de su camión. Se limpió las gafas con los bordes de la camisa de cuadros azulados. Se asomó a los cuatro puntos cardinales de una ciudad monstruosa, descomunal, que tiene el triple y es una derrota de las brújulas. Se arregló el bigote gris con las uñas largas. Se encajó el sombrero negro de ala corta que se ha estado poniendo desde que tuvo que tener memoria. Se santiguó, por si acaso, porque nunca le ha dado lo mismo empezar la jornada bajo la vigilancia de la iglesia de San Francisco. Pidió lo mínimo a su estampita de Jesús. Canturreó una zamba de Los Visconti, *aunque yo estoy muy lejos / del pago donde he nacido / le juro mi mamá vieja / que yo de usted no me olvido*, resignado a insistir e insistir en sí mismo, pero se tragó el verso siguiente para no despertar a los arrancaos que duermen allí hasta la mitad de la mañana.

Y así, sin más telones abajo ni más preámbulos de rito, se dedicó en cuerpo y alma al oficio de enlazar las pruebas y los retratos y las páginas que cuentan el asesinato del hijo que aún tiene su nombre.

Hoy le fue un poco mejor en el ceremonioso, prolongado, minucioso montaje de lo que le pasó a Raúl Antonio. Amarró las dos cuerdas de tendedero que amarra al semáforo plagado de avisos clasificados, al tubo verdoso de PVC en donde iza la bandera de Colombia y al poste de la luz que sirve de parada a las palomas del centro. Colgó los ganchos de ropa, y sujetó las fotografías de sus viajes a Tibú, a Pamplona, a Ocaña, a El Tarra, a San Calixto, a Convención, a Pueblo Nuevo, a Teorama, a cualquier parroquia, en fin, de donde aún no lo hayan corrido a empujones, y fijó los recortes de prensa en los que todavía ahora —debajo de titulares como *Habla el hombre que llevó el cadáver de su hijo a la Plaza de Bolívar* o *Raúl se fue a la guerra y no sé cuándo vendrá*— se cuenta su travesía para que ningún estómago se quede sin saber todas las mentiras y toda la verdad.

Paró un momento, un soplo, pues de un segundo al siguiente la mañana empezó a agarrar cara de madrugada. Miró justo arriba, al cielo parejo sobre su cabeza, hasta que comenzó a atormentarle la nuca. Bufó contra el sol bogotano por traicionero y por inútil. Y negó con la cabeza porque ya qué más.

Se puso el saco de algodón que dice **TAKE**, el saco deportivo café con los parches habanos y la capota de monje que se le ha vuelto su uniforme, su hábito, cuando el frío de aquí y sólo de aquí empezó a parecerle un complot. Se enfureció durante un par de segundos por culpa de la cremallera atascada, puto engranaje, puta vida, como se enfurecía cuando aún no era este padre forzado a la cólera y varado en la indignación, sino aquel acarreador paisa y bonachón que podía tener esos raptos de ira, más bien cómicos, que se le pasaban muy pronto. Se revisó los audífonos secretos e invisibles a ver si el silencio de hoy era su culpa. Se nubló él también entonces. Se puso serio, muy serio, y entrecerró los ojos luego de sospechar que la vejez le estaba haciendo daño otra vez.

Siguió porque seguir es nuestro sino y lo mejor siempre es seguir. Revisó el estado de las pancartas que denuncian —en las cuatro paredes de su furgón— a los títeres y a los titiriteros de esta guerra:

## EL 8 DE OCTUBRE DEL 2006 MI HIJO RAÚL ANTONIO CARVAJAL SUBOFICIAL DEL EJÉRCITO FUE ASESINADO POR MILITARES AL NEGARSE A HACER 2 FALSOS POSITIVOS QUE LE ORDENARON SUS SUPERIORES

| ASI INGRESÓ MI HIJO AL EJÉRCITO | ASI ME LO ENTREGARON | AQUI ESTÁN LOS AUTORES INTELECTUALES |
|---|---|---|

### HASTA EL DÍA DE HOY NI EL GOBIERNO NI LA CÚPULA MILITAR HAN DEJADO QUE SE INVESTIGUE ESTE ASESINATO

Se puso a atar el retrato tristón e impecable del hijo que se le parecía tanto a él, se puso a atar su retrato, digo, de soldado a punto de ser asesinado, a los espejos retrovisores del furgón. Se quedó viéndole un rato los ojos apachurraos y la boca fruncida como si hoy le estuviera rogando «papá: vuelva por fin de su odisea»: «Que yo ya no volví, mijo», «que su mamá sabe que yo no me voy a cansar de contar lo que le pasó a usted ni me muevo de acá hasta que no lo sepa todo el mundo», «pues porque a eso vine yo a la vida», «pues porque nadie se pone a guardar las notas de los periódicos», «y aquí me quedo yo hasta la

11

muerte si es necesario así me persigan y me espíen», «y que me aclaren el asesinato de mi niño, y, si no pueden, que entonces me manden a asesinar a mí también», le contestó entre dientes.

Se trepó en el furgón para acomodar en el techo el maniquí que ha disfrazado de su hijo. Puso todo en su lugar: las botas agrietadas, el pantalón verdoso del pasado, los brazos sucios y encadenados en las muñecas, la chaqueta camuflada, el rostro partido en dos como el rostro que le entregaron y la gorra de soldado sobre la gorra de viajero.

Desde allá arriba, cuando trataba de sacudirse los achaques y trataba de alentarse, le pareció sospechoso que no lo voltearan a mirar los vendedores de chécheres tirados en el piso, ni los vendedores de jugos en sus carritos con sombrillas. «Quizás son sapos», pensó, «quizás los haya mandado a espiarme el que les dio la orden». Hay días en los que ata los cabos a punta de imágenes fugaces y palabras sueltas. Hay días en los que está seguro de que le están cerrando el cerco. Se bajó del techo del camioncito con todo el cuidado, carajo, esas botas blancas se resbalan solas. Y, apenas volvió a pisar la esquina de piedra, no sólo se le quitó de un tajo el afán de ponerles el tatequieto, sino que notó una inesperada nostalgia por la vida que le produjo un poco de vergüenza.

Nadie quiere notarlo, no, nadie lo nota. Podría uno pensar que todos los que andan aquí, a las 8:48 a.m. de este lunes, son fantasmas aferrados a sus hábitos. Que el único vivo, en fin, es él. Se pone de pie, con los brazos cruzados, frente a su exposición de vida o muerte: su museo de su hijo, su furgón. Mira fijamente a los encorbatados de maletín que van al Parque Santander, y a las gerentes concentradas en las cuentas del día, y a los mensajeros en sus bicicletas desquiciadas, y a las estudiantes extraviadas en el peor lugar para extraviarse, y a los pasajeros de las cadenas de buses rojos y amarillos, pero ninguno le devuelve la mirada. Quizás el lío de fondo sea que a nadie le alcanza el tiempo para la compasión. Quizás lo mejor sea sentarse a ver qué están diciendo en la televisión.

12

Va a hacer eso. Va a meterse en la cabina a soportar el noticiero risueño de las mañanas cuando de pronto siente —con el sexto sentido de la calle— que esa señora parada en la esquina del viejo edificio de *El Tiempo* viene para acá.

Poco a poco, paso por paso por paso, va entendiéndole mejor el caminado a la vieja. No es una uñilarga ni una patirrajada que viene a pedirle plata para un pan. No va a ser un problema de los de antes. No está viniendo para pegarle un grito por revoltoso ni para reclamarle por qué se la pasa renegando de los comandantes de nuestra patria, pero jamás dice nada sobre los guerrilleros. No está loca. No parece. Se bambolea, mientras cruza ese par de calles y mientras elude los gentíos de la mañana, cubierta de mantas y mantas hasta los tobillos. Se frota las manos enguantadas, como si no quedara nada más por hacer, porque sólo aquí hace sol de las montañas para arriba y frío de las montañas para abajo. Está mirándolo a él, sí, es con él. Y no le quita la mirada hasta que lo tiene frente a frente, cara a cara, con el furgón a las espaldas.

Agacha un poco la cabeza en vez de decirle «buenos días, señor». Saca la mano izquierda y se la da con el puño cerrado, pero al menos se la da. Y luego le señala con el dedo la sucesión de documentos y de testimonios que él acaba de colgar en esta esquina que ha visto pasar a este país.

—Yo también perdí un hijo, don Raúl —le advierte.

Y don Raúl le asiente sin pausa y sin prisa, sí y sí y sí con la cabeza, porque las palabras se le agolpan y ninguna le suena adecuada a esa hora del día, hasta que ella le entrega un atado de billetes enrollados que se saca de entre las mantas.

Él le jura por Dios, con su mirada agradecida y su velocidad de la luz para hacer cualquier suma, que ahora mismo no está necesitando tanto dinero.

Pero ella le responde con las manos venosas, y sin abrir la boca, que se lo reciba por lo que más quiera.

—Se la pasan diciéndome que dizque el mío se me suicidó porque allá en el ejército, por donde andaba, no le dieron la paz cuando a él le dio por ponerse de parte de las protestas de noviembre —le explica—, pero vaya uno a saber.

Don Raúl responde no y no y no con los ojos entrecerrados y los labios señaladores. No espera un segundo más a que la vieja le pregunte «cómo fue lo del suyo» porque teme que ella también siga de largo y se le vaya de golpe. Pronto la está guiando por las fotografías colgadas en las cuerdas de tendedero, tal como le enseñó a hacerlo su amigo Carlos Castaño el bueno, y le está contando la historia desde el principio. Que él estaba viendo el noticiero una mañana como cualquiera, cuando todavía tenía mañanas como cualquiera, confundido por las noticias sobre cómo la mayoría de los dinosaurios están por descubrirse, sobre cómo hicieron las autoridades para hallar los restos del Carlos Castaño de los paramilitares y cómo será la búsqueda de los veinte mil desaparecidos por las autodefensas, y entonces sonó el teléfono, y era él.

—Mijo, ¿y qué?: ¿cómo está eso por allá? —le preguntó la última vez que hablaron.

—Papá: esto aquí está muy feo —respondió.

—No me diga eso, Raúl, como por qué.

—Porque me mandaron a matar a dos muchachos para hacerlos pasar por guerrilleros muertos en combate y yo dije que no.

—Ay, Dios, pues claro…

—Y yo creo que entonces yo me voy a retirar.

Pero antes de que pudiera hacerlo, antes de que pudiera devolverles el puesto y darles las gracias porque lo cortés no quita lo valiente, antes de traerse a la esposa y a la bebé a vivir en alguna casa del barrio en el que vivía su familia, y de venirse a trabajar con él, con su papá, en el Dodge largo y azul de aquel entonces, para viajar juntos y oír *y usted se fue para el cielo y mi alma llora y suspira*, y ayudarse de aquí a viejos por esos parajes de montañas abruptas y de precipicios pasmosos que le devuelven a uno el respeto por la tierra, le pegaron un par de tiros en la cara como si fuera cualquier cosa: un esqueleto, un maniquí. Y con esa noticia como de pesadilla —«papá: mire que llamaron a decir que mataron al Mono»— comenzó este viacrucis que algún día será resurrección.

Ningún padre debería venir al mundo a ser el evangelista de su hijo, pero la misión de don Raúl es seguir contándolo todo, jornada tras jornada tras jornada, desde el pasado hasta el presente, desde el comienzo hasta que algún día venga algún final.

Y a esta hora de esta mañana la única justicia que nos queda es que usted lo sepa y sepa que es verdad.

Ya había empezado el día. Todo sudaba. Y si mal no recuerda, la sala se les seguía calentando, 30 y 31 y 32 grados centígrados, cuando su hijo el soldado le dijo «papá: es que si yo no me voy, me matan». Ni los ejércitos salvajes, ni esas tormentas como cataratas podían con aquella casona de un piso en el barrio El Dorado de Montería, que era su puerto y también era su tregua, pero esa frase que sonó a presagio sí les detuvo y sí les prohibió la vida. Se les apareció como una grieta que dieciséis días después les abrió esta zanja. Les atragantó cualquier pensamiento que no fuera «lo van a matar, Virgen bendita». Les quitó la paz, sí, dígame usted quién sigue adelante con la jornada después de semejante profecía. Cómo se aferra uno a su rutina —al café, al baño, al viaje, al almuerzo, al regreso, al descanso y al sueño— cuando su niño está durmiendo entre asesinos.

Dios suele estar de parte de uno, pero a ratos permite que pase lo que tenga que pasar.

Cuando don Raúl Carvajal conoció a su Oneida Londoño, en el mercado de Montería, no había una sola señal de la tragedia. Él, que siempre fue un transportador, había arrendado un local para guardar lo que traía. Ella estaba trabajando con su prima Ochoa, Marcela, en la tienda de enfrente, porque se había venido del campo «para salir adelante»: «Y un día llegó el padre de mis hijos y me saludó muy amable y yo vi que le brilló el ojo cuando me vio». Él le preguntó a la vecina del negocio si la muchacha nueva tenía novio: «Esa peladita es muy trabajadora», explicó, «esa peladita es muy linda». Y empezó a traerle de los viajes los cuatro mejores pescados o las cuatro mejores yucas que se encontraba por el camino. Y le contestaba «regálelo si quiere porque ya se lo traje» si ella le decía «usted para qué me trae eso».

Se organizaron. Se llenaron de bendiciones. Tuvieron una niña que lo enterneció a él para siempre. Y se acostumbraron a una felicidad que pone todo lo demás en su sitio.

Hubo un tiempo en el que la familia Carvajal Londoño tuvo toda su suerte. Había cuatro hijos —y en general les iba muy bien— en el kínder de El Jardincito, en la primaria de La Ribera, en el bachillerato del Inem al otro lado del río. Se les veía juntos. Se les oía la risa de lado a lado de la casa. Se les decía por los dos nombres: Doris Patricia, Raúl Antonio, Richard de Jesús e Israel David. Se les engordaba un marrano para la Navidad. Se les traían los pavos de los recorridos por los pueblitos paisas. Se les reunían las dos familias, la sinú y la paisa, para comer y comer y comer tamales hasta la medianoche. Se les entregaban, en las bregas de la Nochebuena, los regalos que les enviaba el Niño Dios. Y ocho días más tarde se les llevaba a la playa a empezar el año siguiente.

Don Raúl dedicaba buena parte de las Nochevviejas a convertir la cabina infinita de su camión, el Dodge azul de placas **PAH 605** de ese entonces, en un salón para vecinos y primos y amigos. Trapeaba el piso del compartimiento hasta que por fin brillaba. Organizaba las sillas como las sillas de un baile. Subía las ollas y los cuencos. Y su señora, la enterísima Oneida, que desde principios del mes andaba diciéndoles «hay que ir consiguiéndose esa pocholada de cosas que hay que tener para el paseo», empacaba las comidas y las bebidas de todos sin perder el tiempo en pendejadas. Nadie tenía que pagarles nada. Si acaso, si les nacía, les daban las gracias. El día del viaje de fin de año se aparecían, en vestido de baño, a las cinco de la mañana. Don Raúl lo llamaba «madrugar a ser feliz».

Era su travesía favorita. Ningún agente le ponía problemas, en aquel entonces, por transformar el camión en estadero. Se dedicaba a hacerles caras charras a los niños —y luego les soltaba esa sonrisa que empezaba en los ojos y que los embrujaba— y se ponía a contar y a sumar los precios de las reses varadas en el horizonte. Agarraba la novena por los lados de los asaderos, que a esas horas eran arrumes de corotos a unos pasos nomás de la llanura, hasta dar con la glorieta que les corregía el rumbo. Se iba entre las tierras monótonas de La Ciénaga del Vidrial, por la carretera que iba a dar a Arboletes, de verde en verde mientras el día se iba agarrando confianza. Había más aire. Había más tiempo. De vez en cuando estallaba contra algún jeep imprudente, «¡qué está haciendo!, ¡maneje bien!, ¡párele bolas!», pero no daba miedo, sino risa. Y el camino seguía feliz y en paz.

El mar era el punto de fuga. Nada los frenaba. Volaban. La vía se les desenvolvía justo a tiempo como un silencio para siempre. Pasaban de largo por los caseríos, por las quebradas, por las explanadas verdosas y rojizas apenas detenidas por los árboles, por los pantanos, por esas estaciones de gasolina perdidas entre el calor acérrimo de los primeros días del año. Y una hora después, a veces un poco más, a veces un poco menos, Carvajal pisaba el acelerador porque le parecía ver la playa o giraba a la derecha por los lados de las haciendas imperiales para tomar la carretera a Puerto Escondido. Uno que otro montero de pocas palabras se les aparecía por ahí, entre el cielo vivo y la lejanía, a gritarles «¡feliz año!», pero a ratos parecían los últimos abandonados del mundo, todos juntos en el Dodge, y nada les hacía falta ya.

Saltaban del camión y corrían al océano a la velocidad de la arena: «¡Cuidado!, ¡despacio!, ¡ponga ojo!», gritaba, risueño, don Raúl. Y entonces quejarse era un crimen. Y aquella no era una jornada, sino una mañana hasta la noche.

Volver era triste. En El Dorado, el barrial plagado de mechones de pasto, en la margen derecha del río Sinú, donde los Carvajal Londoño habían comprado la casona aguamarina a quince mil, había cientos y cientos de personas con días de náufragos. Sobreaguaban. Ponían buena cara. Pagaban a tiempo, por vivir en sus propios lotes, las pequeñísimas cuotas que les cobraban los Fabra. Echaban pa'lante a pesar de las evidencias. Salían bajo sus sombrillas alicaídas —y, si no, hacían paradas bajo los arbolitos de un piso en las aceras a ras de tierra— dispuestos a santiguarse y a pedir clemencia en cualquiera de las iglesias pentecostales o de los recintos de testigos de Jehová. Caminaban en chancletas entre el lodazal, con sus baldes al hombro, a comprar un poco más de agua. Montaban sus puestos de fritos y de mangos, junto a los postes llenos de atados de cables, lo más lejos posible de los criaderos de bichos entre las aguas estancadas y los rotos de la calle.

Se iban al otro lado de la ciudad, en los planchones que cruzaban el río, a conseguir los remedios y las comidas y los bombillos que hicieran falta, pero lo más seguro era que todo se consiguiera a unas cuadras nomás.

Don Raúl les traía lo que más podía de sus viajes. Cuando volvía, después de sus periplos desde el noroccidente hasta el nororiente del país, las bicicletas y los mototaxis lo seguían como haciéndole una calle de honor para la bienvenida porque solía traerles bocachicos, patillas y chorizos: «Gracias, don Raúl, usted siempre usted». Odiaba a la gente tacaña, cují. Se parqueaba en las calles destapadas más tristes y más injustas, lejos de la barbería y la panadería y el ventorrillo que al menos limpiaban las cuadras, a pasarles de mano en mano lo que se pudiera. Después se arrimaba por el montallantas a ver qué. Y, según la fortuna, estacionaba un rato más junto al camión de la gaseosa, a tomarse una Kola Román o una Uva Postobón según el carro, para que les fueran oyendo la noticia de que ya iba a llegar el papá.

Sin falta se asomaba a las casas de paredes blancas y de lata, en las lejuras del barrio, a ver si podía darle alguna bolsa de fruta a la pobre mujer a la que se le ahogaron los tres hijos —les dijo «ya vuelvo», echó llave por fuera y salió a hacer un mandado— el domingo de la creciente de agosto de 1988. Si no la veía a la incurable, que poco se dejaba ver con toda la razón, entonces le buscaba el sitio al camión y se inclinaba hacia adelante para empezar a pie el camino de regreso. Mientras avanzaba, por los lados del colegio nacional y la droguería, las casas iban tomando colores muy vivos. De tanto en tanto pasaba al lado de alguna con rejas. Y cuando por fin llegaba a su sitio, y oía las cháchara y las carcajadas de sus hijos, se quitaba el sombrerito y se daba cuenta de que jamás se había ido.

Reconocía los pisos de baldosas, las sillas, los cachivaches, hasta que se los encontraba a todos en el patio de ladrillos grises y de árboles doblegados por su propio peso. Detrás de su señora de piel morena y joven, de la hipnótica e ingeniosa de Oneida, que se veía tan inteligente como era porque tenía el pelo corto y unas gafas pequeñitas, estaban los tres hijos risueños. Doris Patricia, su consentida, se le lanzaba a los brazos como rindiéndosele a un amor que es una honra: «¡Papi!». Richard de Jesús le hacía alguna broma porque no hay mayor gloria para un hijo que hacer reír a su padre. Israel David, que corría menos por la casa porque desde muy niño sufría del corazón, y que llegaba tarde a todo, hasta a las tareas del colegio, pero finalmente llegaba, le buscaba la sonrisa que le buscaban los niños.

Si ya iba a ser de noche en días de colegio, tocaba asumir que Raúl Antonio, el Mono, el sucesor que tanto le servía, estaba en su cuarto lustrando los zapatos del uniforme. Ya estaba aceitada la bicicleta que se había comprado a punta de limpiar los patios de las casas de la cuadra. Ya estaba contado el dinero que había ahorrado a punta de hacerle mandados a la vecina. Quedaba recibir al papá como a un héroe que siempre vuelve a casa. Y eso era lo que él hacía, «Papá: yo no lo oí llegar», «Papá: qué alegría verlo», con una reverencia y una devoción y un orgullo de viejo que sólo llegan a sentir unos pocos afortunados. Siempre fue así. Siempre fue la medida de esa familia. Había algo raro —algo como si supiera— en ese hijo.

Dios también querría que la vida fuera un paisaje, una quietud, pero es un drama plagado de peros.

Hubo un día, por ejemplo, en el que la familia Carvajal Londoño empezó a nublarse. Seguían a salvo, sí, tenían la misma voluntad de vivir con la que habían crecido. Iban y venían de la casa de la infancia, de los laberintos llenos de huellas de El Dorado, así ya no fueran mayores y niños, sino viejos y muchachos. Habían conseguido envejecer los seis, juntos e invictos, sin caer en las trampas que sabemos. Estudiaban. Trabajaban en lo suyo. Cada cual había seguido interpretando su papel en el reparto, el peregrino, la madre, el ejemplo, la audaz y el ingenioso, como si se tratara de subir una escalera. Y de un día de ayer al día siguiente se les vino encima la noticia de que Israel David, el hijo menor, el hijo rezagado, estaba muerto.

Había sido una figura apagada: «Nosotros fuimos un parche bonito», solía repetir Oneida, «hasta que se me enfermó el último niño». Ella se le pegó. Se negó a separársele un solo minuto porque sintió que perderlo de vista era perderlo. Fue un mal «bastante larguito» el que siguió. Clamó al cielo en voz alta, aquella madre, porque su hijo estaba que se le moría. «Y Dios escuchó mi llamado», decía cada vez que alguien le preguntaba, «e hizo un milagro de los milagros del Señor porque dio con el médico que me cuidó a mi pelado y se encontró con la fórmula para sanarlo». Cómo podía estar muerto a los diecinueve años ese hijo irresistible. De qué le había servido la recuperación. Para qué había hecho el bachillerato, de noche, en La Ribera. Qué gracia tenía haberse enamorado de esa novia, la compañera de sus primas, que estaba a punto de graduarse del colegio.

Se levantó ese último día, luego de la siesta del almuerzo, listo a recogerla a la salida de las clases. Se arregló la pinta. Y de golpe, mientras se sacudía el sopor y se miraba en el espejo de la habitación, se tomó la cabeza con ambas manos porque acababa de darse cuenta de lo que le iba a pasar en unos cuantos minutos nada más: «Yo creo que yo hoy me voy a morir», dijo, «yo voy a ser el primero de la casa». Doris Patricia le pidió que no dijera locuras, hombre, qué va. Y desde que le dijo «hasta luego», como se le dice a un hermano menor, empezó a sentir en el estómago revuelto lo que estaba pasando: que Israel David llegaba tarde, en su moto, a las puertas del colegio —«ella se fue en el bus para El Dorado», le decía una prima—, y se le venía encima un camión cuando emprendía el regreso.

Se lo llevaron entre plegarias a la Clínica de Montería, derecho y derecho y derecho por la sexta, con una pierna rota y el hígado estallado: «Dios mío, ayúdanos».

Cuando llamaron a la casa a darle la noticia a su madre, «ay, tía, mire que Israel David agarró en la moto por la carretera que están reparando ahí nomás al lado del colegio…», Doris Patricia ya llevaba una hora llorando a mares esa muerte.

De regreso del funeral, don Raúl les confesó a los que quedaban vivos, como con sorpresa, como con consciencia de todo lo que le puede salir mal a cualquier camión por el camino, que él sí perdonaba al conductor a pesar de todo: «Ese señor no salió de su casa a matar a nadie», les dijo. Pero sí se le vio y se le sintió muy triste, claro, así se fuera días y más días, así se perdiera entre las curvas y los despeñaderos de sus viajes. Poco se le ocurrió decirle a su señora Oneida, el espíritu en todos los cuerpos de la familia, aparte de hablarle de los designios del Señor y de abrazarla entre lágrimas. Durante los tiempos siguientes sintió punzadas en el estómago cada vez que se la encontró en el patio gris, extraviada, con el mismo vestido negro, dedicada a ordenar los objetos huérfanos de Israel David.

Él era capaz de ponerse a hacer cálculos de los suyos, «van 1.096 días, 26.304 horas, 1.578.240 minutos de luto ya», mientras se dejaba llevar por los caminos como se había dejado llevar su propio padre. Pero durante los días, las semanas, los meses siguientes, Oneida tuvo cara de sombra: «Murió mi peladito», balbuceaba. Y era lo lógico reconocer que jamás iba a recuperarse. Pero entonces, cuando ya sólo le quedaba morir, Dios le habló en el oído: «Dios le habla a uno al oído», insistía, pues le había dicho con toda franqueza «tú deja de llorar por ese ser querido tuyo que está mucho mejor conmigo que contigo», y esa voz la despabiló como el agua y le destapó los oídos para que le empezaran a entrar por fin las voces de aliento.

Fue el Mono Raúl Antonio, que en aquel entonces ya era el cabo Carvajal del batallón Antonio Ricaurte de Bucaramanga, quien acompañó a Oneida a resucitar. Una madre derrotada es un contrasentido: un descarrío. Y el Mono se dedicó a decírselo, «mamá: usted tiene que seguir viviendo porque si no qué», «mamá: a mí sí no me vaya a llorar así el día que a Dios le dé por llevarme», «mamá: hágame el favor de dejar ese luto porque su familia depende de usted», «mamá: levántese por todos los que siguen vivos», hasta que ella dejó de castigarse y empezó a pensar qué más ropa ponerse. Sirvió que Richard de Jesús le pusiera a su hijo, el primer nieto de la casa, el nombre del difunto: Israel David. Sirvió sentarse a escuchar a Los Visconti al lado de Raúl el viejo.

Después de la infancia, después del duelo, ni siquiera el más bromista de la casa se burlaba ni se quejaba del casete magullado que sin embargo seguía soltando versos redentores justo a tiempo:

*Zamba, de mi esperanza,*
*amanecida como un querer,*
*sueño, sueño del alma,*
*que a veces muere sin florecer,*
*sueño, sueño del alma,*
*que a veces muere sin florecer.*

El miércoles 20 de septiembre de 2006 a las 8:38 a.m. según el reloj del teléfono, un par de semanas antes del principio del fin, acababan de desayunar con las canciones nostálgicas de Los Visconti de fondo —y ya se habían repartido por la casa para comenzar el día mientras don Raúl veía su noticiero en el televisor de la sala— cuando entró la llamada que les recordó por qué diablos estaban tan tristes.

Era el Mono. Parecía una llamada feliz porque había empezado por la noticia del nacimiento de la segunda nieta de la casa: «Ya en diciembre se las llevo yo», les prometió en vano, «es una niña muy linda». Pero pronto, delatado por su voz temblorosa, empujado por la pregunta «mijo, ¿y qué?: ¿cómo está eso por allá» e incapaz de mentir desde muy niño, se puso a confesarles su suerte a media voz.

—Papá: esto aquí está muy feo —dejó dicho.

—No me diga eso, Raúl, como por qué.

—Porque me mandaron a matar a dos muchachos para hacerlos pasar por guerrilleros muertos en combate y yo dije que no.

24

—Ay, Dios, pues claro…

—Y yo creo que entonces yo me voy a retirar.

—Usted sabrá qué hacer porque usted ya está grandecito, mijo, usted es el que conoce cómo se mueve eso allá.

—Pero es que imagínese yo ponerme en eso, papá, yo veo que me tienen echado el ojo y que me miran mal y que me hacen cara de «usted pa' qué se puso de sapo», pero qué más podía hacer yo si esos no son los principios míos.

—Tenga cuidado, Raúl Antonio, véngase para acá más bien —intervino Oneida porque no le gustó nada el tono de la conversación.

—Mamá: es que si a mí me van a matar por eso, pues me matan —advirtió su Mono—: yo no voy a disparar nunca contra un inocente.

—Yo sé eso.

—Si me toca estar en combate, estoy, y si hay que disparar, disparo, porque ahí es la vida de un guerrillero contra la mía, pero yo a una persona inocente sí no la voy a matar.

Hicieron todo lo que se les fue ocurriendo para colgar la llamada sin aquella sensación de que acababan de irse por un barranco. Volvieron a hablar de la recién nacida: «Es bella, mi muchachita». Dieron vueltas y vueltas a los regalos del Niño Dios de ese diciembre. Se imaginaron un viaje de Año Nuevo a la playa como los que hacían cuando eran niños. Pero apenas se despidieron, «adiós, mijo», «adiós, mamá», a lado y lado de la línea se quedaron pensando que lo peor era posible. Quedaba por delante una mañana fúnebre. Se oía y se veía el calor, 33 y 34 y 35 grados centígrados, junto a la puerta de la casa. No sobraba echarle una mirada suplicante a la estampita de Jesús. Y preguntarle qué clase de mundo obliga a un padre a criar a su hijo entre la espada y la pared.

Hasta ahora empezaba la noche, 7:00 p.m. del domingo 8 de octubre de 2006, entre un aguacero que no había tenido principio ni iba a tener fin, cuando sonó el timbre del teléfono como una puñalada por la espalda. Doris Patricia no sólo supo que se les venía encima una mala noticia —un desplome y una avalancha— cuando apenas comenzaban a recobrar el aliento en esa casa, sino que tuvo claro cuál tragedia era. Que su hermano el cabo Carvajal ya no iba a cuidarlos a todos, ni iba a recibir el ascenso que merecían sus años de defender a este pueblo entre sus trochas, ni iba a retirarse en puntillas del ejército que amaba como amaba él todo lo suyo, ni iba a montar la tienda de ropa que había estado pensándose, ni iba a criar a la hija que había cargado en esos últimos días en la casa fiscal de Bucaramanga, porque había sido asesinado al mediodía.

Doris Patricia había sentido el estrujón en las tripas, el mapolazo que sentía siempre que alguien de su sangre se encontraba en peligro, cuando estaba terminando de tomarse el café del almuerzo: «Mierda», pensó, «por qué», pero no lo dijo porque sintió que decirlo era pronunciar y acatar una sentencia.

No había nadie en la casa a esas horas porque habían salido allí a la vuelta a hacerle una visita a una vecina. Ya la tarde se había acabado de acabar. Y, sin embargo, ella se negaba a dar por hecho lo que sospechaba.

Contestó la llamada de las siete en punto, tan sospechosa desde los primeros ring, ring, ring, como pidiéndole a Dios que no despertara todavía el dolor de sus padres. Quién, si no era ella, descendiente de los montañeros más pujantes e hija arrojada del Sinú, podía traducirle a esa familia la noticia de que ese domingo había pasado lo que su hermano les había advertido que le iba a pasar. Pensó «que no sea, que no sea», pues no quería ser la autora de la pesadilla, en el silencio breve de antes de decir «aló» a ese número desconocido. Sólo supo contestar «¿buenas noches?», con signos de interrogación a lado y lado, después de que una voz golpeada le lanzó la retahíla «buenas noches: le habla el mayor Cuervo, del Ejército Nacional de Colombia, para reportarle con dolor de patria la muerte del cabo Carvajal».

—Hubo una operación militar esta mañana en el cerro de El Martillo, por los lados de Tibú, que terminó en un enfrentamiento de un par de horas con una columna móvil del ELN —continuó con el aire recobrado.

—Dios mío… —pidió ella.

—Y, según se me informa, desde un rancho, entre una loma del alto, un francotirador de la guerrilla les disparó en la cabeza a tres soldados de los nuestros: Agudelo Cruz, Óscar; Carvajal Londoño, Raúl; López Arcila, José.

—¿Y entonces mi hermano está muerto?

—Sí, el cabo Carvajal cayó en combate.

Doris Patricia, curtida en el duelo por la muerte de su hermano menor, quiso soltar madureces y corduras que fueran terminando la peor llamada de su vida, pero solamente atinó a decir un par de «le agradezco mucho» mientras el mayor Cuervo le explicaba los pasos a seguir y le repetía su sentido pésame. Colgó cuando él colgó. Puso las manos en las rodillas, bajó la cabeza y abrió la boca para que el aire se le metiera en los pulmones porque ella sola no podía respirar. Se quedó mirándose fijamente los pies descalzos sobre las baldosas blancas, aturdida entre una niebla que hizo invisibles todas las palabras y todos los objetos de la sala, a la espera de cualquier cosa. Trató de recobrarse a sí misma, exhalar e inhalar, exhalar e inhalar, en busca de cierto valor.

Levantó la mirada, reducida a su pavor, con la ilusión de que nadie hubiera escuchado la conversación.

Oyó en una radio lejana *qué bonita fue esa noche / me trae recuerdos la noche /pensando en tu boquita de grana / bella noche.*

Pudo levantarse cuando ya no había alternativa. Dio vueltas por la cocina durante diez, quince minutos, pensándose «y ahora cómo les doy yo esta noticia a mis papás» y echándole un par de lavadas a su taza del café, hasta que comenzó a dudar de sí misma: ¿de verdad acababa de pasar lo que acababa de pasar?, ¿era en serio que ese señor con esa voz atropellada tenía así de claro que su hermano estaba muerto?, ¿cómo era el cuento del combate con la guerrilla, el rollo del cadáver en medicina legal, la vaina del funeral en la base militar de Puerto Carreño? Se aconsejó a sí misma, porque gracias a Dios estaba sola, llamar al hombre a preguntarle si ella sí había oído lo que había oído. Buscó el último número entre los últimos números. Marcó.

—Perdóneme la molestia, mayor, pero es que yo quería preguntarle a usted otra vez qué fue lo que pasó con Raúl Antonio —logró decir su cortesía quebrantada.

—El cabo Carvajal cayó en combate con otros cuatro soldados, señorita, no es ninguna molestia —contestó el hombre luego de tragarse un par de frases inútiles.

—¿Y usted sabe cómo?: ¿usted entiende qué fue lo que pasó?

—Fue que en el medio de una operación de contraguerrilla, en el Cerro de la Virgen de la vereda de El Tarra, un francotirador de las Farc le dio un tiro de gracia desde una loma.

¿Y dónde era eso? ¿Y qué hacía él en una brigada en el Catatumbo si hasta donde ella sabía hacía parte de un batallón de infantería de Bucaramanga? ¿Y podía aclararle, a riesgo de estarle poniendo un problema, si el combate había pasado en El Tarra o había pasado en Tibú? ¿Cuál de los dos era el nombre del cerro? ¿Y al fin de cuál guerrilla era el verdugo?: ¿del ELN o de las Farc? ¿Podía llamar a alguno de sus compañeros si es que alguno estaba vivo? ¿Cómo iba a darle a su familia, con esta opresión, una noticia que parecía una pela, una fuetera? ¿Qué le aconsejaba? ¿Qué podía decirles a sus padres cuando le preguntaran por qué iban a llevarse el cadáver para Puerto Carreño? ¿Era seguro, ciento por ciento seguro, que ese cadáver era de su hermano?

Se dijeron adiós, una vez más, luego de cumplir con los agradecimientos y las condolencias.

Tenía que ser su destino —qué más— darles a sus padres la noticia del crimen del mayor de sus hijos.

Esperó un poco en la sala, como en un anfiteatro, a que llegaran. Se respondió «mejor se los digo acá» cuando se preguntó si no sería mejor pegarles una llamada. Iba a marcar el número de teléfono de su papá —estuvo a punto de hacerlo— cuando entraron los tres a la casa de El Dorado.

Digo «los tres», no los dos, porque venían con su primer nieto columpiándose de las manos de los abuelos. No eran horas para Israel David, el hijo de tres años de Richard de Jesús, que solía dormirse mucho más temprano, pero es que había acompañado a don Raúl y a doña Oneida a hacer un par de visitas de fin de semana —quién no— a cambio de una pocholada de dulce de mongo mongo. Fue triste, muy triste, esa llegada, porque andaban echándose cuentos y riéndose. El abuelo y el nieto venían con aquel par de sombreros mexicanos, de pico de paja y de ala muy ancha, que se habían comprado para hacer reír al barrio. Se los quitaron y se los llevaron al pecho porque la mirada reacia de Doris Patricia les advirtió que se había terminado el domingo.

En un principio, no tuvo que decirles mucho, «¿qué le pasó al Mono?», «¿cómo así?», «¿quién le dijo eso?», «¿está segura?», sino a duras penas asentirles. Luego, obligada a espabilarse porque su mamá sentía un estrujón para siempre en las entrañas y su papá se preguntaba por qué la vida parecía empeñada en traicionarlo, se puso a armar el rompecabezas de la mala noticia. Pidió a Richard de Jesús, metido hasta el cuello en su propia rutina, pero siempre cerquita de su casa, que se encargara de hacerles compañía. Puso a su primo Elías a que estuviera atento a la noticia, «primo: hágame un favor», «péguese a la radio», «revíseme la prensa que eso tiene que salir en algún momento», porque ella iba a volver a llamar al mayor para repetirle las dudas de sus padres.

30

—Yo les voy a pasar a mi teniente Becerra para que él les explique mejor la situación —le advirtió, por última vez, aquella voz.

—Gracias —le contestó ella entre dientes para que su papá no le recriminara la buena educación en los peores momentos.

—Buenas noches, señorita Carvajal, le habla el teniente Becerra de aquí de la brigada treinta de infantería del Norte de Santander —intervino sin tomarse un respiro, y sin escuchar el «buenas noches» de ella, el encargado del trabajo sucio.

Y siguió y siguió soltando palabras entre el desconcierto de los dos, «su hermano el cabo Carvajal murió como un héroe de la patria en el cumplimiento de su promesa de defender al pueblo colombiano de la amenaza guerrillera», «cayó en combate hacia los lados del municipio de San Calixto abaleado por un insurgente de la columna móvil Arturo Ruiz de las Farc», «me corresponde a mí la tarea dolorosa de ponerlos al tanto a ustedes del paradero del cuerpo del soldado», «estamos haciendo los arreglos para enviarle el cadáver a la esposa» y «recíbame de nuevo mis más sinceras conmiseraciones», de tal modo que ella también se quedó sin aire: fue eso, su aturdimiento, su mudez, lo que empezó a poner al cianótico de don Raúl en estado de alerta.

Estaba quietísimo, como atado de pies y manos, como desmembrado, preguntándose «ahora qué», «ahora qué». Se estaba bogando la vida. Todo lo que no fuera este ahogo y este aturdimiento le sobraba. Tanto viajar por los paisajes más bellos y más solemnes que pueda ver un creyente, tanto matarse y levantarse en la madrugada al otro día para que su familia fuera una gloria, y ahora esta niebla, y entre esta niebla esta vergüenza, y entre esta vergüenza esta renuncia, y entre esta renuncia esta rabia, y entre esta rabia este pavor a seguir viviendo algo que no fuera la muerte de su hijo. Don Raúl oía bajito. Y a esa hora estaba oyendo si acaso un revoltijo de palabras, «amenaza guerrillera», «San Calixto», «conmiseraciones», hasta que le pareció entender que iban a llevársele el cadáver.

Se fue enrojeciendo, como en esos arrebatos suyos que no duraban ni un minuto —pero este, por supuesto, sí duró, y ya no fue una reacción, sino que fue una lucha—, y tuvo que levantarse a decir para que lo oyeran bien clarito que si no le entregaban a su hijo él no dejaba dormir a nadie nunca más.

Hasta ahora eran las 10:10 p.m. Ya habían caído las últimas gotas del aguacero. Don Raúl sintió que aún le quedaba tiempo para rescatar a su hijo, como si no fuera el cuerpo de su hijo y poco más, porque todavía no estaba acabado ese día. No se volteó a ver a su familia para no empezar la velación. No se despidió. Dijo «voy a decirle un par de verdades al primer moscamuerta de uniforme que me encuentre allá en la brigada». Se inclinó como siempre se inclinaba antes de dar el primer paso. Y salió a la calle, sin sombrero ni nada, y se puso a dar zancadas dispuesto a morir porque ya qué. Abandonó el barrio en menos de diez minutos. Se fue por el pequeño andén de la veinte, entre los charcos encogidos por el calor y una ventisca redundante, sin voltearse a mirar las carcajadas y las cháchatas que desconocían la tragedia.

En el viejo puente colgante, sobre las aguas opacas y verduscas del río Sinú, caminó por aquellos bordes angostos con la temeridad con la que caminaba veintipico años antes: iba unos pasos adelante, se resistía a mirar atrás y estiraba los brazos para que su primer hijo acelerara el paso, lo alcanzara y le tomara la mano.

Ay, su Raúl Antonio, que lo habían cuidado tanto desde niño —cómo les dolían a los dos sus raspones, sus dolores de muelas, sus quemazos— para que cualquier malparido acabara pegándole un tiro en la cabeza: «Perdóneme, Mono, yo he debido decirle a usted que se viniera para acá apenas pudiera», le dijo y le apretó la mano.

Quería morirse también. Quería que le diera un patatús, ya, punto final. Pero revivía de la rabia por la indiferencia de los carros que le pasaban al lado, la apatía de las vitrinas apagadas que empezaban a adivinarse en el camino, la indolencia de las tiendas que dejaban escapar *la herida que siempre llevo en el alma no cicatriza* sin saber qué les estaba doliendo a los demás. Cuando dio la vuelta en la esquina de la vidriera y la tienda de bicicletas, y tomó la carrera tercera con sus ganas de despertar ventana por ventana a este puto país que se fue a dormir hace dos siglos, sospechó que nada iba a importarle más de allí en adelante. Llegó a los almendros de la **DÉCIMA PRIMERA BRIGADA** un poco antes de las once de la noche: «¡Devuélvanme a mi hijo!», gritó.

El soldado que estaba en la entrada, protegido por un casco picudo, un fusil y un chaleco antibalas que no venía al caso, sólo atinó a preguntarle en qué podía servirle a semejantes horas de la noche. Don Raúl le explicó el asunto con la gramática de la rabia: «Me mataron a mi hijo quién sabe dónde y quién sabe por qué, pero ni siquiera quieren traerme el cuerpo para yo despedirme de él», consiguió decir. Pronto, o sea cinco o diez minutos más tarde, tuvo enfrente a un oficial que le pidió los datos «del cabo Carvajal» para ver qué más podía hacerse. Gritó «¡yo aquí lo entregué y aquí lo recibo!». Gritó «¡yo lo voy a velar en la sala de la casa como debe ser!». Y se puso a llorar como un niño porque no hay peor huérfano que un padre.

Una cosa era un accidente y otra muy diferente era un asesinato, se decía. Una cosa era atropellar a un hombre en una esquina y otra muy diferente era pegarle un tiro por la espalda. Mientras eso, mientras la espera le hacía crecer por dentro la sospecha de que el mundo entero era cómplice del crimen y la sensación de que al cielo le tenía sin cuidado esa pérdida que parecía un descuido de Dios, un capricho de Dios, Doris Patricia, su hija, consiguió hablar con un superior de apellido Cordero que volvió a explicarle que tenían que llevar el cadáver a Puerto Carreño porque esa era la tierra de la esposa. Ella se negó: su madre la estaba mirando desde la puerta de la cocina con cara de «a qué horas me traen a mi niño». Doris Patricia dijo «acá vamos a enterrarlo». Repitió unas tres veces «mi papá se fue hasta la décima primera brigada a reclamarlo». Y así, luego de un «espéreme un momento a ver qué puedo hacer», seguido de susurros de villanos, el militar le contestó que podían devolverles el cuerpo, pero que iba a salirles muy caro.

—Yo no sé si ustedes puedan pagarles los tiquetes aéreos a la viuda y a los tres funcionarios que tendrían que llevarlo —preguntó despojado de compasiones.

—Por supuesto que sí —le respondió Doris Patricia antes de que cualquiera de los dos se arrepintiera.

—Y también tendrían que cubrirles los gastos de la estadía y los consumos en el hotel a esas cuatro personas que le digo porque aquí no hay presupuesto para eso —contraatacó el encargado del mal.

—Nosotros pagamos todo —le contestó, a pesar del enfado, a pesar del sofoco, la astucia de ella—, pero ustedes tráiganlo ya.

A cuatro kilómetros de la casa de la infancia, a cuarenta minutos, a pie, de la sala en donde Oneida, Doris Patricia y Richard de Jesús empezaban a reunir dineros entre los familiares de Antioquia y de Montería para costearse el reencuentro con su muerto, y de paso confirmaban que nadie había dado la noticia del combate en ningún noticiero de ningún rincón de Colombia —«nada, tía, ni una sola palabra partida por la mitad sobre enfrentamientos contra la guerrilla», les dijo el primo Elías—, don Raúl Carvajal por fin pudo hablar con un subteniente de apellido Cabrales que le juró por su madre que ya estaba todo arreglado para que el cuerpo del cabo volviera mañana a su casa. Don Raúl se quedó mirándolo un rato largo, larguísimo, como preguntándole «y ahora quién los obligó», «y ahora por qué sí», pues no sabía que su hija había seguido dando el pulso para traer el cuerpo. Entrecerró los ojos hasta la locura para dejar constancia de sus sospechas. Se negó a ser el que dijera la siguiente palabra.

—Váyase a su casa, señor, que esto no le sirve de nada al ejército nacional, ni a su hijo, ni a usted —balbuceó entonces, por si las moscas, el subteniente salido de la nada—: váyase a su casa que nosotros se lo vamos a traer.

—Y si no, yo mañana me hago matar aquí mismo —le respondió don Raúl.

Olía mal. Las calles del barrio El Dorado eran un atascadero, un barrizal encendido por el sol. Las aguas del diluvio del domingo se habían apozado con las aguas negras, y los mosquitos aparecían y desaparecían en el aire que quedaba, porque los canales de desagüe —atrancados de basuras— no habían servido para nada. Las familias de las cuadras abandonadas empezaban a bajar las ropas y los chócoros que habían subido a los escaparates para que no se les mojaran. La casa cabizbaja de los Carvajal Londoño, allá abajo en la esquina junto al arbusto que se está quedando calvo, estaba limpísima porque ya andaban asomándose los vecinos, los compadres y los primos a hacerles la visita del pésame. Ya eran las 11:11 a.m. del día siguiente a la tragedia. Llevaban horas esperando el cadáver como si estuvieran esperando el dolor.

Oneida, de luto de madre otra vez, se había sentado en una esquina a asentir. Richard de Jesús estaba mudo porque cualquier palabra de más podía ser una agresión. Doris Patricia seguía haciendo las llamadas que podía hacer, «Saulito: ¿usted podría alojarme a una gente del ejército esta noche en el hotel?», «¿por dónde vienen ya?», pues la solidaridad de los amigos no alcanzaba a cubrir los gastos de la jornada. Y don Raúl, que odiaba vestirse de negro porque odiaba vestirse de traje, andaba por ahí calculando cuántos minutos y cuántos segundos habían pasado ya desde que el espíritu de su hijo había dejado su cuerpo. Y fue al final de la suma cuando aparecieron en la puerta de la casa, como cuatro alucinaciones que al menos daban por terminada la espera, los cuatro personajes sin pies ni cabeza que habían sido anunciados por el último de los oficiales de la noche anterior.

Se presentaron a regañadientes. Les pusieron el ataúd en el piso de la sala: ¡tas! Les dejaron el quepis de Raúl Antonio, con algo de altanería, en las manos suplicantes. Y después les dieron una bandera de Colombia para cubrir el féretro: «Su hijo dio la vida por el país en la frontera con Venezuela», dijeron.

Comandaba la pequeña comitiva un par de militares disfrazados de civiles, con modos de maniquís y de rangos imprecisos, sin ningún afán de contestar nada que no fuera «nadie aquí está autorizado a levantar la tapa de la caja para ver el cadáver del cabo». Detrás estaba la viuda, pero de golpe era una viuda muda, con su recién nacida en brazos, apenas capaz de pronunciar palabras sueltas cuando sentía las miradas de todos preguntándole cómo, cuándo y por qué: «Ay, qué dolor», repetía, «y ahora yo qué voy a hacer». Y pegada a su lado como una sombra ajena podía señalarse a una señora de apellido Pulgar que, aun cuando juraba ser la psicóloga de nosecuál batallón, en realidad parecía estar cumpliendo con la misión de impedir que los unos se pusieran de acuerdo con los otros en lo sospechoso y lo aberrante que era todo.

Después de interrumpir un puñado de lugares comunes de velación, «pero si el otro día me llamó a proponerme que pusiéramos un negocio», «pero si su niña acababa de nacer», «pero cómo pudo pasar esto», «pero si el Mono jamás peleaba con nadie», fue obvio que la misión de la doctora Pulgar era impedir a toda costa que la viuda —que ya no tiene nombre pues un día ya no quiso más tenerlo— se pusiera a hablar con cualquiera. Si había un par de soldados rondándola, vestidos de intimidantes hombres de a pie, era nada más para que nadie se le acercara a aquella mujer: ¿por qué escoltarla como una presa en custodia?, ¿para qué?, ¿qué secreto iba a revelarles o a escucharles que no le conviniera a la farsa patriótica de todos los días?

Todos quisieron hablarle. Todos. Pero pronto la dejaron convertirse en la prueba reina de que estaban diciéndoles mentiras.

Apagaron la radio que les daba las noticias del lunes porque nada perturba más a los muertos: «Se acercan las conversaciones de paz con el ELN», «denuncian irregularidades en la aprobación de la reelección presidencial», «misión contra la pobreza habla de veintidós millones de pobres en Colombia», fueron las últimas palabras.

Pusieron el cajón sobre la mesa del comedor, como corresponde, para que todo el mundo empezara a entender —entre el estómago— lo devastadora e inverosímil que era esa noticia. Velaron al Mono en puntillas como si estuvieran cuidándole el sueño a su niño. Susurraron, los que llegaban y los que se iban, lo juicioso, lo rubio, lo ojiclaro, lo generoso, lo solidario, lo capaz, lo valiente, lo buen hermano, lo buen hijo, lo buen soldado, lo recto, lo santo, lo envidiable que era: el cabo Carvajal era, se dijo y se repitió, uno de esos hombres unánimes que ponen de acuerdo a las mujeres y a los maridos. Quién más iba a mandar regalos de cumpleaños desde la selva. Quién más iba a transferirles dinero a los hermanos e iba a enviarles vestidos de flores a las tías en los días de licencia.

Hubo una hora, la de la modorra, en la que se quedaron solos con lo que fue él —y con él— en un silencio que parecía una trampa.

La viuda estaba dándole de comer a su bebé de veinte días para que dejara de llorar. La psicóloga del batallón estaba cabeceando, con la boca abierta, sin dejar de abanicarse y de espantarse el grajo. El soldado número uno le estaba ayudando al soldado número dos a hacer el crucigrama de *El Meridiano* de ayer.

Y don Raúl Carvajal, que en los peores momentos solía mudarse a una realidad digna de él y ya estaba pensando en irse de viaje para que el dolor se quedara en su lado de la cama, salió de su ensimismamiento y de su llanto con la idea de aprovechar esa tregua inesperada para abrir la tapa del féretro de su hijo. Es que estaba clavada con una manotada de puntillas: dígame usted por qué. Y, como él, don Raúl, iba a jurar por Dios que su muchacho seguía vivo si no lo dejaban ver con sus propios ojos su cuerpo deshabitado, echó a andar un plan para atrincherar a los enviados del ejército mientras echaban una mirada al ataúd. Cerraron la puerta de la calle. Richard de Jesús se fue a hacerles visita a los vigilantes. Doris Patricia trajo un cuchillo de cocina y un martillo. Y un par de minutos después tuvieron cara a cara al muerto.

Da taquicardia ese recuerdo: pumpum, pumpum. Da pavor y da ira y da llanto caer en cuenta de que estaban a unos pasos nomás de unos guardias capaces de cualquier barbarie.

Retuerce las tripas pensar y volver a pensar que estaban dispuestos a encontrarse con cualquier cadáver, con cualquier despojo, apenas pudieran abrir el cajón con la garra del martillo.

—Yo pensé que iba a estar descabezado —murmuró Doris Patricia apenas vio lo que vio—: yo pensé que solamente iba a venir adentro el cuerpo de mi hermano.

Sí, sí era él. Sí era el Mono. Tenía la frente partida en dos, le hacían falta un par de huesos en el cráneo y se le veía un ojo cercenado con sevicia desde la ceja hasta la órbita. Traía en los tobillos y en las muñecas señales de haber sido golpeado, amarrado, torturado. Estaba maquillado, encerado a más no poder, como si no hubiera sido un hombre sino un remedo, un añoviejo. Y de acuerdo con la mirada microscópica de Doris Patricia, que a esas alturas de la vida ya era instrumentadora quirúrgica, pero seguía siendo una curandera capaz de revivir a cualquiera que llevara su sangre, el orificio del disparo estaba tan suturado que más bien parecía que le hubieran dado un golpe con la cacha de un revólver. Y, sin embargo, sí era él.

Ay, Dios, con qué derecho le hicieron esto a usted. Cómo puede seguir pasando gente por la calle como si el mundo no hubiera llegado a su fin. Qué tipo de demonio hay que tener por dentro para agarrar a palo a un hijo que acaba de ser padre. Qué clase de ejército de qué clase de país permite que fusilen a un soldado por cumplir con su deber.

Oyeron los golpes en la puerta de la entrada: tuntuntún. Vieron la hora de la jornada de duelo: 2:22 p.m. Cubrieron el cajón con esa bandera tricolor, la del héroe caído, que más rabia les daba. Don Raúl Carvajal le susurró a Doris Patricia «vaya usted, que de usted sospechan menos», cuando empezaron a llegar más y más deudos, pues se habían puesto de acuerdo los dos —padre e hija— en salir corriendo a denunciar aquella trama macabra plagada de cabos sueltos. Ella se fue. Dijo «ya vengo, mamá, voy por café para la greca» sin saber si aún quedaba alguna bolsa en la alacena. Miró a Richard de Jesús, su último hermano, con cara de «le encargo a esta familia». Salió a la calle en busca de alguien que pudiera cumplirles la promesa de la justicia.

Se encontró entonces, en la acera arruinada por el agua y por el sol, un par de corrillos de militares de civil —eran ocho, nueve, diez más— con mañas de perros bravos. Definitivamente, esa no era la vida normal. Estaban viviendo un complot sin saber a dónde mirar. Nunca jamás pasaba que la casa de un soldado asesinado en combate se inundara de guardias.

No le preguntaron a dónde iba porque ella consiguió actuar como si fuera aquí a la vuelta: «Buenas tardes», dijo al aire y el coro le contestó «buenas tardes». Fue capaz de seguir su camino sin voltearse a mirar por encima del hombro, ay, Dios, algún día será revelado cómo y dónde y por qué eliges la parábola de cada cual. No se detuvo a saludar a nadie, no, ojalá hubiera sido invisible.

Cruzó el barrio. Cruzó el río. Tomó la avenida primera con la sensación de que un par de figuras oscuras e imprecisas estaban siguiéndola a unas cuantas zancadas. Pasó de largo por los predios de los cristianos, por el paraguas del árbol de la lluvia que estaba volviéndose un arco, por los tilos y los mangos y los aguacates del parque de la Ronda del Sinú. Llegó a la Fiscalía General de la Nación, al edificio ocre de ventanas cafés, columnas blancas y pequeños balcones para nadie y para nada, en veinte minutos apenas. Eran las 2:44 p.m. si la idea es ser exactos. No cruzaba ningún sospechoso por allí, un par de viejitas nomás, como si aún fuera domingo. El guardia de seguridad de camisa blanca y pantalón negro —su abuela sinú lo habría llamado «el sereno»— le hizo cara de hastío.

Preguntó por el conocido de un conocido de un conocido, sí, un investigador de apellido Lora que le habían presentado en unas fiestas del río de principios de siglo: «Quiero hacer una denuncia de una vez», aclaró. Lora, corpulento y engominado y con la camisa metida hasta el culo entre los pantalones de paño, no la reconoció en un primer momento, pero fingió que sí: «Algo supe», le dijo al vigilante, «hágala subir que aquí todo ciudadano es importante».

Doris Patricia nunca había estado en esa casona llena de fantasmas y de enredos. Dio las gracias a medias porque le tiritaba la voz. Subió las escaleras de piedra pintadas de blanco bajo las sombras y las luces de los descansos. Sintió que estaba llegando a un refugio, paso por paso por paso, pues tiene que haber un lugar aquí en la Tierra en donde nada ni nadie pueda quitarle a uno la paz. Pidió permiso, entró al salón que le dijeron y buscó la oficina del investigador que le iba a recibir la denuncia. Empezó a temblar cuando lo vio todo —la mesa, el computador personal, el teléfono vencido, el ventilador, el hombre vestido de confiable— porque entonces todo le pareció real. Algo hablaron antes de hablar. Algo del aguacero y algo de haberse conocido. Pero la verdad se desató cuando él le preguntó «en qué puedo servirle».

—Yo vengo a denunciar el asesinato de mi hermano —le dijo ella.

Puso el crimen en contexto: el cabo Carvajal, que le decían el Mono, dedicó nueve de sus veintinueve años de edad al ejército nacional, que quiso y respetó sobre todas las cosas con el mismo amor y la misma reverencia con las que se acercó a sus papás desde que tuvo uso de razón —y se santiguó sin falta ante el Señor, y puso su cama en orden en la madrugada, y tuvo el uniforme impecable en el amanecer, y cumplió sin rodeos la orden de proteger a los inocentes de sus enemigos—, pero hace poco cayó en desgracia en los cuarteles de Santander porque se negó a muerte a matar a un par de muchachos que no le habían hecho mal a nadie y ahora mismo estamos velándolo en la sala de la casa de mi mamá bajo la vigilancia de un poco de militares que no nos quieren mirar.

—¿Pero acaso a él quién lo mató? —preguntó Lora, el investigador, habituado a su desidia entre el calor.

—Nos dijeron que fue un francotirador de la guerrilla en un combate por los lados de Venezuela —le contestó ella en un esfuerzo sobrehumano por concederle el beneficio de la duda—, pero yo, que no sé de balística pero sí sé de cirugías, le vi una incisión debajo de la ceja que no cuadra con una herida de fusil.

—Esto es muy grave —reconoció el burócrata con la mirada puesta en la pantalla del computador.

Y se puso a hacerle preguntas para llenar las mil y una casillas del formato de registro de los hechos, «departamento», «municipio», «fecha», «hora», «relación con la víctima», «primer nombre», «segundo nombre», «primer apellido», «segundo apellido», «documento de identidad», «edad», «fecha de nacimiento», «lugar de nacimiento», «oficio», «estado civil», «caracterización», «contextualización», «circunstancia de tiempo», «versión de los hechos», «grupo armado al margen de la ley al que se atribuye el crimen» y «datos del presunto responsable», y luego miró al cielo de los funcionarios mezquinos como pidiendo clemencia por los soldados que pierden el norte, y después puso cara de hombre que está a punto de cumplir su deber.

—Nada cuadra con nada en esta historia —concluyó.

¿Por qué todavía no era claro si habían matado al cabo en Tibú o en El Tarra o en San Calixto?

¿Por qué a estas alturas del relato no se sabía si el francotirador era de las Farc o del ELN?

¿Por qué la víctima tenía la cara partida en dos y el cuerpo magullado y la ceja cosida si le habían pegado un tiro de frente de larga distancia?

¿Por qué tantos oficiales del ejército habían tratado de sabotear el funeral desde la noticia de la muerte hasta la velación?

Fue al final de esa sarta de interrogantes con vocación de respuestas que el portero se les apareció. No sudaba de calor, sino de miedo. Alguien allá abajo, en la puerta de adelante del edificio colonial, quería hablar con el investigador Lora. Parecía urgente e importante su recado. Era boquineto, boquinche, pero tenía pinta de mensajero del mal, de salamanqueja. Había mostrado una credencial de las fuerzas armadas —y sobre todo había descrito un cargo rutilante— que le servía para abrirse todas las puertas del país. El investigador Lora tenía que atenderlo ya, mejor dicho, de una vez, porque además iba de afán. Y sí: eso hizo. Imprimió la denuncia que acababan de llenar. Pidió a Doris Patricia paciencia con el caos del despacho: «Esto es un bololó», reconoció. Le entregó las hojas de su declaración para que le echara una mirada. Y sin más se bajó a atender el asunto.

Qué diría el Mono si la viera ahí, pensó, defendiéndolo después de la muerte. Qué haría él si el investigador de la fiscalía se levantara de pronto a atender algo más importante que una denuncia. Qué pensaría si empezara a demorarse diez, quince, veinte minutos allá abajo.

Todo se puso temible porque ella se quedó sola mucho tiempo. Dio miedo el ventilador. Dio espanto el rumor de las máquinas, el tactactac de los teclados de los funcionarios, el zigzagueo de las impresoras que cuando haya presupuesto habrá que cambiarlas, el zumbido de los estabilizadores de voltaje, porque todos los que estaban cerca estaban en silencio. El tipo apareció un rato más tarde, a las 4:22 p.m., cuando ella se estaba temiendo que se había metido en la boca del lobo. En realidad estaba pensando en mandarle un mensaje a su papá desde el teléfono celular, y andaba ideándose cómo salir de allí y cómo llamarlo a advertirle que esto cada vez era más raro, pero luego le entró pánico —verdadero pánico— por la sola posibilidad de que se metieran con él.

Y llegó Lora, cariacontecido, con los puntos sobre las íes, resignado a darle un mensaje. Se sentó en el borde de la silla que estaba matándole la espalda. Se volvió un hombre cabizbajo: un niño forzado a aceptar su edad. Estiró la mano en vez de reclamarle a ella las hojas de la denuncia. Y dijo lo que dijo:

—Creo que lo mejor para los dos es que hagamos de cuenta que esta declaración no pasó.

—¿Por qué? —le preguntó ella, estrujada e impedida por el pavor, pues hubiera sido cobarde callar.

—Porque sí —contestó él mientras hacía trizas los papeles de la denuncia—: porque queremos vivir.

Porque aquí lo que diga el ejército es verdad. Porque mañana o pasado mañana la gente de los batallones del Norte de Santander va a entregar el informe definitivo para que quede claro qué pasó. Porque nada, ni la justicia, va a revivir ya al cabo Carvajal. Porque dentro de muy poco va a empezar a oscurecerse. Porque usted debería estar en su casa acompañando a sus papás, al hermano que le queda y al sobrino que se pone los sombreros mexicanos para hacer reír al barrio. Porque ya debería ser obvio para ustedes, por la muerte de Israel David, no sólo lo fácil que es morirse —basta un camino—, sino lo largo que es un duelo de estos. Porque si uno se queda callado el mundo se calla también. Porque es, ha sido y será mejor dejar así.

No supo, jamás, con qué valor volvió a la casa. Se despidió, «gracias por su tiempo», cuando el investigador Lora lanzó su declaración destrozada a la caneca de plástico que tenía debajo del escritorio. Se dio cuenta de que temblaba por dentro y por fuera, sí, en la salida llena de ojos de la fiscalía, en el cruce de las calles desiertas, en la ronda del parque llena de muchachos, en el planchón para cruzar el río que tomó como diciéndose «si me van a matar, me matan en la otra orilla» —y a nadie le importaba que fuera tan bello y fuera tan corto ese viaje entre los siseos de la tarde de su tierra—, pero sobre todo notó su derrumbe cuando regresó a El Dorado, «dale Señor el descanso eterno», «brille para ella la luz perpetua», a empezar una vida en los márgenes de la vida.

Olía mal el barrio. Un par de señores con cascos y con tapabocas trataban de destapar los desagües. Se estaban secando, resecando, las huellas de barro y de charcos apozados que durante un par de días más seguirían describiendo la romería a la velación del cabo Carvajal. Toda la cuadra la estaba mirando desde todas las ventanas. Toda la gente le estaba lanzando sonrisas de paso. Apenas entró a su casa, con las piernas vencidas y los pulmones advertidos, vio a sus padres achicados, plegados por el dolor. Se le acercó a don Raúl a susurrarle lo que acababa de pasar. Le dijo «tengo miedo». Y él respondió «yo no porque yo estoy muerto» con su voz de «que me oiga todo el mundo».

Le enterraron a su hijo en el **Cementerio Jardines de la Esperanza**, a diez minutos de la casa de El Dorado, la mañana después de la velación. Superado el portal de tejas coloniales y de cables atados a los postes del lugar, que era un laberinto de colmenas de sepulturas pintadas de blanco, se encontraba uno con hileras e hileras de acacias rojas que temblaban cada vez que pasaba un espíritu de largo. Sobrevivían de milagro, por las orillas de los caminos con vocación de calles de honor, unos cuantos arbolitos de corales amarillos que nadie se volteaba a ver. De vez en cuando uno, si se perdía de tanto caminar junto a los muros limpísimos del camposanto, terminaba tropezándose con piezas de cinc y con montículos de piedritas y con vigas maestras de lata, y era claro que nadie estaba allí porque quisiera y era obvio que iba a dar allí lo que ya no se iba a usar. De resto, todo era bello y era verde y florido para nada.

El entierro fue extenuándolos, postrándolos a todos, porque esa es la función de los entierros. Nadie pudo decirle a la viuda sin nombre ni apellido, que luego de ese día desapareció, nada que no fuera «yo lo siento mucho, señora», «Dios nos da fuerza, mujer». Nadie tuvo la fuerza en las rodillas para exigirles a los escoltas que confesaran quién estaba detrás de ese crimen tan burdo, tan cerril. Nadie se puso a cuestionar el lugar de la sepultura, tan poco en paz, tan deslucido, porque se los prestaban por tres años y no había dónde más. Hubo llantos. Hubo un par de desconciertos porque en el funeral de al lado un pote exasperado les gritó a sus niños «ustedes sí salieron fue igualitos a la mamá: ¡llorones!» y porque una tía quebrantada se dedicó a confundir la muerte de Raúl Antonio con la de Israel David. De resto, se oyó «Señor, escucha en tu bondad nuestras súplicas ahora que imploramos tu misericordia por tu siervo, Raúl, a quien has llamado de este mundo: dígnate a llevarlo al lugar de la luz y de la paz para que tenga parte en la asamblea de tus santos». Y se oyó «por Jesucristo, nuestro Señor, amén».

Y se quedó allí su Mono, en una torre de urnas de soldados, resignado como todos los muertos —aunque no fuera uno más— a un rincón por siempre y para siempre.

Volvieron a la casa a esperar el fin del día. Don Raúl Carvajal se sentó en el banquito cojo del patio de atrás a escuchar, en la radio, que las remesas de los exiliados habían sido un alivio para la economía nacional, que cada seis días moría una colombiana a manos de su esposo, que los jefes de las autodefensas habían sido trasladados de cárcel, que cada día quedaba más expuesta la relación de ciertos legisladores con los peores asesinos del país, que la guerrilla de las Farc, omnipresente a pesar de los golpes que estaban dándoles, había estado haciendo una serie de jugadas para construirse su propio barrio en el sur de Bogotá. Puso algo de música. Se quitó las gafas y se rascó los ojos miopes y se dedicó a mirar a la nada para que todos los que lo conocieran de memoria se dieran cuenta de que ya estaba pensando en viajar.

Salió un par de semanas después en su Dodge azul rey de estacas, el camión modelo 73 que se había comprado con los tres millones que le había dado su Mono un par de años antes, por las plazas de Sucre, de Bolívar, de Córdoba, de Antioquia, de Santander:

—De este camión es que vivo —les dijo en voz alta antes de salir— así yo no quiera vivir.

Hizo lo que había hecho siempre, al pie de la letra, porque qué más puede uno hacer. Siguió con las cargas y con los trasteos. Llevó bultos de arroz de un pueblo al otro. Compró y vendió patilla, palma, ñame, mango, plátano, pescado, mientras dejaba dar vueltas y vueltas al casete de Los Visconti para que se minara como todo en este mundo: *Si supieras el dolor que llevo dentro de mi alma / que no puedo hallar un momento de calma / que libre a mi pecho de este gran dolor.* Calculó los minutos sin el Mono. Y poco lo dijo porque poco quiso hablar, pero en tantos atajos olvidados, que nunca serán pavimentados pues sólo los toman los que nadie ve, se la pasó preguntándose por qué seguía con vida el padre que se dedicaba al rebusque y no el hijo que empuñaba al fusil del ejército para servirle a la patria.

Hubo gente que de verdad pensó que la vida le había seguido de largo. Que como tantos padres desabrigados el viejo don Raúl Carvajal se iba a dedicar a malvivir, de recorrido en recorrido en recorrido, con ese duelo encajado en el hígado hasta que un día le hiciera metástasis. No era así. De ninguna manera. Se negó con pies y manos a que le llegara el día después. Pasó el tiempo, enero, abril, septiembre, marzo, agosto, noviembre, en el marasmo y en la inercia de las andanzas, pero él se quedó viviendo una y otra vez la jornada de la noticia: la jornada que iba de la negación a la ira. Contó el asesinato de su hijo, «el que más se me parecía a mí», a cada desprevenido de cada parque de cada pueblo a donde iba. Y si se veía muy solo, debajo del árbol de las salchichas de la plaza de Sincé, por ejemplo, lejos de las orejas mezquinas que seguían confiando en el gobierno de la mano en el corazón en el que todos confiaron a ciegas, le echaba una llamada llena de susurros a su hija para volver a armar el rompecabezas entre los dos.

Fue en la última banca de la iglesia de la Natividad de María, el templo blanco de Sincé, en Sucre, donde empezó la conversación que les oyeron.

No había sino un rastro de nubes en la plaza. No se veía el sol en el azul celeste, sostenido por las colinas, que se tomaba cualquier horizonte donde uno pusiera la mirada. Pero hacía tanto calor, 30, 31, 32 grados centígrados, en medio de desconocidos sin piedad, que prefirió refugiarse en la capilla a sentarse en cualquiera de las gradillas de piedra. Cuando ya estaba de rodillas, en el último reclinatorio del santuario, le entró la llamada de Doris Patricia, su hija. Sabía qué le iba a decir. Quería hablar y hablar una vez más, por supuesto, de los papeles de medicina legal que tenían en sus manos. Pero también

—porque desde niña ha sentido lo que la familia está sintiendo— quería pedirle a él un poco de cordura, de prudencia.

—¿Pero usted qué hace por allá, papá? —preguntó su pavor a perderlo.

—Vine por un cultivo de yuca que nadie más quería llevar —le confesó como si él fuera el primer sorprendido con su paradero.

—Pues tenga muchísimo cuidado que, según me dijo el primo esta mañana, es por la cabecera de ese pueblo que están metiendo en nosequé fosas a todo el que den de baja.

De tanto enterrar guerrilleros caídos en combate, guerrilleros supuestos y sin nombres que llegaban apilados, de cuatro en cuatro, en camionetas del ejército, se estaba volviendo un infierno buscarle lugar a un muerto de uno en el pequeño cementerio de Sincé. Hedía. Ya no había más bóvedas en el camposanto. Los N. N. se les estaban volviendo una carga a los sepultureros. Podía pasar que apareciera alguna familia dispuesta a todo con tal de encontrar e identificar el cuerpo del hijo que se le habían llevado a una finca a punta de engaños —«se fue sin despedirse», denunció una madre, «iba sin zapatos ni nada»— y luego aparecía como un desconocido abatido en Sincé. Pero muchos cadáveres se quedaban allí, sin deudos, para siempre.

—¿Qué le iba a decir yo a usted? —le dijo don Raúl a su hija para volver a lo suyo—: ¿sí pudo ver lo que le dije?

Sí lo había visto y lo había visto un par de años ya. Se trataba del reporte de medicina legal de la necropsia al cadáver del Mono. Y a ellos dos, al padre y a la hermana del caído, solía confirmarles lo visto y lo cuchicheado en los nueve días del funeral.

Que lo habían asesinado en «completo estado de indefensión». Que un puñado de malnacidos lo habían amarrado de pies y manos con cuerdas muy gruesas. Que luego lo habían torturado antes de pegarle un disparo en la cara.

No había caído en combate porque el combate jamás había ocurrido. Sin lugar a duda era una simulación macabra. Era un engaño, de hombros encogidos, en un país en el que todos los tiempos eran tiempos de guerra. El informe oficial, firmado por un teniente de apellido Vaca, repetía aquella versión que tanto les había costado fabricarles: que todo había sucedido **«en el desarrollo de la operación SERPIENTE, que se inició el día 28 de septiembre de 2006, con la participación de la unidad DESTRUCTOR UNO, bajo el mando operacional del comandante de la Segunda División y de la Brigada Treinta en jurisdicción del municipio de El Tarra»** y **«el cabo primero Raúl Antonio Carvajal Londoño fue muerto el día 8 de octubre de 2006 cuando la citada unidad sostuvo un combate con la columna móvil Arturo Ruiz de las Farc».** Pero el reporte del intendente Mendoza, comandante de la estación de policía del lugar, juraba que no había ninguna noticia de enfrentamientos —en aquellos días de octubre— entre el ejército nacional y los grupos al margen de la ley. Y el personero municipal confirmaba esa verdad punto por punto: «Para las fechas citadas no hay registro de irregularidades en la zona», decía en su propio documento.

Fuera como fuera, además, ese que no querían y no querían dejarles ver no era el cadáver de un soldado asesinado en el fragor de una batalla sin gloria, sino un muchacho ejecutado a sangre fría por negarse a la bajeza: por cometer la honorabilidad en los días de la corrupción.

—Hija, ¿entonces usted cree que esto se va a quedar así? —le preguntó don Raúl a Doris Patricia, ya en la plaza de Sincé porque le habían pedido que hiciera silencio en la iglesia, luego de repetir y repetir las contradicciones entre los reportes estatales—: ¿usted sí cree que esta gente va a salirse con la suya?

—Pero es que a quién más le dice uno —le contestó ella a él y al aire.

A quién más si ya habían entregado las cartas y los documentos y las fotos de medicina legal que se les aparecían hasta en los sueños, y que él cargaba en una mochila que se le había vuelto la cabeza, en los escritorios mayúsculos de la Unidad

Nacional de Derechos Humanos, del Alto Comisionado de las Naciones Unidas para los Derechos Humanos, del Comité de la Cruz Roja Internacional, de la Oficina de Derechos Humanos de las Naciones Unidas, del Movimiento Nacional de Víctimas, del Ministerio Público de la Procuraduría, de la Fiscalía General de la Nación, del Ministerio de Defensa, de la Presidencia de la República y de la Conferencia Episcopal. Cuántas filas y filas y filas malencaradas e interminables, lloviera, tronara o relampagueara, iban a hacer. Cuántas veces más podrían escuchar «vuelva mañana», «vuelva la otra semana», «de parte de quién», «llame más tarde». Hasta cuándo «hoy no», «véngase el lunes», «es que está en un permiso», «quién le dijo a usted que eso era acá», «no señor: es por allá».

Hasta cuándo tendrían esta misma paciencia para sacarles los certificados y rogarles las firmas y mendigarles los sellos. Hasta cuándo soportarían las miradas de asco en las ventanillas.

—Hasta cuándo, papi, dígame —siguió pensando Doris Patricia, en voz alta, como quien lanza una plegaria por si acaso.

Don Raúl Carvajal no supo qué decir. Se sentó en las escaleritas rojas de la estatua de Bolívar, habituado a permitirse la derrota cuando nadie estaba viéndolo, y se despidió de su niña como mejor pudo. Se quedó un rato viendo el piso de granito. A duras penas salió de su enfrascamiento cuando un par de niños remangados que se estaban persiguiendo, uno con la camisa verdosa, el otro con la camisa de cebra, se detuvieron enfrente porque aquel viejo monumento era el refugio de su juego: la base, la tierra de nadie, el sitio en donde ninguno podía atrapar al otro. Los niños cayeron en cuenta de su presencia, dijeron «perdón», «perdón», y bajaron la mirada como si cualquier adulto del mundo estuviera en la capacidad —y tuviera el derecho— de pegarle a uno su buen regaño. Él les frunció el ceño, en broma, antes de soltarles la sonrisa suya que le daba la vuelta a cualquier día. Y ellos soltaron un par de risitas agradecidas y se fueron.

Se paró de allí, cuando recobró las fuerzas ajenas y destrabó las rodillas, dispuesto a seguir con su viaje. Buscó su Dodge en el borde de la plaza. Se fue camino a la casa por las hondas pero llanas terranías de Los Limones, de Las Llanadas, de Sabanalarga, de Sampués, de San Mateo, de San Andrés de Sotavento, de Ciénaga de Oro, de San Carlos, silenciado por los valsecitos criollos de los dos hermanos Visconti: *Felices los que tienen el calor de una casita / dichosos los que viven siempre al lado de los viejos / a ellos los envidio porque yo no tengo a nadie / a quien contar mis penas y mis desesperaciones.* Estuvo a punto de parar a gritarle al presidente de la república, cuando pasó por las tierras lentas y venteadas de su finca en El Ubérrimo, pero siguió porque sintió que su hija lo llamaba.

Durmió un poco a la orilla verde y más verde de un caminito que iba a dar a ciertas fincas ganaderas. Se despertó un par de horas después, de sobresalto, porque estaba soñando que su esposa andaba encerrada en el patio de la casa. Recobró el rumbo hacia Montería, hacia el barrio El Dorado, hacia su casa aguamarina que no tenía la culpa de nada, pero antes de volver con su familia logró deshacerse de los bultos de yuca en el mercado del sur que tantas veces había estado a punto de quebrarse. Se los entregó por una plata justa a Ezequiel, el de la sombrilla de colores bajo el tilo de hojas grandes, para que las vendiera en las mantas que ponía sobre el piso. Deambuló por los callejones hechizos del lugar, a ver si les llevaba algo, pero después le sonó más serio regresar con plata.

Ya había oscurecido cuando llegó a la casa. Había luces amarillas de Navidad en los refugios de los vecinos —y había afonía y opacidad en el suyo— porque estaban a un par de días de comenzar las novenas de aguinaldos.

Doris Patricia estaba en la mesa del comedor, despabilada por la ansiedad que sentía desde el día de la noticia, tomándose un café cargado que le había hecho a él porque estaba sintiéndolo a unas cuadras. Se le alumbraron los ojos de cuando era su niña consentida apenas lo vio entrar: «¡Papá!», «¡hijita!», se decían y se dijeron. Se lanzó a darle un abrazo, a tomarle las manos venosas y heladas entre las manos de ella, porque entonces se la pasaba haciéndose recuerdos por si a alguien le pasaba algo más. Él le pregunto con la mirada dónde estaba su señora Oneida. Ella le susurró que estaba en el cuarto de los papás viéndose *La hija del mariachi* sin ellos. Pero no lo dejó ir a decirle las cosas bonitas que le decía, no todavía, porque lo había estado esperando para contarle en dónde estaban parados.

—Pero qué puede habernos cambiado de ayer a hoy, carajo —le reclamó, arrebatado, don Raúl.

—De ayer a hoy supe que no era ninguna psicóloga la tal psicóloga que el día de la velación andaba para arriba y para abajo con la viuda de mi hermano —insistió ella como diciendo que la historia hasta ahora estaba comenzando—: es la esposa de un militar de la brigada.

—Tenía que ser —le reconoció soltándole la mano con suavidad.

—Y un poquito más tarde me enteré de que esos delincuentes nos están oyendo las llamadas.

—Quién dijo —le exclamó don Raúl cuando ya iba a irse en busca de su esposa—: qué pasó.

Y cómo, cuándo, por qué pasó: el día anterior, dos horas después de la llamada de Sincé a El Dorado en la que se habían puesto en la tarea de armar el rompecabezas, una voz del ejército que se negó a bautizarse a sí misma la llamó a decirle «Doris Patricia Carvajal Londoño: estamos reunidos aquí, en una sala de una brigada que los conoce a ustedes de memoria, para dejarle clarito que no nos ha parecido de buena fe que hayan ido a las fiscalías a echar mentiras, ni que hayan indagado en las filas cosas que nunca pasaron, ni que hayan mandado denuncias de sapos a los superiores: si el cuerpo del cabo primero tiene fracturas es porque lo amarramos con un cinturón para que no se desparramara y se nos cayó en el camino y una rama la partió la frente».

Ella, con las reacciones de sus padres en mente, acostumbrada, a esas alturas, a ser la mensajera perseguida e intimidada de la familia, les preguntó «qué más quieren»: la voz le contestó «queremos que les haga entender a sus papás, a la señora Oneida y a don Raúl, que lo mejor es que sigan tranquilitos con sus vidas porque aquí nadie maltrató, ni mató ni torturó a su hijo».

—¿Y usted qué les contestó a esos hijos de puta?

—Yo, como la viva que soy, les dije «sí, claro que sí: yo se los digo».

Y la voz entonces le soltó el lugar común «esta conversación nunca existió» —y ella le repitió «nunca»— porque tarde o temprano todo el mundo ve las mismas películas. Y cuando colgó, que andaba por los lados del muelle capoteando a un par de juglares que le cantaban *si supiera que la quiero volvería por esta tierra* a todo pulmón, no llamó ahí mismo a contarles porque habría sido caer de nuevo en la trampa, sino que se fue yendo en el planchón de las tejas con cierta envidia —cierta nostalgia también— de las vidas que jamás tendrían que regalar las ropas de sus muertos, hablar la lengua espantada de las víctimas y envejecer contando el horror que habían vivido cuando jóvenes. Se imaginó que, apenas entrara, iba a decirle a su papá lo que en efecto le dijo:

—Papi, nos están escuchando las llamadas, sí, tiene que ser, porque nosotros no hemos hablado con nadie más.

—Puede que sí —le dijo él mientras se disponía a arrancar ahora sí en dirección al llamado triste, o sea el «¿llegó Raúl?», que acababa de hacerle su mujer.

—Es que se saben las fechas, papá, es que usan las mismas palabras que hemos usado —machacó, para bien y para mal, Doris Patricia.

Él gritó «¡aquí voy!», se quitó el sombrero en el empeño de estar en su casa y lo lanzó a la mesa desde el comienzo del pasillo. Se puso a pensar de golpe, harto de voces dispuestas a callarlos, que nadie en ninguna parte iba a ayudarles a que se supiera la verdad sin ninguna clase de adornos. Sintió que estaban solos, solísimos, en la tarea de la justicia, porque nadie que no estuviera hundido hasta el cuello tenía el tiempo para enterarse de la guerra. Se le apagó cualquier brasa de ira, uf, cualquier ascua de indignación, porque levantó la mirada hasta la mirada de su hija. Se devolvió unos pasos a darle a su niña un beso en la frente, que era un beso y también era su bendición, su protección que merecía respeto. No era resignación, sino aceptación, vejez, lo que se le notaba.

—Quíteseme de en medio porque me la van a matar a usted —le dijo.

Y se fue a ver a su Oneida, que sabía estar al tanto de todo sin que se notara, tal como iba a hacerlo hasta la muerte.

No le dijo a nadie a dónde iba. Aprovechó que el paso del tiempo había bajado las guardias y balbuceó simplemente que salía a trabajar: que salía a llevar una nevera de allí a allí nomás. No le habló a nadie, ni a la niña de sus ojos, de su plan. Sabía que si se ponía a decirles la verdad igual que siempre, al pan, pan, y al vino, vino, harían lo posible y lo imposible para impedírselo: «¿Cómo se le ocurre?». Se afeitó a ras las mejillas. Se peinó el bigote con las uñas. Se puso una camisa gris de manga corta como si fuera el uniforme de todas las jornadas. Se calzó el sombrero de ala corta, que su hija llamaba «el sombrerito de montañero», antes de poner un solo pie afuera de la casa. Se despidió de sus mujeres en el patio que se les estaba volviendo un jardín de tierra. No les soltó ni una pista, aunque se lo pensó cuando se dio media vuelta, porque igual nadie iba a entenderle lo que estaba por hacer.

Vio que se encogieron de hombros, las dos, como se le habían encogido de hombros todos los que lo conocían así de bien desde que él tenía memoria: «Es que Raúl es así», decían, «déjelo».

Pensó, como lo había pensado desde los siete, que de algo tenía que servirle que lo dieran por perdido.

Desde niño, en el pequeño y fértil y templado San José de la Montaña, en Antioquia, la gente lo miraba como si nunca en la vida hubiera visto otro de esos. Ciertas señoras y ciertos niños lo tenían graduado de loquito, de desusado, de extravagante, con mucho cariño, eso sí. Se veía viejo. Se veía nervioso. Pero también, quizás porque había nacido aprendido, como dicen, parecía tener clarísimo que el optimismo —o sea la imaginación— era lo cuerdo. Se enfadaba muy pronto, ya lo dije, pero se le pasaba enseguida. Y, como cualquier incomprendido que se respete, como cualquier solitario de verdad, verdad, había aprendido a llevarse bien con todo el mundo —y a soportar lo extraño que era que algún desadaptado se negara a quererlo— para que lo dejaran en paz.

Decía sí a todo, «sí señora», «sí señor», incluso, antes de lanzarse a hacer lo que tenía que hacer.

Eso hizo esa mañana: la mañana del domingo 11 de enero de 2009. Dijo «nos vemos ahora» a su familia, sin voltearse de nuevo, como si estuviera diciéndoles que iba a empezar un día cualquiera. Salió a buscar su largo Dodge en el lote en donde lo dejaba. Cuando se subió, sorprendido ante su propio pulso firme y su propio corazón sin miedo, sacó de la guantera la dolida carta con vocación de demanda que había escrito un par de días atrás. Parecía una plegaria. Parecía, mejor, una botella al mar. Pero ahora que había sido pasada a limpio por la señora de la papelería de allí de Campoalegre, que juró guardarle el secreto dos o tres semanas, era un reclamo de justicia, un grito vagabundo. La sentó en la silla del copiloto. Le prendió la radio para que se enterara de las emboscadas del día.

Salió de la panadería de El Dorado a las diez de la mañana, metido hasta el cuello entre el calor de enero, sin pensárselo más. Se fue rumiando las noticias, «el precio de la panela está por las nubes», «comandante de las Farc está dispuesto a negociar con el gobierno», «Iglesia dice que presidente Uribe no puede dejar en manos de Dios una segunda reelección», «pacifistas exigen el fin de la guerra de Irak», «se revelan diecinueve llamadas de víctimas del 11 de septiembre», «baja el número de asilados colombianos en los Estados Unidos», «se llevó a cabo el sepelio de la modelo asesinada en la guerra de las mafias de Pradera, Valle», «piden investigar ausencia de coronel implicado en paramilitarismo», entre las calles de su barrio. Apagó el aparato apenas tomó el segundo puente sobre el río porque entonces empezaron los comerciales. Cruzó en silencio la ciudad, a pesar de las miradas lúgubres de la 41, hasta que pasó al lado del terminal. Tomó la glorieta de los pilares de luz, que esa vez andaba más bien sola, hasta dar con la vía a su destino.

Subía y subía la temperatura, 29, 30, 31 grados centígrados, mientras iba dejando atrás las últimas calles de Montería e iba acercándose a las villas y a las tierras sin fin. Llegó, pues siempre llegaba, el momento en el que todo era verde y llano y de tanto en tanto se veía una casa por allá. Vino luego El Sabanal, con sus calles limpias de piedra, sus casas bajitas de colores y sus arbolitos de laureles, como remontando un río hacia la nada. Siguieron los palos de mango y los cipreses y las ceibas del corredor polvoroso que empuja a ir a la iglesia. Se fue reduciendo y se fue haciendo tierra el camino, y las nubes se fueron separando en los tobillos del cielo, y la vegetación se secó y se encaneció como si no hubiera nadie por ahí, pero don Raúl no sintió ni un poco de miedo.

A principios de los sesenta, cuando ya empezaba a ser un mucharejo piernipeludo, que ya no aspiraba a ser igual a su papá, sino que pretendía, acaso, que nadie notara su rareza, su madre le soltó la verdad: «Mijo: uno sólo puede ser uno, y usted más». Después, en las escalas de la iglesia puntuda de San Andrés, lo retrató tal como era y tal como es: alegre en una vida que rara vez lo premia, fiel y orejón y tragao sin remedio, rascapulgas y nostálgico y libre de odios si no se le meten con su gente, iriático y terco y berraco, con sus embelecos y sus sorderas a los consejos ajenos, pero condenado a cargar como cruces las tragedias propias y las tragedias ajenas —le dijo su amá con la respiración entrecortada— porque nació dispuesto a sacrificarse por su familia y a dejarse a sí mismo para después.

Seguía siendo ese. Vivía listo a no vivir, entre su Dodge, las veces que hiciera falta, con tal de echarse en las espaldas los líos de los suyos.

Esa era la razón. Esa era la explicación de todo. Eso le estaba pasando esa mañana de enero, a 32 grados centígrados ya, en el camino estrecho y arenoso que estaba llevándolo a la hacienda en la que iba a exigir la verdad. Si no tenía pavor en ese punto del viacrucis, si no tenía canillera ni cutupeto, como decía su apá, a esas alturas del recorrido, es porque ya no le iba a dar. Se fijó bien, eso sí, de no llevarse por delante a un desconocido en bicicleta y no pisarles los pies a tres niños que caminaban descalzos y en orden de estatura por la orilla pedregosa de la vía. Pronto empezaron a aparecer las finquitas. Pronto sólo quedó una explanada de pastos pardos, como una tierra semejante a un horizonte que nadie iba a pisar en mucho tiempo, sin vientos ni miradas.

Se detuvo, extrañado por tanto silencio y tanto retraimiento, cuando se vio en las puertas de El Ubérrimo.

Qué estaba pasando allí. Por qué diablos estaba todo tan, pero tan solo. Dónde andaban los anillos de seguridad. Dónde estaban los enjambres de policías. Qué se habían hecho los ejércitos de escoltas que se plantaban a muerte en ese sitio. Por qué no había por ahí ni un pinche soldado de los demasiados que solían cuidar la centenaria hacienda del Presidente de la República de Colombia. Por qué, si no era por algo muy grave, si no era, quizás, porque don Raúl se hubiera perdido en su camión imposible de negar, parecían sin resguardo esas mil quinientas hectáreas tan lejos de todo. En esos predios empezaba cualquier cosa que estuviera sucediendo en el país. En esos feudos fértiles, de promisión, llenos y llenos y llenos de reses, se decidían su vida y la mía. Pero esa mañana no había nadie, no, nada latía.

Sacó su carta de la guantera y se la metió en el bolsillo de atrás del pantalón. Se bajó del Dodge a buscarse así fuera un alma en pena que le pudiera responder cuál era el lío. Sacó del remolque la bicicleta vieja, de cambios trabados, que llevaba allí por si acaso. Se subió. Pedaleó y pedaleó entre los pastizales del latifundio con la sensación de que eso era tan grande, tan grande, que ahí no se ocultaba el sol. Tuvo la seguridad de que se estaba perdiendo en esos potreros vigilados por moscas y minados de boñigas fosilizadas hasta que se encontró un ciruelo sin frutos en el descampado. Se vio entonces a la vera de un camino que tenía pinta de llevar a la casona. Parqueó contra un madero. Saltó una cerca de púas amarrada a una larga fila de palos muertos porque allá lejos, a unas zancadas de un par de pares de vacas, le pareció ver la silueta de un jornalero que trataba de domar un potranco.

Se le fue acercando a gritos, «¡buenas!», «¡hey!», «¡amigo!», hasta que se dio cuenta de que tenía enfrente al presidente.

—¿Usted quién es? —le preguntó desde el lomo del caballo de paso, quitándose el sombrero aguadeño con los ojos abiertos y la frente templada, el prójimo que mandaba en cada rincón del país.

—Yo soy el papá del cabo primero Raúl Antonio Carvajal Londoño que me lo mataron hace unos meses los mismos soldados pero el ejército que él quiso tanto no me quiere responder —contestó, sin comas, la mirada fija e invicta de don Raúl.

—Hombre: yo siento mucho su dolor —declaró la mirada vidriosa del jefe de todo.

—Pero yo lo que necesito es su ayuda, Uribe, es que si usted no me puede echar una mano para que sus coroneles me digan en la cara lo que pasó de verdad, si usted no me puede ayudar, entonces quién.

—Yo sí le voy a pedir a una gente que trabaja conmigo que me lo reciba porque lo que usted dice es muy grave —prometió el presidente, más tenso que nervioso, limpiándose el sudor del pelo con el dorso de la mano, mientras lanzaba vistazos a todas partes.

—Pues yo lo que venía era a traerle esta carta que escribí contándole lo que pasó tal como pasó —le aclaró don Raúl sacándose la hoja del bolsillo de atrás como sacándose el arma que tenía escondida—: con que usted me la responda es suficiente.

—Cuente con eso, mi señor, cuente con el trámite y con la revisión y con la verdad de este caso que es lo mínimo que les debe uno a los padres y a las madres de los héroes de la patria —juró por un Dios de paso, de esa hora, el patrón que había sido reelegido hacía unos meses.

—Yo le quedaría infinitamente agradecido.

Uribe entonces se apeó del caballo. Y cuando Carvajal lo tuvo cara a cara, vista a vista, quiso decirle todo lo que quería decirle por ser el comandante en jefe, el manodura, el pacificador, costara lo que costara.

No le echó la culpa de nada, todavía, no le gritó «¡usted dio la orden!» ni nada por el estilo, porque le pareció que el señor, de botas y de sombrero en la mano como cualquier labriego, lo estaba tratando con humildad y le estaba respondiendo de buena fe. Eran los tiempos en los que ese presidente aún era una aparición: un Dios. Si usted no hacía parte de la enorme mayoría que lo idolatraba, 79, 80, 81, 80, 79 por ciento de patriotas en aquellos días, hacía parte de la minoría que le tenía respetico y le temía. Y en nombre de todo ello, de los vecinos que seguían diciéndole «mi presidente» como reconociéndole un sitio en la familia, de ese país que le había encargado meterle más guerra a la guerra hasta que un día todo estuviera así de silencioso, fue capaz de sonreírle un poco.

Le entregó la carta. Le dejó desdoblarla y echarle una ojeada con el ceño fruncido antes de darse media vuelta.

—Presidente Uribe —le dijo un rato después, ansioso a morir, con la ilusión de que también el cielo lo oyera—: ¡ayúdeme a saber qué pasó con mi hijo, por favor, yo necesito que usted me ponga un abogado que reabra este caso!

—Tranquilo, hombre, tranquilo que yo personalmente hablo con el comandante de las Fuerzas Militares para que me averigüe qué fue lo que pasó con su pelado, con su muchacho —juró sin quitarle la mirada a las líneas de la hoja.

Puede que haya pasado un minuto. Es lo más probable que el presidente se haya puesto en la tarea de leer lo que le faltaba por leer, ya menos sorprendido por la situación, ya más atento al caballo que de tanto en tanto acariciaba y de tanto en tanto sujetaba con las riendas, porque el aire de esos potreros comenzó a acabarse y el paisaje se cerró: se escucharon al mismo tiempo los ladridos de los campos y los frenazos de las camionetas y los alaridos desquiciados de los escoltas de los escoltas —«papeles», «qué está haciendo», «retírese del señor presidente, hágame el favor»— que obligaron al viejo a levantar las manos rodeadas de ametralladoras hasta que el presidente les ordenó terminantemente a todos que recuperaran la calma.

—¿Se puede saber cuál es su nombre? —preguntó Uribe cuando vio que el viejo dolido estaba a punto de marcharse.

—Está allí al pie de la firma mía —le mostró con el dedo índice—: Raúl Carvajal Pérez soy yo.

—¿Y a qué se dedica usted, don Raúl?

—Yo me la paso comprando y vendiendo, llevando y trayendo, todo lo que me cabe en un camión que tengo.

Seguían ladrando los perros bravos. Seguían acercándose los peones a ver quién era ese viejo de sombrerito que estaba importunando al señor. Seguían asomándose, como sombras y nubes negras, más y más vigilantes enseñados a hacerse moler. Y ya no había nada más por decirse, si mucho «buenos días, señor», «buenos días, Uribe», porque ya estaba radicado el reclamo. Tocaba irse —qué más— por donde se había venido. Don Raúl le dio la mano al presidente, claro, no se trataba de dejársela estirada. Después le dijo que sí con la cabeza, ajá, en vez de sumarle más reverencias a la despedida. Simplemente, se fue. Ignoró los gruñidos y los olores de los terrenos para salir más rápido de allí. No se volteó a confirmar, por encima del hombro, si acababa de pasar lo que acababa de pasar.

Estuvo un par de minutos perdido hasta que al fin reconoció el ciruelo huraño a unos pasos de los alambres de púas.

Pudo recoger sus pasos y sus pedalazos hasta el Dodge azul que entonces tuvo cara de refugio y de trinchera. Encendió la radio para no enloquecerse a sí mismo a punta de preguntas, uf, qué alivio esas voces de siempre. Tardó un par de minutos en darle la vuelta al camión para regresar a El Dorado. Tenía el sol sobre el parabrisas como una espada sobre la coronilla. Se zafó el segundo botón del cuello para respirar un poco. Hervía esa cabina. Hervía ese mundo a fuego lento. Puso en marcha el furgón hacia los soldados y los retenes de conos anaranjados que empezaban a aparecer de donde habían desaparecido porque sí. Se fue más solo que siempre.

Y se quedó solo ese paraje, que podía quedarse solo horas, días, mientras las llantas arrojaban al aire figuras espectrales hechas de tanta tierra muerta.

Hay una hora de la mañana, aquí en Bogotá, que es la hora de decirse «mierda: yo hoy no he hecho nada». El abogado de traje brusco que se ve perdido en la esquina de la supervivencia, o sea en la esquina de la Avenida Jiménez con la carrera Séptima, la confirma en el reloj de correa metálica que le dejó su hermano: 11:22 a.m. Se acerca el mediodía a pasos cojos. Ya es mejor prepararse para el almuerzo que salir corriendo a la oficina a responder correos sin ton ni son. Podría echarse una hamburguesa en el McDonald's que queda en la cruz donde empezó el Bogotazo. Bueno, más arriba hay restaurantes menos tristes, KFC, Crepes & Waffles y El Sabor de Lupe, pero tampoco se trata de llegarle tarde al despacho. De golpe, para sacarlo de las cavilaciones, una monja que viene de la iglesia de San Francisco lo empuja sin querer: «¡Perdón, señor!». Y, como él la sigue con la mirada, afanosa e impune, mientras ella tiene a bien cruzar la calle, por fin se da cuenta de que tiene enfrente un furgón blanco cubierto de pancartas de letras rojas que denuncian el asesinato de un hijo.

Se acerca a leer la historia porque es incapaz de evitarla: **EL 8 DE OCTUBRE DEL 2006 A LAS 12:40 P.M. ORDENARON ASESINAR A MI HIJO RAÚL ANTONIO CARVAJAL SUBOFICIAL CON 9 AÑOS DE SERVICIO ACTIVO.** Le revuelve el estómago lo que sigue: **HAN ENTORPECIDO LA INVESTIGACIÓN.** Ve el retrato de una montaña como las de su tierra adormecida por las palabras **ESTE ES EL CERRO DE LA VÍRGEN DONDE DIZQUE LA GUERRILLA LO MATÓ.** El sol bogotano está quemándole la cabeza pero le da escalofríos la frase que sigue: **MENTIRA, ESO FUE UN FALSO POSITIVO DEL EJÉRCITO.** Quiere llorar de la rabia. Se queda paralizado ante la foto de la cara del cadáver, renegrida por la sangre y además partida en dos, que encontró en el informe de la oficina de medicina legal en Cúcuta. Elude las miradas como si le estuvieran hablando de su propio hermano.

El hombre de la foto tiene los ojos entrecerrados como si no se hubiera muerto ya, sino que se siguiera muriendo. Tiene un número puesto a mano por la fiscalía: 663.

Y el oficinista se pregunta cómo es posible que la gente siga viviendo su vida como si las víctimas estuvieran locas.

Pronto se da cuenta de todo: de las fotos que cuelgan de las cuerdas de ropa, del maniquí con el uniforme del muchacho asesinado y del pendón en el que se pide ayuda económica para seguir la lucha.

Pronto se le aguan los ojos porque don Raúl Carvajal, el viejo que está contando y contando la muerte de su hijo, manotea y ronronea y ata cabos tal como lo hacen los viejos de su propia familia desde que pasó lo que pasó.

—¿Pero no les hicieron nada de nada después de que usted se atrevió a entregarle la carta al presidente? —pregunta un vendedor de fundas de celulares.

Y don Raúl Carvajal, que aprieta los ojos como si necesitara gafas de mayor aumento e infla las mejillas como si a ratos le costara respirar, responde «no»: «Nada». Volvió de El Ubérrimo, la tierra infinita del mandamás del país, antes de almorzar. Comió lo poco que toleró del mote de queso que le sirvieron. Hizo lo mejor que pudo para seguir la conversación, entre sorbo y sorbo, porque sólo quería hablar de la persecución, de la conspiración. De un momento a otro dejó de oír cualquier voz que no estuviera en su mente. Miró a su hija, que por esos días hablaba y hablaba para que los demás pudieran quedarse mudos, con el agradecimiento que se siente cuando uno acepta que está vivo, y asintió una y otra vez hasta que les contó lo que acababa de hacer.

—¿Y ellas no le pidieron encarecidamente que no siguiera arriesgando la vida? —pregunta un embolador del Parque Santander.

Por supuesto que sí. Le dijeron «Raúl: prométame que va a ir con cuidado» y «papá: esa gente es capaz de cualquier cosa», convencidas las dos, porque lo conocían de memoria, de que él no iba a parar si el mundo entero no se enteraba de la historia de ese crimen: «Prefiero que me maten a quedarme callado», les repitió, pero ellas dejaron constancia. Por unos días tuvieron la sensación de que ya no iba a pasarles nada tan malo. Montaron una página de Facebook con las fotos del cadáver. Abrieron un canal de YouTube. Dieron trámite a su carta de súplicas y de gritos —pues el propio Uribe se las hizo llegar a los investigadores del caso— e hicieron las promesas de rigor. Durante un tiempo, incluso, no hubo llamadas anónimas ni miradas recias. Quizás pensaron «dejemos esto así». De qué puede servir sacarles los ojos a los padres de los muertos.

—¿Pero si la investigación agarró ese camino luego por qué terminó usted por estos lados? —pregunta un reciclador de basuras que pasa con un carro de madera al hombro.

Pues porque un día fue obvio que a esos malnacidos no sólo les importaba un culo que la familia Carvajal pudiera terminar de hacer su duelo, sino que eran capaces de escupir sobre los cadáveres que sepultaban por ahí.

Desde la muerte de Raúl Antonio pasaron, a traición, los años. Se fueron el 2009 y el 2010 en la memoria velada e imprecisa del duelo. El presidente que no quería irse se resignó, allá en las explanadas de El Ubérrimo, a que sus millones de votos le eligieran como reemplazo a su ministro de Defensa. Una Montería nueva empezó a construirse, obra tras obra tras obra, sobre la Montería vieja. Se habló de bonanza. Los precios subieron más que en las demás ciudades del país. De tanto en tanto sucedió en el sur otra masacre de pandillas. Hubo una vez, si usted se acuerda, que un par de buenos estudiantes de Bogotá fueron asesinados sin piedad en San Bernardo del Viento por otra banda emergente de la región como si no hubiera servido de nada la tal «seguridad democrática» del largo gobierno anterior. Siguió la guerra de los desmovilizados asesinados por la espalda. Hubo calles estrechas como canales a la espera del siguiente diluvio, y hubo caseríos destejados en rincones cenicientos que los pocos felices daban por perdidos, pero de un día para otro se trataba de una de esas ciudades grandes —y posibles— que no tienen tiempo para nadie ni para nada.

Pasaron los años como si pudieran pasar. Y en la casa de El Dorado se varó el tiempo, ay, como un dolor crónico entre pecho y espalda.

Y se repartieron algunas de las cosas del Mono, un quepis, un crucifijo, una lamparita, una revista, pero se quedaron con las otras para que nadie borrara sus huellas digitales.

Don Raúl Carvajal siguió investigando, claro, pues unos meses después del encuentro con Uribe se dio cuenta de que el caso de su hijo estaba en el limbo, en el callejón sin salida de los casos a los que teme la justicia. Su terquedad dio la orden de que nadie más en la casa se metiera en el asunto: «Ni un muerto más que no sea yo», decretó cuando se cumplió como un castigo el primer año de la muerte. Trató de hablar lo menos posible con aquellos que empezaron a mirarlo como si se hubiera vuelto completamente loco. Y no hubo un solo viaje de los suyos, por las carreteras cenagosas y espesas de Córdoba, de Sucre, de Bolívar, de Cesar, de Norte de Santander, que no le sirviera para protestar allí donde fuera a pararse el presidente y para hacer preguntas sobre el crimen de su muchacho y para contarles a los desconocidos que al pobre lo habían matado los propios compañeros.

Solía gritarlo. Tendía a soltar las verdades con furia. Se exasperaba si le susurraban el lugar común sobre seguir viviendo: «Quién dijo que yo sobreviví», decía, «si a mí me mataron a mi hijo».

Pero al final se sentaba en alguna banca de alguna plaza, demasiado triste para pasar saliva, a pensar en voz altísima —con el estómago revuelto como una tempestad por dentro, y sin fin— en su Mono querido que aspiraba a ser aviador desde chiquitico, tanto, tanto, que apenas pudo se metió de soldado y se la pasó desfilando su orgulloso uniforme para las señoras del barrio. Eso hizo don Raúl en el marasmo del desconsuelo:

se puso a cumplir con la rutina de la casa, a hablar entre dientes con los vecinos que se le acercaban, a vociferar en los parques centrales de los pueblos a la hora del almuerzo, «¡fueron ellos mismos con los mismos uniformes!», a la espera de que un día porque sí dejara de apretarle el recuerdo. Pero, como estaba diciendo, un día fue evidente que esos malnacidos no sólo menospreciaban sino que despreciaban su drama.

Está hablando del viernes 4 de febrero de 2011. Su hija Doris Patricia, que seguía cumpliendo con su trabajo de la clínica central —y se tomaba un descanso entre cirugías porque estaba embarazada—, recibió una llamada atroz con la que se había soñado siete días antes.

Que era de parte de la curia. Que la estaban llamando para notificarle que el próximo lunes —a más tardar— el cuerpo de su hermano iba a pasar de la bóveda en la que estaba a una fosa común. Ya no había espacio en el cementerio. Ya habían pasado los tres años: ya no podían prestarles más la urna. Y la gente del ejército decía que ni era problema suyo, ni tenía plata para pagarla.

Doris Patricia lo llamó sin pensárselo de más: «Papi, van a echar al Mono en una fosa», le dijo en medio de la maluquera del embarazo, y, antes de que él se lo prohibiera, se fue corriendo a la curia en el primer taxi que le paró. Se hartó de detalles malsanos —los mareos en el puente sobre el río, los jeeps parqueados en la entrada de la parroquia, la habitación helada, a media luz, en donde la sentaron, y los burócratas de voz bajita que le repetían «ya un momentico»— hasta que pudo hablar con el encargado de subrayarle la mala noticia. No le dijo lo que le había dicho don Raúl hacía un momento: «¡No lo vamos a permitir!». Pero su astucia de las peores horas le rogó a ese señor de pelo corto, a ras, un par de días más mientras lograba conseguir el dinero: «Por favor…».

No lo tenían por ninguna parte. No lo iban a tener ni al día siguiente ni después. Quién podía gastarse semejante platal en un muerto que en todo caso no podía descansar. Pero le pidió ese pequeño plazo mientras se le ocurría la jugada siguiente.

Un par de horas más tarde se vieron los tres, padre, madre e hija a la espera de una hija, sentados en la misma sala y en la misma velación de siempre. Don Raúl se perdió en un monólogo, plagado de sujetos sin predicados, sobre la capacidad de «esa gente» para decirles que sí a todo pero no oírles ni mierda. Oneida se preguntó por qué no se daban cuenta de que esta guerra podía pasarle a cualquiera. Doris Patricia sospechó que simplemente se volvían sordos al dolor ajeno de tanto pensar cuánto faltaba para la hora de salida. Pero estuvieron de acuerdo en que ya no les sorprendía el desinterés —que bordeaba el maltrato, la burla, la humillación— de los engominados funcionarios de turno. Y ya no necesitaban más pruebas de que el libro de la vida era el libro del duelo.

—Pero sumercé no nos ha respondido cómo fue que terminó usted acá —le tartamudea él, el abogado de traje destemplado que no requiere nombre, porque ya se le está acabando el poco tiempo para almorzar e irse a la oficina a dormitar.

Don Raúl se fija en él. Se limpia las gafas de bordes cafés con las esquinas de la camisa. Se pone a mirarlo bien, ojo por ojo, con la mirada entrecerrada con la que suele acercarse a los nuevos. Y sin perder el hilo, condenado a la concentración invariable e inflexible que lo ha acompañado desde que empezó la tragedia, le cuenta que ese viernes en la noche dejó a su hija con el marido, regresó a pie, sin miedo, a ver si se lo bajaba una de esas bandas de pillos que rondaban las cuadras oscuras, y en la habitación de los dos le dijo a su mujer que iba a cometer una osadía. Esas fueron, una por una, sus palabras: «Voy a hacer una osadía». Ella se santiguó. Pidió al Señor que pusiera sus manos en el corazón de esas personas para que algún día dijeran la verdad. Y le agarró la mano a Raúl.

Quiso decirle «ay, ojalá muchos sintieran lo que estoy sintiendo yo». Quiso repetirle «nos lo mataron por no ser un matón». Quiso preguntarle si valdría la pena el esfuerzo sobrenatural que estaba a punto de hacer.

Pero entonces él no sólo le recordó que ni el ejército, ni la fiscalía, ni la procuraduría, ni la curia, tenían tiempo para la memoria de su hijo, sino que el único abogado que se atrevió a firmarles papeles, el envalentonado doctor Zorrilla, un día regresó a manos caídas a decirles «yo definitivamente no puedo tomar el caso» y «es demasiado peligroso para mí», como si hubiera visto al diablo en el centro de la ciudad: «Dígame qué más se puede hacer», preguntó don Raúl a su Oneida. Se miraron de reojo del viernes al lunes. Trataron de dormir un poco, «Raúl: ¿sigue despierto?», «Raúl: ¿no será ya muy peligroso?», «Raúl: ¿por qué no quiere que yo vaya con usted?», de los crepúsculos a los amaneceres de aquella habitación que durante cuarenta años les había servido de puerto y de refugio.

Y, cuando llegó el día de la osadía, luego de agotar la conversación sobre el final de esa casa llena de hijos, ella ya no lo vio enloquecido, sino apenas justo.

—Es que nadie quería ayudarlos —concluye el abogado patinador, o sea el héroe reticente de los juzgados, como sacándolos a todos del relato, pero metiéndolos en la gravedad del asunto.

Tiene que irse si acaso quiere almorzar. Son las 12:12 p.m. ya. No le gusta pensar más de la cuenta en el sufrimiento de sus propios padres porque es imposible dolerse como se duele alguien más, pero sí duerme con este reloj de pulsera plateada para que no se le olvide que su hermano fue uno de los veinte soldados del pelotón contraguerrilla —el Atila 1— que fueron destituidos del ejército por negarse a cometer ejecuciones extrajudiciales. Siguieron a una muchacha con amigos en el ELN hasta encontrar, sitiar y capturar a un puñado de guerrilleros, pero cuando volvieron a su batallón, en Riohacha, su teniente no les celebró el coraje, sino que los reunió en la plaza de armas, los desnudó frente a todos y los puteó con la cara enrojecida: «¡Ustedes no sirven para nada, hijos de puta, a mí no me van a hacer coronel por las capturas, sino por las bajas!», gritó.

Su hermano fue enviado a patrullar la Sierra Nevada, con los diecinueve soldados entre ojos, hasta que les notificaron que habían sido expulsados del ejército «por negarse a combatir», «por cobardía».

69

Se deprimió hasta el fondo de la zanja, claro, porque desde niño había querido ponerse ese uniforme. Se vio obligado a guardar sus medallas y a volverse mototaxista por las calles de Bucaramanga. Y, cuando vio que sólo estaba ganando cinco mil pesos en los mejores días y aceptó que el abogado guajiro que habían contratado entre todos jamás iba a devolverles el honor militar, prefirió ahorcarse con su propia correa.

Antes de subirse a la última silla, escribió una nota en la que les dejaba todo a sus papás, pero a él le heredaba el reloj que le gustaba.

Son las 12:15 p.m. ya. Deja de escuchar a don Raúl Carvajal porque se pone a leer las otras caras del furgón blanco: **COMO SE PODRÁN DAR CUENTA LLEVO AÑOS LUCHANDO SOLO PARA QUE SE ESCLAREZCA ESTE CASO**, ¿ES USTED VÍCTIMA DE CRÍMENES DE ESTADO?, **ME AMPARO EN EL ARTÍCULO 20 DE LA CONSTITUCIÓN NACIONAL DERECHO A LA LIBERTAD DE EXPRESIÓN**, **¿DÓNDE ESTÁ LA JUSTICIA QUE PREGONAN?**, **DESMOVILÍCENSE QUE DESDE EL 2002 HASTA HOY USTEDES SON LOS PRINCIPALES TERRORISTAS.** Se engarrota, de la nuca a la cintura, porque los manoteos, los resuellos y los tics de ese viejo son idénticos a los manoteos, los resuellos y los tics de su mamá. Pensaba que sus padres eran los únicos que empezaban a contar su caso si les hacían una pregunta cualquiera.

Se tiene que ir. Ni don Raúl Carvajal ni nadie le responde su adiós con una sola mano. Se va con ganas de ser un abogado de verdad, un apellido de esos, para que aquí no sea así de fácil salir de uno: ¡tas! Se va triste porque está perdiéndose —y algo escucha aunque se aleje— la crónica salvaje de cómo ese señor varado en esa esquina cruzó medio país con el cadáver de su hijo.

Iba a cometer una osadía. Se despertó un poco antes del gallo, el martes 8 de febrero de 2011, como si la noche sólo le hubiera durado unos minutos. Se puso en pie, de pie, convertido en un ángel exterminador, en un kamikaze dispuesto a estrellarse contra el país con tal de que nadie más muriera. Se aseó. Se abotonó hasta el cuello la camisa de cuadritos marrones que solía ponerse, como un escapulario o un amuleto, cuando estaba a punto de pasarle algo importante. Se descubrió pensando en el garbo de la gente de San José de la Montaña y San Andrés de Cuerquia, sus pueblos de la infancia. Pensó en la buena postura de sus hermanos. Recordó las madrugadas en las que su mamá organizaba a su papá hasta que quedara bien encajado. En una carterita que había tenido guardada en su cajón, pendiente, cada noche, del día en el que habría de usarla, echó una serie de fotos pequeñitas de amores de su vida: en orden de llegada, su madre, su mujer, su hija Doris Patricia, su hijo Raúl Antonio, su hijo Richard de Jesús, su hijo Israel David, su nieto del mismo nombre y su nieta recién nacida por siempre y para siempre porque poco la había alcanzado a ver. Se le sentó a Oneida, la esposa, en su lado de la cama.

—Salgo —le dijo.

Y luego le besó la cara como si estuviera yéndose en puntillas, apenas rozándole la frente y la boca y la mejilla, con la ilusión de estar firmándole la vieja promesa de amarla así en el cielo como en la tierra.

Ella no le respondió nada más que «vaya, vaya». Ya habían hablado anoche todo lo que tenían que hablar. Ya habían llegado a la conclusión de que tocaba tomarse la vida como un desenlace. Pero debajo de las cobijas, en posición fetal para cuidar su espíritu zenú dentro de aquel cuerpo, lloraba de a pocos con los ojos cerrados: «Vuelva entero», susurró, pero él no le contestó nada porque ya iba a salir de la habitación y jamás le había gustado prometer por prometer.

Montó una habitación en la cabina del Dodge azul, de placas PAH 605, que su Mono le había regalado —recuerdo y repito— con los ahorros y los ahorros del pago del ejército. Subió un colchón viejo que tenían en el cuarto de atrás. Puso al lado el nochero de la primera cama que le había comprado a su Oneida, a su señora, cuarenta y tantos años antes. Quería sentir eso que estaba sintiendo: que estuviera donde estuviera, en El Dorado o en Ciénaga de Oro, en Valledupar o en Riohacha, arrastraría su casa y su familia y su Dios como un caracol resignado a su suerte. Ató en los costados del camión un par de pancartas, hechas, de nuevo, por la señora de la papelería, que contaban el complot sin pelos en la lengua. Organizó en una caja de cartón los volantes y las fotos ensangrentadas que denunciaban el crimen. Se fijó que estuviera en su rincón la pila de libros de mitología que alguna vez les había comprado a los hijos. Se fijó que su estampita de su Jesucristo, con las llagas en las manos y su aureola cegadora y el corazón fuera del pecho, estuviera entre el bolsillo de la camisa.

Puso en el radio del camión el casete de Los Visconti que ya no lo ponía nostálgico, sino sombrío, apachurrado: *La lluvia cae sobre la piscina / y en el recuerdo te veo a ti. / Mi pobre alma sueña y se imagina / que no te fuiste, que estás aquí.* No quería escuchar las noticias ni quería pensar. Y era una lástima que aquellas voces ya no fueran su refugio.

No quiso mirar de nuevo a su casa. Se largó sin avisarle a nadie más. Se fue sin despedirse de los vecinos ni de sus hijos vivos. Dijo «adiós», sí, entre la carraspera de las llantas y las orillas pedregosas de la carretera, pero se lo dijo a sí mismo. Condujo el Dodge entre las calles angostas y cenagosas de El Dorado, bajo el cielo cerrado de febrero, hasta dar con la carrera Novena. Se dejó llevar por el camión por los lados de la explanada, del vivero salvaje, de la glorieta, de tal modo que pronto se vio cruzando el agónico río Sinú: el río es un reptil y es un viaje, o sea un camino que se manda solo, recorrido por las mojarras y los bagres, rondado por los caimanes y los tigrillos, vigilado por los pisingos y los gavilanes, pero ese día estaba cumpliendo setenta años de zanjas, de desbordes, y eran comunes las corrientes muertas y se hablaba pasito de los cadáveres sepultados en el agua.

Giró a la derecha en la esquina de las servitecas. Giró de nuevo por los lados de las droguerías. Y pronto estuvo a la orilla del río y tuvo enfrente la fachada larga de **El Buen Bocachico**.

No hay un mejor restaurante en las riberas de ningún torrente. Lo puso a principios de los años noventa un amigo comerciante de pescados, el Mocho Espinosa, que es un alma de Dios sin un brazo y vendía la pesca en las plazas junto a su compadre don Raúl Carvajal, pa' celebrarle a la esposa el bocachico frito, el bocachico guisado, el bocachico en viudo que sólo ella sabe hacer así. Se le agua la boca a uno apenas lo ve. Nadie que entre allí entra a hacer mal. Es un buen lugar de la ciudad para encontrarse —lo era esa misma mañana— porque cierta brisa se toma la plazoleta y nadie allí mira de lado. Don Raúl parqueó el Dodge junto a las nomeolvides y bajo la sombra del almendro que cruza la calle. Ya estaban las puertas abiertas junto a la bandera tricolor que tapa una de las ventanas. Ya estaba acercándose la hora de arrancar.

El Mocho Espinosa siempre había sido un buen amigo. Sin pendejadas. Sonriente. Leal. Cuando los peces fueron a dar al mar, porque los empujó tanta guerra y tanta draga, se dedicó en cuerpo y alma a sus restaurantes: «Es un honor recibirlos», decía, «cómanse un poquito de yuca para que no se les quede una espina atravesada por ahí». Siempre le fue bien, siempre. Y como siempre fue el mismo, como jamás dejó de ser su amigo y jamás dejó de estar pendiente de las muertes de sus hijos, don Raúl se sintió obligado a despedirse. Se sentó con él, con el Mocho, en una de esas mesas contra la pared llena de cuadros de instrumentos musicales, a tomarse una limonada de panela mientras llegaba el amigo que iba a acompañarlo en la odisea.

Hablaron de tiempos mejores. Hablaron de las bandas que estaban acabando con el río.

Su viejo amigo Nacho Vélez, que iba a servirle de copiloto y de guardaespaldas porque «es que esto no puede ser», se apareció un poco antes de las nueve de la mañana con su camisa anaranjada de mangas largas: «¡Vamos!», le dijo, a grito herido, como si fueran los demás los que estuvieran tarde.

Empezaron el viacrucis a las nueve en punto entre un calor peor que todos. Don Raúl repitió su «júreme que usted no va a decirle a nadie» mientras tomaban el camino al cementerio en blanco y negro y gris. Llegaron diez minutos después con la sensación de que se les había acabado demasiado pronto el rato de quejarse. Dejaron el camión allí adelante frente al montallantas. Marcharon juntos, don Raúl inclinado hacia adelante, don Nacho encorvado entre un viento que era un puñado de cenizas, por el mismo andén liso y árido por el que —hacía cuatro años en vano— habían llevado en hombros el cajón de su hijo. Estaban esperándolo. Eran dos vigilantes con aires de gemelos involuntarios, el deslumbrado Arrieta, el somnoliento Peña, que no tendrían pasado ni futuro en esta historia. Don Raúl quiso preguntarles qué clase de camposanto devolvía a los muertos por falta de pago, Dios mío, qué clase de infeliz se debe ser para cagarse en una pena. Apenas les dijo «ojalá algún día les devuelvan los restos de sus niños en costales». Apenas tuvo que firmar algún papel para que le entregaran el cadáver descosido y reseco, como una momia, en una bolsa plástica blancuzca.

Salieron de allí con los pulmones llenos de polvo. Sintieron la mirada muda, mitad cínica, mitad mortificada, de los funcionarios del cementerio, mientras volvían a empezar el funeral y volvían a empezar el duelo, pero se negaron, hasta bordear el dolor, a darse vuelta.

Llevaron el cuerpo estrujado, el cuerpo rojizo y petrificado, desde la bóveda hasta la tumba del remolque del camión, sobre un tablón de madera: «Uf», soltó Vélez, «vamos a ver».

Don Raúl Carvajal se quedó un rato con el cadáver, sentado en un banquito que acomodó en el acoplado de madera

74

del Dodge, porque le entraron ganas de quedarse a solas con su hijo. Necesitaba recordarle que si no se hacía justicia entre los hombres entonces la tierra ajustaba las cuentas. Quería jurarle por Dios que no iba a irse a descansar, despierto o dormido, hasta que la gente no sólo supiera la historia, sino que la expiara, la penara. Quería explicarle por qué prefería que ni su mamá ni sus hermanos fueran sus escoltas: «Pues es que aquí pueden matarlo a uno porque sí», le dijo, «si algo había agradecido yo era que no los metieran a ustedes, y van y los meten». Agregó «ya vengo» porque había que empezar la travesía.

A los sesenta y tres años, don Raúl seguía siendo el niño cusumbosolo e incansable que caminaba por los cafetales de las laderas, y por los saltos de agua entre los bosques, y por los caminitos de Montaña Adentro: nada, ni siquiera el cielo, se le metía en los recuerdos de aquella tierra suya que era una tregua de las lomas. Pero, luego de tiempos y tiempos de vivir en aquella casa en El Dorado, luego de tiempos y tiempos de hablar la lengua de su mujer, se había estado tomando la muerte como se la toman los zenúes: sabía que su Mono ya había rendido cuentas en la eternidad y ya no le debía obligaciones a su cuerpo, pero no le cabía duda de que le faltaba la justicia para andar de ánimo, y ante su cadáver sin ojos sentía, repito, que debía hacerle el segundo funeral —el segundo despacho del alma— que ningún otro muerto había tenido.

Había sido duro el novenario de hace cuatro años. Había pasado poco tiempo, poquísimo, desde que los hijos eran niños. Había pasado nada desde la muerte inverosímil, de un segundo a otro, de Israel David. Veía las partidas de cartas y las rondas y los rones y los recorridos del cadáver por su propio hogar en aquellos nueve días. Tenía claro que entraba y salía tanta gente de la casa porque a Raúl Antonio todos le tenían el mismo amor. Recordaba los susurros de consuelo, en la sala, de la gente de las dos familias: «Él va a estar bien allá». Seguía escuchando los pésames del Mocho Espinosa y Nacho Vélez y José María Miranda en las noches de acompañada. Ay, el altar de las flores, las velas y las aguas. Ay, el cajón alzado en hombros por el camino borroso del cementerio.

El segundo velorio, o sea la osadía, o sea el viaje que acababa de empezar con el cadáver de su hijo, iba a servirles a los dos para recoger sus pasos.

Pensó «es que ni siquiera le han despejado el camino a su espíritu» cuando puso en marcha el camión.

Tomó la calle 41 para cruzar su ciudad de Montería —su río quebrado, su tránsito crecido, su viento en contra— hasta dar con la vía a Planeta Rica. Tardó un poco menos de dos horas, a paso de Dodge modelo 73, en dejar atrás los moteles, los graneros, los clubes, los asaderos, las estaciones de servicio, los arroyos, las fincas ganaderas de El Purgatorio a El Rubí, para llegar a la plaza de la ciudad. Parqueó junto a un arrume de motos y un par de furgones bajo el mango de la esquina del Templo de Nuestra Señora de la Candelaria. Salió de la cabina a encarar el calor irrespirable del mediodía. Estaba hirviendo ese sitio: 39 grados centígrados sin piedad. Y costaba caminar porque el aire pesaba sobre el pecho, pero a don Raúl Carvajal, que de inmediato sacó del remolque los volantes que contaban el crimen, lo demás del mundo le daba igual.

El apurado Nacho Vélez, que jugaba con su pequeño bigote y miraba su reloj a cada rato para hacer algo con su tiempo, se fue a buscar algún almorzadero con la ilusión de invitar a su amigo a una picada: «Uf», repetía, «vamos a ver».

Y don Raúl se puso la misma gorra de plato que tenía puesta su hijo en aquella foto triste de unos días antes de su tortura, y se fue al caucho en donde se esconden del solazo los vendedores de raspados, y se puso a entregarles las hojas espeluznantes —con el encabezado Mi Hijo Suboficial ACTIVO Muerto por el Estado— a las muchachas y a los ancianos que pasaran por ahí: «No entreguen sus niños al país», les dijo a quienes sí le recibieron el papel, «que así se los devuelven». Se le revivía el dolor. Se le revolvía el estómago. Escupía ira mientras les iba contando aquella escena de la barbarie a los pocos transeúntes que se detenían. Pero también se sentía útil, también se sentía

76

más vivo. Qué más, si no era luchar, podía quedarle a los sesenta y tres.

—¿Y dónde quedó entonces el cuerpo? —preguntó un vendedor de mochilas cuando don Raúl llegó a la parte en la que la curia le entrega a su hijo reducido a una bolsa de huesos.

—Es mi copiloto —le contestó—: me lo traje en la parte de atrás del camión como cuando era chiquito.

Podría haber sonado a viejo desquiciado y a víctima extraviada en su desgracia por siempre y para siempre, pero no en este país, no, aquí los mercaderes ambulantes y los religiosos y las abuelas que tenían tiempo para enterarse de las noticias de la crueldad se detuvieron a escucharlo y asintieron. No hubo miedo esta vez. Nadie le dio muchas vueltas a su cara de estar a punto de estallar. Nadie se tomó a mal sus súplicas ni sus insultos a diestra y siniestra. Un agente de la policía, recién almorzado, se acercó a preguntar qué estaba pasando «en ese corrillo ahí» porque acababa de ojear por lado y lado el camión parqueado en la esquina de la plaza, pero pronto escupió el palillo y se sumó a la gente que no podía creerse tanto horror.

De Planeta Rica, de un pequeño restaurante de carnes en la plaza central, salieron para Caucasia. En pocos minutos fueron de las llanuras repetidas de Córdoba a las montañas repentinas de Antioquia. Sólo se detuvieron hacia la mitad del camino a echar algo de gasolina. Llegaron a las 4:32 p.m. porque el paisaje les pedía seguir y seguir y seguir y seguir como si existiera gracias a su paso. Recorrieron a pie el pueblo de calles estrechas, bordeadas por los árboles y los cables de luz, detrás de un vendedor de papayas de sombrero ancho que iba empujando su carreta. Seguía la gente hablando, en sus sillas mecedoras escondidas entre los abetos, de la granada que un par de guerrilleros en moto habían lanzado contra una casa del barrio de El Palmar a principios de ese año. Hasta ahora iban a ser las cinco, pero cada vez había más miedo y menos gente en esas calles.

Se guardaron en el barrio San José, en el suroccidente, en la casa de un amigo de un amigo que les dijo que mejor se fueran temprano en la mañana porque toda la región andaba vigilada por un par de ejércitos de las mafias.

Don Raúl se negó a irse de la ciudad, sin duda más grande y más tensa hora por hora, hasta que al último caucasiano de la última vereda le llegara el rumor de que al señor del Dodge azul le habían matado a un hijo que no quería matar a nadie. Durmió en el colchón junto al alma y al cuerpo insepultos: «¡Hasta mañana, mijo», carraspeó, agotado, sin asomo de dudas. Se levantó temprano a dejar un cerro de volantes en el parque de las ceibas. Contó el cuento donde pudo, por los lados de la alcaldía, por los lados del humedal, por los lados de La Virgen, desde la hora del desayuno hasta la hora del almuerzo. No quería marcharse todavía. Pero se fueron apenas Nacho, Nacho Vélez, su amigo, le hizo ver que «una gente rara» estaba empezando a señalarlos.

Se fueron al final de la tarde con la idea de dormir en Tarazá, en una posada a tres calles del parque principal más bello que uno pueda pisar, pero los despabiló —y los empujó a seguir hasta Valdivia— la imagen de una muchedumbre de padres y de hijos con los colchones a cuestas: «Uf», exclamó Nacho Vélez molestándose el bigote, «vamos a ver».

A partir de ese momento se organizaron como un par de monjes dispuestos a cumplir las horas. Iba a decir «desde ese momento tuvieron más cuidado», pero no: esa odisea era una locura para los libros de historia, una cruzada que habrían de contarles los hijos a los nietos, y entre más peligrosa fuera, mejor, y entre más ruidosa fuera, mejor. Pero lo que sí hicieron desde el jueves 10 hasta el sábado 19 de febrero fue cumplir las mismas jornadas con las mismas rutinas —llegaron a las plazas centrales de los pueblos, parquearon el camión en rincones sombreados, entregaron los volantes a las personas que no les temieron, contaron la trama con sus giros siniestros— a lo largo y lo ancho de aquel camino peregrino y escabroso que tomaron en Yarumal.

Cada estación de la osadía fue una crónica: en la plaza empinadísima de Yarumal, a medio camino entre la Basílica de

Nuestra Señora de la Merced y el kiosco en donde se encuentran los novios, le contó el crimen a un muchacho altivo que andaba disfrazado de prócer de la Independencia porque en un par de días iba a interpretar a José María Córdova en la conmemoración de la batalla de Chorros Blancos; en la explanada del parque principal de Santa Rosa de Osos se lanzó a entregar volantes, en una de las tales «fiestas del atardecer», como si la idea fuera arruinarles a los felices el olvido; en la fuente negra de Donmatías terminó él consolando a una pobre señora que no podía creer que hubiera tanto mal en el mundo; en la parroquia de Girardota, a unos pasos nomás de los billares, entregó unas trescientas copias de la historia hasta que empezó a aburrirle la mirada incómoda de quienes salían de los cajeros electrónicos como si acabaran de salir de un confesionario; en el centro de Copacabana, en el recodo de los musgos, un agente de la ley de apellido Delfín lo sacó a sombrerazos —«no, no, no», le dijo y lo subrayó con el vaivén del dedo índice— cuando vio que estaba «entregando información errónea sobre nuestra fuerza pública»; en el semáforo blanco del Parque Santander de Bello, entre los parqueaderos de motos y los centros comerciales que se le estaban quedando chiquitos a semejante ciudad, un vendedor de minutos le hizo ver que para vivir bien en Colombia lo mejor era que nadie se diera cuenta; en los jardines diarios de la enorme Medellín, el de Botero, el de Berrío, el de Bolívar, el de San Antonio, no sólo se vio menos lejos de hacer justicia porque se vio entre multitudes, sino que sintió que los hijos estaban entendiéndolo mejor que los padres; en el altozano de piedra lisa de la catedral de Rionegro, bajo el cielo sin huellas del lugar, se lanzó a gritar la sentencia que había tenido en la punta de la lengua desde el principio: «¡Llevamos cuatro años de impunidad porque la orden vino del gobierno!».

Sólo hicieron dos paradas más antes de llegar hasta el centro del centro del centro.

En el parque principal de La Dorada, en el departamento de Caldas, sobrevivieron al calor quieto poniéndose de acuerdo en los pasos a seguir: podría haberlos desanimado, a don Raúl

79

Carvajal y a don Nacho Vélez, la apatía de los transeúntes que se escondían del sol con las dos manos, pero sentados en una mesa para dos del *Restaurante Belmont*, después de hacer el balance de la travesía hasta ese punto, luego de contar los miles de volantes que fueron capaces de repartir y luego de recordar las noches que habían conseguido pasar entre el camión sin amanecer entiesados como una garra, se les soltó un ataque de risa con todas las vocales —de jajajajajá a jujujujujú— que les devolvió al cuerpo el alma del principio: «Uf», remató Vélez, «vamos a ver».

Pudieron haberse detenido en Honda, en San Juan de Rioseco, en Funza, pero sintieron que estaban demasiado cerca del final.

Y en la plaza escalofriante de Soacha, donde mataron al candidato liberal que resultó revolucionario porque proponía la decencia, entregaron la denuncia en el puesto de fotos, en la caseta de jugos, en las tiendas de empanadas, hasta que se encontraron cara a cara con un trío de las madres que también estaban cumpliendo años de repetir que sus hijos habían sido asesinados de «modo ilegítimo» por el ejército: fue una experiencia honda, como verse por primera vez en el espejo, que los obligó a buscarse un refugio para descansar, pero el descanso le sirvió a don Raúl para leer en su libro de mitos que Orfeo llegó a conmover los árboles con la historia de cómo estuvo a punto de traerse a su Eurídice —«si no se hubiera volteado a ver dónde venía…»— desde el inframundo.

Se levantó en la madrugada del domingo 20 de febrero de 2011 a encajarse como se encajaba su gente. Se puso su pantalón de dril, su camisa de cuadros, su saco café de algodón que dice **TAKE**, sus botas habanas y el quepis de su hijo. Revisó las pancartas con letras rojas y letras verdes, EL SUBOFICIAL DEL EJÉRCITO RAÚL ANTONIO CARVAJAL FUE ASESINADO Y FUE DESAPARECIDA SU ESPOSA Y MI NIETA DE 20 DÍAS DE NACIDA POR ORDEN DE LA CÚPULA MILITAR POR NO QUERER HACER FALSOS POSITIVOS EN EL NORTE DE SANTANDER, colgadas del techo de lona negra a lado y lado de la caja de carga. Repasó y alisó el manto de plástico, el hábito, la ruana que era una bandera de Colombia con una foto de carnet de su Mono en el centro, para tenerlo a la mano. Echó un vistazo al cuerpo de su hijo.

Salieron a las siete de la mañana en punto para comenzar temprano la hazaña, el sacrificio.

Nadie, en doce días de recorrido, les había preguntado «qué lleva en la parte de atrás». Ni un solo soldado de los caminos, ni un solo policía de las calles, les pidió cuentas sobre su carga. Pero pusieron el magullado casete de Los Visconti para sacudirse el estrujón en los hombros que empezaba en el estómago —«Padre nuestro que estás en el cielo, santificado sea tu nombre, venga a nosotros tu reino, hágase tu voluntad aquí y allá, perdona nuestras ofensas como nosotros perdonamos a los que nos ofenden, no nos dejes caer en tentación y líbranos del mal», murmuró don Raúl Carvajal con la mirada puesta en el retrovisor— mientras tomaban la autopista del sur entre camiones que tenían la suerte de ser camiones más prosaicos que el suyo.

Se vio entonces Bogotá. Se asomó su silueta escarpada, su lejanía de infierno de verdad, resignada a ser recorrida.

Y sonó el casete machacado, decía, cuando Los Visconti cantaban a todo pulmón su zamba de la esperanza:

*El tiempo que va pasando*
*como la vida no vuelve más,*
*el tiempo me va matando*
*y tu cariño será, será,*
*el tiempo me va matando*
*y tu cariño será, será.*

Todo se veía más alto y más grande en esta ciudad que es también un vertedero. No había tanta luz. Hacía frío: 12 grados centígrados sin piedad. Todo parecía dar igual.

Superaron la zona industrial, cruzaron la Avenida Boyacá, pasaron justo al lado de la Escuela de Cadetes General Santander, subieron por la calle Octava hasta aquella glorieta que lo obliga a uno a entrar en la capital de este desastre. Pronto pareció una ciudad menos grave, menos ominosa. Se sucedieron las cigarrerías y los bancos y los mercados. Fue apareciendo la gente que no tenía remedio y la gente que no nació acá. Cuando consiguieron atravesar la Avenida Caracas se miraron porque la Bogotá que tanto temían —la de las catedrales, los palacios y los escenarios de la tragedia patria— acababa de tragárselos. Siguieron adelante. Ya qué. Dieron las tres curvas que faltaban con cuidado, invisibles a los gentíos que empezaban a disputarse los andenes, pero aceleraron su camión de carga como un camión de guerra hasta llegar al corazón del lugar.

Eran las 8:30 a.m. cuando se metieron por la carrera Octava, de un salto, de una zancada, a la Plaza de Bolívar.

Entonces los vieron. Se voltearon todos en la misma dirección con la misma boca abierta, la señora de las habas, el cura, el fotógrafo de los de antes, el lotero, el vendedor de dulces, el heladero, la camarilla de policías, la familia que señalaba el altozano de la catedral, como si estuvieran viendo un ovni. Un par de viejos salieron corriendo con los ojos cerrados, por si acaso, porque creyeron que los iban a arrollar. Un nubarrón de palomas se fue de una orilla a la otra antes de que el Dodge siguiera su marcha, cada vez más cauta, cada vez más sabia, hacia el centro de la plaza. Don Raúl Carvajal, que andaba al volante, parqueó el camión que se veía más y más largo a unos cuantos pasos de la estatua de Bolívar. Se acomodó el quepis verde. Se envolvió en su túnica de la bandera de Colombia. Y salió a contárselo todo a Bogotá.

A ver si por fin se le escuchaba lo que había estado diciendo. A ver si por fin, luego de años de vivir la vida de un espectro o un rumor, la gente dejaba de mirarlo como si fuera un viejo invisible.

Hubo un momento, dos o tres segundos nomás, en el que el corazón se le detuvo. Pero cuando pisó la Plaza de Bolívar que pisaron todos los apellidos de la historia, como un actor que asume su personaje apenas da el paso que va de la trasescena a la escena, sintió que al fin estaba cumpliendo su deber: «Ustedes no se me afanen que yo vengo acá sólo a contarles cómo me mataron a mi muchacho», les explicó —y les señaló las pancartas en el Dodge 73 y les entregó un volante— a un par de fotógrafos de sombrero vueltiao que se quedaron mirándolo fijamente. Se ajustó el quepis porque estaba tambaleándosele en la cabeza. Se alisó la bandera amarilla, azul y roja que tenía puesta como un manto. Se puso a manera de ruana, de sobretodo, un cartel tricolor que tenía la foto de su hijo. Y se fue a la parte de atrás del camión a sacar el cadáver de Raúl.

Fue la última marcha al más allá. Entre los dos, don Nacho Vélez desde el extremo de adentro, don Raúl Carvajal desde el extremo de afuera, sacaron la estiba de madera avejentada en la que estaba el cadáver envuelto en una bolsa blanca. Sin ayuda de nadie, porque nadie entendía del todo qué estaba pasando, lograron ponerlo sobre el techo blanco de la cabina del camión. Don Raúl destapó el cuerpo rejudo, sin piel, con los nervios carcomidos a la vista, y los músculos venteados, muertos, a plena luz del día, para que su hijo exhumado hablara un rato por él. Se subió a la carpa negra del Dodge, sin quitarles la mirada a los restos de la espeluznante momia de su heredero de nada, agobiado por una tristeza nueva que dentro de poco iba a volvérsele una forma de ser. Se quedó allí, cabizbajo, enmudecido, desolado ante los despojos, como la primera vez.

Pensó que estar allí, con ese camión cubierto de pancartas que explicaban el porqué de la escena, era mucho más que suficiente.

Nadie le pide explicaciones a la estatua de una plaza, pensó, nadie se confunde ante una tumba.

Su amigo, desconcertado por semejante quietud, dolido ante la imagen derrotada de su compadre, pero protegido por su cachucha azul, se dedicó entonces a repartir las hojas que denunciaban la conspiración.

Unos segundos después estaban rodeados por una pequeña —osada— multitud de peatones que se preguntaban «qué fue», «qué pasa ahí» los unos a los otros. Un universitario de saco rojo, que trataba de desenterrarse un pelo enquistado en la barbilla, le respondió a un padre de familia de gorra aguamarina «para mí que es una instalación artística». Una turista israelí de esqueleto negro y de sandalias entre el frío simplemente exclamó «It's real» antes de taparse la boca. Un señor de bigote de saco de hilo carmín, a punto de llegar a los sesenta, soltó un ambiguo «es que así no se puede». Vinieron más y más caminantes de La Candelaria, el ciclista del casco azul con una bolsa de papel llena de almojábanas, el vigilante calvo, de regreso a casa, con la tula amarrada a la espalda, y la niña perdida con una flor en el pelo, a leer las quejas y a ver la imagen del padre con el cadáver del hijo a los pies.

Faltaban quince minutos para las nueve de la mañana, más o menos quince, cuando tres agentes de la ley se les acercaron a pedirles cuentas.

—Hágame un favor: ¿a usted quién le dio permiso de parquear este camión acá? —preguntó el primero de los policías, de unos veinticinco o veintiséis, de la carraspera a la flema.

—¿A mí? Nadie, pero yo tampoco iba a pedirles permiso a mis asesinos —le respondió la mirada fija de don Raúl.

—Usted no puede hacer esto —explicó, sin rodeos ni humanidades, el guardia diestro que venía detrás.

—No me molesten —les contestó él quitándose el gorro patrio que a la luz del horror parecía una broma macabra—:

déjenme en paz que yo ya estoy muy cansado de hablarle a todo el mundo y que nadie me escuche.

—Descienda del vehículo si es tan amable —ordenó, de modo rebuscado, servil pero implacable, el vigilante que temía más a las miradas.

—Yo de aquí no me muevo —les notificó con las manos entrelazadas como rezándole al cansancio.

Fueron creciendo los gritos: «¡Se me va bajando a las buenas o a las malas!», «¡Yo no les tengo miedo a ustedes!», «¡Déjenlo en paz!», «¡Hey!», «¡Ojo ahí!». Su amigo siguió entregando volantes antes de que se lo prohibieran. Don Raúl Carvajal se negó a moverse de allí y se agarró a la lona negra del techo del camión y lanzó un par de patadas apenas sintió que lo estaban jalando del tobillo. Y luego de un forcejeo entre testigos, luego de un par de suelazos que no sirvieron para nada, «¡que se baje!», «¡que la ley es la ley!», se fue contra el capó como un fardo y terminó de rodillas en el suelo de la plaza porque ya no pudo aferrarse a nada más. Cuando se levantó, con la bandera rasgada y polvorienta, se dio cuenta de que en los tumbos de la caída se había llevado por delante el cadáver de su hijo.

Por lo descosido, por lo enclenque, se había roto en seis pedazos contra el piso de piedra. Tenía cara de espanto. Se le veía un disparo en los restos del tejido del cráneo.

Don Raúl se arrodilló a reunir el cuerpo entre la bolsa mientras los gritos de los unos y los otros se tomaban la paz. Quiso llorar. Trató de mascullar una oración de las de la infancia. Logró, en cambio, ser fuerte. Se sintió vitoreado por los desconocidos que seguían agolpándose junto al Dodge 73: «¡Respeten al viejo!». Se puso de pie. Se encajó el quepis que después de la venida abajo había dado vueltas hasta una de las llantas de adelante. Su amigo le ayudó a poner el muerto en su lugar, en el remolque de cinco metros de madera habana, junto al colchón y la bombona naranja de agua. Y minuto a minuto a minuto «su protesta», como él estaba llamando a su cruzada ese día, se fue transformando en una escena del crimen.

¿Por qué? Porque la policía llamó a la gente del CTI de la fiscalía para que llevara a cabo un nuevo levantamiento del cadáver. Porque pronto acordonaron el lugar para que se lo tomara una decena de policías verdes de chalecos fosforescentes. Porque hacia la media mañana, sin respiros, sin trámites y sin misericordias, un quinteto de funcionarios forenses —de overol limpio y cubrezapatos blancos y guantes quirúrgicos azulados— examinaron el cuerpo descarnado a los pies de la estatua de Bolívar, murmuraron que en efecto había señales contradictorias y se lo llevaron a medicina legal en una camilla para poner en marcha la segunda necropsia. Don Raúl apenas balbuceó, sorprendido por la velocidad de los hechos, porque estaba pasando lo que había estado pidiendo.

—Yo lo que quiero es que investiguen —le repitió a cada burócrata que se cruzó.

Ya había cámaras de televisión en las escaleras de la iglesia del comienzo de los tiempos. Ya andaba allí, por fin, la prensa.

Estaba la gente de *El Tiempo*. Estaba la gente de *El Espectador*. Estaba la gente de *Semana*. Querían saber qué, quién, dónde, cuándo y por qué. Tenían claro, en cuestión de horas, que el expediente judicial «que había llegado a nuestras manos» estaba plagado de vacíos: ¿cómo puede decir el CTI de Cúcuta que el cadáver no tiene «el tatuaje» que queda cuando se dispara a quemarropa si unos párrafos después se atreve a asegurar que el orificio de 0,8 centímetros demuestra que el cañón del arma estuvo en contacto con la piel?, ¿por qué la versión oficial jura por el demonio que Carvajal murió en un enfrentamiento de dos horas con las Farc, por los lados de El Tarra, si ni la alcaldía, ni la inspección de policía, ni la personería ha registrado el hecho en sus cuadernos de minuta?

¿No es raro que la guerrilla, que suele robarse el crédito de cualquier horror, no haya dicho ni una sola palabra sobre el tema?

¿No es espeluznante e infame que aquellos documentos del batallón, que describen el combate fantasmal que sucedió en un lugar a un par de horas de todo, se encuentren firmados por el mismo coronel Tamayo que no sólo fue uno de los veintisiete expulsados del ejército por poner a andar los falsos positivos, sino que haya sido capturado hace un poco menos de dos años, a finales de abril de 2009, por gerenciar esa empresa de conteo de cuerpos inocentes e indefensos que fueron ejecutados fuera de combate para crear la ilusión de que se estaba ganando la guerra? ¿No es obvio a estas alturas del calvario, cuando se han llegado a documentar 1.792 falsos positivos, que don Raúl no está soñando sino simplemente señalando una pesadilla?

¿No están falsificadas, mal, muy mal falsificadas, un par de firmas en esta y esta hoja?

¿No les parece desolador, lectoras, lectores, que les confiese a los periodistas de *El Tiempo* que «yo duermo aquí en este colchón y en este rincón duerme mi hijo»?

¿No suma dolor al dolor que debajo de un par de cuerdas de ropa, sentado en el jergón contrahecho en el que ha estado durmiendo, se acuerde de golpe de que su hijo quería volver a trabajar con él en el camión «como cuando era muchacho y llevábamos yuca y plátano y pescado a los pueblos vecinos»?

¿No experimentan la extraña pero humana pero escalofriante tentación de renunciar a los demás cuando al viejo se le escapa el lamento «a mí se me fue el hijo que me servía»?

¿No aprietan los dientes y los puños siempre que repite que «el cuerpo venía amortajado con la gloriosa bandera colombiana» y que «fue como si me hubieran clavado una puñalada en el corazón» y que «empezaron a callarme porque dizque yo estaba denigrando el buen nombre de las fuerzas armadas»?

¿No les entran unas ganas salvajes de cerrar el periódico de un portazo cuando le escuchan gritar «es injusto que el ejército no le dé ni siquiera un lugar para que descanse en paz» y cuando le escuchan contar que la curia les devolvió los restos por falta de pago?

¿No les revuelve el estómago el párrafo en el que jura por Dios que «la iglesia cobra hasta la risa»?

Don Raúl Carvajal dio todas las entrevistas que pudo dar. Se quejó y se quejó porque una tracamanada de camajanes lo pechó hasta forzarlo a parquear el camión en un solar alejado de la Plaza de Bolívar. Se declaró completamente seguro de que la nueva necropsia de medicina legal —que de ese descampado él no se movía, dijo, hasta que no se la entregaran— iba a devolverle toda la razón. Sonrió, porque justo había estado leyendo cosas así por el camino, cuando un reportero lo comparó con Orfeo, con Margarito Duarte, con el Mío Cid. Explicó los acentos de su acento ahogado como aquello que le ocurre a la voz de un paisa que ha vivido cuarenta años entre costeños, pero no se dejó meter en más preguntas coloridas porque sólo le servía la mente para el caso.

—¿Por qué atravesar el país, de Montería a Bogotá ni más ni menos, con el cadáver de su hijo entre el camión? —preguntó el periodista de *El Tiempo* en busca de un final.

—Yo las cosas las hago sin pensar —le respondió, en vez de contestarle «hice lo que hice para que todo el mundo sepa en qué mundo está parado», porque le pareció que le estaban insinuando que era un títere de quién sabe quién y era parte de un bando.

—No le entiendo —reconoció el periodista, de saco de lana y de jeans, en un arrebato de honestidad.

—Que yo no se lo consulté a nadie: yo arranqué.

Y tal vez sea difícil de creer, en este país en el que todos se ponen algún uniforme para que nadie sepa quién fue, que lo único que esté detrás de su travesía sea su dolor, su necesidad de darle a su hijo el descanso eterno y la luz perpetua. Y quizás sea extraño lo que hizo, y quizás sea peligroso y sea duro y sea amargo, sí, como le repitió un par de veces el entrevistador de antes, pero si no lo hubiera hecho toda esta gente podría hacerse la que no está pasando nada: seguiría escuchándoles una y otra y otra vez a todas las caras habidas y por haber, a los comandantes, a los soldados, a los médicos legistas, a los fiscales, a los curas, a los activistas de los derechos humanos y a los funcionarios de la Cruz Roja, el lamento «lo sentimos», «lo sentimos», «lo sentimos» como un eco que no le sirve a nadie para nada.

—Si es necesario que me maten, pues que me maten, porque yo no tengo otra forma de esclarecer esta vaina —dijo, en busca él también de una conclusión, quitándose el sombrero y peinándose con el dorso de la mano.

Vino una pausa. Hubo un poco de silencio entre los rumores de Bogotá. La ciudad siguió adelante con sus jornadas y con sus ritos como cualquier piel que empieza a cicatrizar un segundo después de la herida. Pasaron de largo, de nuevo, los extras de las vidas ajenas. Se fueron los agentes especiales, uno por uno, hasta que sólo estuvieron allí los policías somnolientos que piden los papeles para desperezarse. Se marcharon los periodistas de última hora. Y don Raúl Carvajal se fue a descansar un ratico del raspón en la rodilla y a comerse un sánduche de panadería en el lote en donde estaba el camión: «Uf, vamos a ver», le dijo su amigo Nacho, Nacho Vélez, limpiándose el pequeño bigote y ofreciéndole un poco de su cerveza, y era claro para los dos que dentro de muy poco seguiría la batalla.

Don Raúl se recostó porque tenía un jalón que le empezaba en un hombro y le terminaba en una costilla. Se quedó dormido unos minutos nomás, a pesar de sus esfuerzos por vivir despierto, pero alcanzó a soñar que su hijo no era un muerto, sino un niño que jugaba «policías y ladrones» con sus amigos en las tardes del parque del barrio: habría dormido tres o cuatro horas, por lo menos un par, si la trama de aquel sueño nostálgico e infantil no hubiera girado y girado hasta convertirse en una pesadilla plagada de ecos y aleteos en la que nadie sabía dónde carajos andaba su Mono a esas horas de la noche. Se despertó con la sensación de que había caído en una puta trampa. Llegó a creer que se le había ido otro lustro en ese velorio hasta que su amigo le mostró el reloj.

Pasaban los minutos y las horas y los días, pero la vida era una misma jornada y era una sola idea nada más.

Hay una página de cualquier biografía en la que uno se tropieza con la oportunidad de llenar de sentido su propia vida aunque ello le traiga la muerte. No es nada fácil hallarles el propósito a los días propios en un país que rompe el corazón, que roba el alma. Trate usted de encontrarse su importancia en esta película de bajo presupuesto, que nos vuelve extras a todos, a ver cómo le va. Vivir aquí es encarar día por día por día un amor no correspondido. Hay dureza y más dureza a donde se mire. Pero ciertas personas se resignan —y se lanzan— a volverse tramas: ciertas personas con la guardia abajo terminan contestándose que sí, que toca dar el paso porque no hay alternativa, cuando un revés los obliga a preguntarse si prefieren ser protagonista o ser paisaje. Si don Raúl Carvajal saltó a la Plaza de Bolívar a ser un héroe fue porque su única esperanza era que esto no fuera un reguero de muertos, y ya, sino una fábula ejemplar.

Doris Patricia estaba descansando de los siete meses de embarazo, dándoles vueltas a los temores de la recta final, echándoles ojo a las uñas que ya no le dejaban de crecer y parándoles bolas a los murmullos que le enviaba de la mente a la mente su bebé, cuando le entró al celular de golpe una llamada de la prima que solía hacerle esas llamadas:

—Patri, Patri, corre, préndete ya mismo el televisor que en el noticiero están mostrando que tu papá anda con el cuerpo del Mono en Bogotá —dijo en una andanada sin comas ni eses.

Doris Patricia le agradeció como mejor pudo, «espérate», «voy», «mejor dicho: ya te llamo», mientras buscaba el control remoto por la habitación para encender el aparato. Alcanzó a ver el último minuto de la nota, mi Dios altísimo, a punto de un infarto. Y, sin embargo, una vez recuperado el aire que pesaba un poco más que las aspas del ventilador, le pareció que lo que había alcanzado a ver al final de esa noticia —el Dodge parqueado junto a la estatua, el papá cabizbajo junto a los restos del hijo, los fotógrafos con chalecos oficiales, los agentes de medicina legal llevándose el cadáver— era mucho más que suficiente. Estaba, además, en el siguiente canal: «UN PADRE LLEVÓ EL CADÁVER DE SU HIJO A LA PLAZA DE BOLÍVAR PARA RECLAMAR JUSTICIA». Estaba, si uno se fijaba, en todas partes: «¡Miércales!».

Su Iván, su marido, trató de calmarla: «Qué puede ser tan grave pa' que te pongas así», le dijo, «a leguas se te ve la taquicardia». Sabía hacerla reír con unas cuantas sílabas nomás. Era un experto en alegrar. Todavía llevaba por dentro su espíritu de juglar vallenato, claro que sí, cómo no si se había pasado una de sus largas juventudes en aquellos clubes de madrugada que se fueron enrareciendo con el paso de las mafias. Tendría que haber sido suficiente su voz de aliento, en fin, porque siempre lo fue, porque desde el día que la conoció le supo decir o le pudo cantar un par de cosas para darle la vuelta a cualquier amargura —*Este es el amor amor / el amor que me divierte / cuando estoy en la parranda / no me acuerdo de la muerte*, cantaba sin saber—, pero es que esto era otra cosa: esto era su tragedia.

Cómo lo adoraba. Cómo lo adoró en aquel cumpleaños suyo, «mi fecha especial», en el que se lo volvió a encontrar después de tanto tiempo: «Ajá, Pati, ¿tú conoces a Iván, Iván Quintero?», escuchó, y a duras penas dijo sí, pero un poco más tarde supo que iba a ser su esposo e iba a ser el padre de sus hijos porque quién más podía cantarle *es muy triste recordar momentos felices / de un cariño que sangró mi corazón / y es ya la hora de partir sin medir distancias / y ni sombra quedará de aquel amor* con esa voz de estar diciendo la verdad. Sí que lo quiere a esta hora. Sí que lo seguirá queriendo. Sí que lo quiso esa vez, en esa parranda, por ser así de capaz de darle gusto. Si ella le pedía *La creciente*, él le cantaba *La creciente*. Si ella le rogaba *Niña bonita*, *Niña bonita* le daba.

Su Iván le adivinaba los pensamientos, le conocía de memoria los gestos que nadie más sabía que eran gestos, le confiaba sin rodeos cualquier quebranto de salud.

Ese domingo, el domingo 20 de febrero de 2011 al mediodía, le tomó y le apretó la mano porque pronto se imaginó por dónde diablos iba la vaina.

Hacía un poco más de dos años, cuando ya se habían ido a vivir juntos, Doris Patricia aprovechó que volvían a la casa prendidos —de la fiesta eterna de un compadre— para contarle hacia atrás la historia de su familia: desde el viaje a El Ubérrimo hasta la primera de todas las muertes. Se la contó, como ella suele decir, cuando ya para qué, pero se la contó de ñapa para ponerle las cartas sobre la mesa al amor que se tenían para siempre. Sentía, porque ella siente esas cosas, que dentro de poco iba a quedar embarazada. Y entonces le pareció lo honrado explicarle a su futuro marido que la niña que tendrían dentro de poco —«¿cómo así?: ¿cuál niña?»— iba a ser la sobrina de un par de fantasmas e iba a ser la nieta del hombre que reclamaba justicia en las plazas del país.

—Ese señor es un héroe —contestó Iván, solemne, con su camiseta polo de color rojo, después de digerir esa lucha por un minuto de silencio—: su carácter y su templanza tienen todo mi respeto.

Creía que la patria era la familia. Creía que uno venía al mundo a representar a la gente que le había tocado en suerte. Juraba por Dios que si uno quería seguir siendo cuerdo había que hacer lo que los Carvajal Londoño estaban haciendo: mantenerse juntos, cuerpo a cuerpo lo más pegados que fuera posible, cosidos de los tobillos con hilos invisibles, porque era lo más sabio en un mundo que podía ponerse así de frío. Ya Iván lo había demostrado todo a estas alturas, de lo amoroso que era a lo leal que podía ser, de la caballerosidad con la que se acercaba a Oneida a la generosidad con la que acompañaba a su sobrino Israel David, pero cuando dijo «yo soy de ustedes» firmó un pacto de sangre que no iba a traicionar. Cómo no iba a captar al vuelo ese domingo, mejor dicho, que su mujer no estaba padeciendo el séptimo mes del embarazo, sino una noticia sobre su padre.

—Mi papá se me fue a la Plaza de Bolívar de Bogotá a protestar con el cadáver de mi hermano —le reconoció.

—¿Pero acaso tú no sabías que él iba a hacer eso?

—No, no porque él tiene clarito que yo le digo que no —le explicó.

Y fue él, el serio y paciente de Iván, su esposo desde el miércoles 4 de noviembre de 2009, el primero en decirle que había que escoltar al viejo en aquella ciudad que uno nunca sabe qué puede pasar.

Así fue. Doris Patricia llamó a Oneida a preguntarle «mamá: ¿cierto que usted sí sabía que el viejo iba a ser lo que hizo?», con el corazón un poco roto por enterarse a través del noticiero, mientras llenaba un morralito de ropa de viaje. Oneida le respondió «sí, hija, su papá me lo dijo, pero yo no podía decir nada» antes de pedirle que la acompañara a acompañarlo por allá. Salieron temprano al día siguiente, lunes 21 de febrero de 2011, porque decidieron que la emergencia ameritaba pagar vuelo. A las dos les gustó mucho la remodelación del terminal, que iba a la velocidad de la luz, porque el sitio se veía limpio y el aire acondicionado era un alivio en el calor de comienzos de año, pero les pareció raro, por decir lo menos, que dejaran los deteriorados pisos viejos.

Por ciertos retrasos, pues nada en el mundo sucede en una sola línea, llegaron a Bogotá al mediodía. Ya la conocían, pero algo de miedo les dio aterrizar en esa ciudad —en ese aeropuerto en obra negra— que era y es interminable.

Apenas pudieron, le pegaron una llamada a don Raúl: «Papi, ¿dónde está?, ¿está bien?». Y a pesar de las rabietas pasajeras al otro lado de la línea, «¿qué les he repetido yo a ustedes?», se fueron en un taxi de los pequeñitos a buscarlo donde él les dijo que estaba: en la entrada del parqueadero de la Sijín, la Seccional de Investigación Judicial y Criminal. Tomaron la Avenida El Dorado, giraron a la Avenida Boyacá e hicieron un par de orejas, entre la desconfianza al sol bogotano y la exasperación ante el monólogo guerrerista del conductor que les había concedido el destino, hasta dar con la calle larga y policial —la carrera 58— en la que estaba el Dodge 73 de siempre. Había más conos anaranjados que personas. Un par de agentes se reían porque qué más podían hacer.

Don Raúl estaba recostado en un muro de ladrillo, a la hora sin sombra, en la mitad de esa carrera plagada de vallas viales de la policía nacional.

Estaba igual a sí mismo. Andaba solo y refunfuñaba a la nada. Tenía puesto el sombrero montañero de ala corta para no acabar de cocinarse.

Doris Patricia caminó a mil, con el pelo recogido atrás en un moño y los leggins fucsia que se ponía en ese entonces, a darle un abrazo que le quitara la peleadera. Él se lo recibió a regañadientes, «a ver…», pero luego se lo agradeció de verdad: «No se han debido venir hasta acá», le dijo para que de paso se lo escuchara su señora. Oneida, con su pelo chuto y cortito, con sus gafas de abuelita en su cara de recién casada, con la camiseta morada que a él le gustaba tanto, se le colgó del cuello a decirle «estoy orgullosa de usted». Don Raúl quiso explicarles por qué esta era la última vez que los iban a ver juntos. Balbuceó algo de cómo Orfeo, el del mito, perdía todo su calvario cuando caía en la tentación de voltearse a ver cómo iba su mujer. Se calló porque quién podía decirles que no a ellas dos: él no.

Si acaso les confesó que su compadre Nacho iba a quedarse tranquilo, apenas supiera de la visita de ellas, porque hacía rato tenía que volverse a su casa.

Y más bien se puso a colgar de un poste de luz el chinchorro colorido que traía entre el camión porque empezó a ver pálida a su niña embarazada.

—Papá, ¿por qué tú hiciste esto? —preguntó ella cuando lo vio dedicado a la tarea de cuidarlas.

—Porque lo próximo que iban a hacer, si yo no hago antes lo que hice, era matarnos —le respondió él.

Don Raúl vivía triste por la muerte de su hijo, pero iracundo porque se lo mataron los mismos compañeros, pero feliz de tener todavía a la mitad de su familia, pero intranquilo porque podía pasarles cualquier cosa en este purgatorio en el que nadie vigila a los vigilantes, pero resignado a hacer de la vida una protesta porque esa era su oportunidad de llenar de sentido su historia, pero atormentado porque nadie se volteaba a mirarlos en esa calle de nadie, pero completamente seguro de que los comandantes le estaban siguiendo la pista, pero a salvo en los recuerdos de cuando los pelados eran niños, pero extrañado, como cualquier solitario que se respete, ante la pregunta de «en qué momento se nos fueron cuarenta años, ¿ah?».

La infancia de los hijos es la verdadera infancia de uno: la ajena, la feliz. Ver a Doris Patricia embarazada era entender que la vida sí era irreversible y que esta era la hora de ser la persona que iba a ser narrada por los otros. Don Raúl revisó que el chinchorro estuviera bien amarrado del camión al poste de luz y le dijo a su hija que se recostara un rato porque aquello iba para largo: «Venga, mija, venga», le ordenó. Buscó luego un banquito para los dolores de cintura de su esposa y le rogó que se sentara como si fuera así de mala para estar parada. Entonces se puso a cuidarles las espaldas y a soltarles recuerdos de las playas de San Bernardo del Viento y a preguntarles qué tal le estaba yendo a Richard de Jesús en el taller en donde estaba trabajando.

Nadie ha podido aclarar, en trescientos mil años de vida humana, si los recuerdos empujan o detienen el tiempo: si se recuerda para sujetar la experiencia en la Tierra o para emprender la marcha hacia la muerte. Don Raúl se puso a evocarles en voz alta, como si estuviera viendo la realidad desde el cielo, los viajes familiares de los años nuevos, y las jugarretas de «policías y ladrones» a la vuelta de la esquina, y los regaños de las monjas del hogar de niñas de San José de la Montaña, para que les pasaran las horas. Quién en el mundo es bueno para esperar: yo no. Pero ninguna antesala más cruel, más severa, que la de las noticias esquivas de la gente de medicina legal de acá de Bogotá: ¿serían capaces de repetirles en la cara que no han estado diciéndoles mentiras?

Si algo les sirvió para quemar tiempo, en vez de comerse las uñas o morirse de rabia, eso fue la visita de un reportero de nosequé organización de derechos humanos.

Estaba terminando un pequeño documental que iba a enviar a los medios extranjeros. Quería cerrarlo con la espera abatida e intranquila de la familia Carvajal Londoño. Quería que fuera Doris Patricia la que hablara de las versiones encontradas de los supuestos testigos del combate en El Tarra con el Bloque del Magdalena Medio de las Farc. Quería que fuera don Raúl el que mencionara las llamadas de aquellos compañeros de su hijo que le juraron por sus dioses que ellos no lo habían matado ni le habían hecho las marcas en las muñecas. Quería que fuera Oneida, con su tormento de madre, la que controvirtiera la frase militar «murió en combate como consecuencia de heridas causadas por proyectiles», y ella lo hizo a pesar de las miradas de reprobación de su marido.

«Hay tantas inconsistencias», «a cada palabra se deja ver que están mintiendo», «yo todavía no puedo creer que un hombre muera así y nadie dé una mano», «yo entiendo bien que este dolor es incomparable porque sólo le pasa a una madre», «nosotros estamos buscando a nuestra nuera y a nuestra nieta porque desde el día del entierro de mi hijo no sabemos qué pasó con ellas», «si me están escuchando, me gustaría saber de ellas», «y, si acaso el expresidente de la república me llega a ver, yo le diría que por favor nos entienda porque nosotros una vez confiamos y creímos mucho en él», dijo a la cámara, con su pelo un poco más largo y un poco más claro, sin volcarse de los nervios y sin quitarle la mirada porque por qué ahora iba a ser la víctima la que se viera obligada a agachar los ojos.

El cuento sí viajó. Se pegó en las páginas de internet de los activistas, se recogió en breves montajes de ciertos noticieros, se compartió en las líneas de tiempo de Facebook, pero el reportero, de apellido Arce, se fue y los dejó solos.

Y un par de días después ellas dos tuvieron que irse también porque nada que les entregaban los resultados de la segunda necropsia. Y «mañana», «mañana» y «mañana» ya no era una respuesta, sino un escupitajo.

Se despidieron en la entrada del parqueadero de la Sijín porque él no se iba a mover de allí. Su esposa lo miró con su cara de «yo ya le he dicho a usted todo lo que puede decírsele a alguien en la vida». Su hija le dio la orden de cuidarse. Y él les respondió los adioses, medio en serio, medio en broma, con la pregunta «¿será que los culpables vamos a ser nosotros?», pero luego, mejor tarde que nunca, cayó en cuenta de que lo correcto era desearles un buen viaje y recordarles que las adoraba y sonreírles con los ojos que embrujaban a los niños. No les quitó la mirada. No dejó de vigilar el pequeño taxi al que se subieron, mejor dicho, hasta que no dieron la vuelta para agarrar la calle de allá. Siguió contándoles qué estaba pasando —«que mañana»— los siete días que siguieron.

¡Siete! ¡Siete más! Siete días de soportar el desprecio de los burócratas de la capital, de gastarse moneda por moneda lo poco que le iba quedando, de buscarse algo de comer mientras tanto porque qué más puede uno hacer, de pedirles prestado el baño a los porteros del colegio de al lado, de despertarse del frío tan insolente que hacía en aquella calle de aquella ciudad, de ordenar un poco los atados de ropa para que no se le volviera un chiquero el sepulcro del camión, de rezarle a su hijo para que volviera de donde estuviera —de medicina legal o del limbo— con la verdad sobre su muerte. Cualquier otro habría aceptado la derrota y habría dicho «no más». Pero don Raúl Carvajal siempre había sido un trabajador y ese era ahora su trabajo.

Apenas lo llamó la señorita de medicina legal se le borró, además, toda la espera: «Ya puede venir a reclamar la necropsia del cabo», le dijo.

El reporte no le dio ni le negó la razón. En pocas palabras, le dijeron, rodeados de policías, que esos sí eran los restos de su hijo, pero que, como cierta parte del cráneo ya no estaba «quién sabe por qué», no se podía decir qué clase de bala, ni a qué velocidad ni de qué distancia había sido. Dicho así, claro, suena provocador e indignante, y sin embargo don Raúl se lo tomó como la prueba irrefutable de que sólo los mentirosos de esas brigadas de los Santanderes podían insistir —agarrados de las mentiras de ciertos soldados refundidos e imputados por los falsos positivos— en la versión de un combate que ninguna autoridad de ninguna institución había registrado: «No se presentó ningún hecho irregular en esa zona», seguía diciéndole, en su cabeza, el personero de El Tarra.

Un par de agentes sin bocas y sin ojos le devolvieron los restos de su hijo en una funda plateada con una cremallera en el costado. Quiso rezarle como a Dios cuando por fin volvieron a estar solos en la parte de atrás del camión: «Ayúdeme, mijo».

Se concentró, mejor, en la idea de meterlo en la misma bóveda de Israel David.

De vuelta en la cabina, agarrado de la cabrilla blanca, redonda, que se estaba despellejando, lloró de lo cansado que estaba.

Se recuperó pronto, como cuando se sacudía una de sus rabietas o calculaba cuántos carros podían pasar por un peaje en un día si en un minuto pasaban tres, pues un corrillo de periodistas que seguían la noticia le dijeron hasta luego desde la acera de enfrente. Se secó las lágrimas con los puños, pues se le habían quedado pegadas bajo los párpados. Encendió el Dodge y dio un pitazo y arrancó. Y entonces descubrió, como si hubiera vuelto la luz de un segundo al siguiente en la vieja casa de El Dorado, que aún no lograba que lo escucharan los militares y le contestaran los jueces y le dieran la cara los autores intelectuales, pero la gente de la calle por fin andaba mirándolo a los ojos. No, no iba a descansar ni una jornada hasta que esos hijueputas dijeran la verdad. Se lo había jurado al cadáver allá atrás.

Pero estaba empezando a sospechar que sólo se daba la justicia si se contaba la historia.

El lunes 7 de marzo de 2011, cuando el Dodge 73 llegó a la plazoleta del puente viejo de allá de Montería, una fila de veintisiete camiones de todas las dimensiones lo estaba esperando para celebrarle a punta de bocinazos y de aplausos la proeza. Cada uno de los acarreadores, unos que conocía de antes, unos que no, le improvisaba aclamaciones de héroe de guerra: «¡Viva, don Raúl, viva!», ¡bravo, llave, con toda!», «¡buena esa, amigo, qué chácaras las suyas!», «¡así se hace, viejito, ni un solo paso atrás!», «¡eso sí que son agallas, papá, que esos hijueputas sepan que sabemos!», «¡me le quito el sombrero, Carvajal, su hijo está orgulloso». Ya dije que pitaban, pero no que luego sacaban medio cuerpo por las ventanas para darle la mano. Y todos le decían que era suyo el turno de la próxima mudanza.

Un amigo de un amigo de un amigo les había dicho que ella estaba allí. Estaba en Puerto Carreño, en el departamento del Vichada, a unas remadas nomás de Venezuela. Vivía en una casa pequeña, pero justa, en la misma manzana de la iglesia adventista, con la nieta que ellos a duras penas alzaron cuando tenía días de nacida. Seguía portándose como una viuda. De tanto en tanto los vecinos la veían caminar por esa cuadra de tierra roja, interrumpida por cipreses abanicados, que la última vez que vinieron —en tiempos del pabilo y el mechero— todavía era una seguidilla de casas de citas, de billares, de galleras. Pocas noticias daba, sin embargo, poco, poquísimo hablaba con extraños, desde el día en que le habían asesinado a su marido el soldado.

Don Raúl Carvajal negó con la cabeza, mientras echaba a andar su Dodge 73 por la carrera 12 de Puerto Carreño, en busca de la dirección que les habían dado. Oneida, su mujer, le preguntó «¿qué pasa?: ¿qué?» porque le conocía gesto por gesto la cara de indignación.

—Mire —le señaló con el dedo el separador de pasto, lleno de palmas, junto a la cancha de básquet.

Se ensombrecieron entre el calor inmóvil del lugar, 33 grados centígrados, porque una madre indígena —de pelo negrísimo y saco de rayas rosadas— acababa de tumbar una caneca en el sardinel a ver qué les daba de comer a sus niños. Cualquiera de los dos tomó la decisión de llamarla, «¡señora!», «¡señora!», para darle la bolsa de marañones que habían comprado por el camino. Siguieron la marcha, achantados, molidos, por esas tres jornadas del viaje que los tenían enmudecidos, en busca de la aceptación que no habían encontrado en cinco años de luto. Pronto vieron el sitio: «Una casa de madera pintada de amarillo, como un palafito, en la que cabemos las dos sin problemas», dijo el día en el que por fin les dieron su número de teléfono.

Se les revolvió el estómago, que ya era de los dos después de tantos años de casados, cuando vieron una cabecita asomada en la ventana.

Durante días y meses y años se habían hecho a la idea de que nunca más iban a verlas. «Hasta de pronto estén muertas», pensaron por turnos, «desaparecidas es muertas», porque se esfumaron como las guacharacas. De regreso de Bogotá, empeñado en releer y releer la segunda necropsia de su hijo, harto de preguntarles a todos los que se encontraba en las plazas de mercado, por enésima vez, por qué diablos tendría el cadáver esas marcas en los tobillos y por qué carajos el uniforme estaría lleno de maquillaje —«es raro, sí», le llevaban la cuerda—, don Raúl llegó a la conclusión de que la clave iba a ser encontrar a su nuera. Sí, esos jediondos no tenían vísceras. Capaces eran de haberle dado plata para volverla cómplice. Capaces eran de haberla matado y enterrado en un río. Si él lograba localizarla, sin embargo, tal vez podría dar con una pieza principal del rompecabezas: «Quién quita», repetía.

¿Pero dónde podía estar ella si es que aún estaba viva? ¿Por qué, en tantos, tantos años, jamás había contestado sus llamadas? ¿Quién, que por el amor de Dios no fuera ella, andaba detrás de ese silencio con vocación de muerte?

¿Y si aquel amigo de un amigo de un amigo, que vivía en Puerto Carreño desde los buenos tiempos, sabía alguna cosa, cualquier cosa de ella?

Iba a decirle eso a Doris Patricia, «mija: ¿cómo era que se llamaba ese muchacho amigo de su amigo que acabó metido en la policía de por allá?», cuando Doris Patricia le dijo «papi: ahorita me llamaron a decirme que acaban de ver a la viuda con la niña en el barrio en donde él está viviendo». Don Raúl contestó «dígales que nos consigan el número» con la mandíbula atascada por la sorpresa. Y luego le dijo «vaya, vaya» a su hija porque escuchó llorar a su nieta, a la recién nacida, al otro lado de la línea. Por un momento, apenas colgaron, pensó que «esa gente» estaba oyéndole los pensamientos. Poco lo contó para que nadie se sintiera libre de decirle loco, pero removió todas las cosas que se le ocurrieron —el nochero, el tablero, la guantera, el sombrero de ala corta— en busca de micrófonos ocultos.

Esta vez la verdad era simple: el amigo de un amigo de un amigo vio, colgado en YouTube, el pequeño documental en el que la familia Carvajal Londoño pedía auxilio.

Oneida le rogó a la cámara: «Nosotros estamos buscando a nuestra nuera y a nuestra nieta porque desde el día del entierro de mi hijo no sabemos qué pasó con ellas».

Y él se dijo a sí mismo «a mí me late que esta gente está hablando de la muchacha que entró esa vez a la casa amarilla».

El día que la volvió a ver, porque pasaba él, de pura suerte, por la misma cuadra de la iglesia, llamó a Doris Patricia Carvajal a contarle.

Se le acercó a la muchacha la tarde después, que, dicho sea de paso, casi la mata del susto, a decirle que los suegros la estaban buscando: «¿Puedo darles su número?».

Don Raúl y su Oneida hablaron con ella. Quedaron en verla «un día de estos», sin propósito, ni fecha, ni hora ni lugar, porque esos maldingos moscamuertas podían estar escuchándolos detrás de las paredes. Cruzaron el país en tres días —fueron en puntillas por sus llanos, sus montañas, sus infiernos, sus precipicios, sus derrumbes, sus riberas— como bordeando todos los peligros del mundo hasta dar con una casa amarilla. Nada los sacudió tanto como la silueta de su nieta asomada a la ventana de la sala. Desde el asesinato de Raúl Antonio pocas cosas, poquísimas, les habían servido de consuelo: los saludos tímidos de la niña, las sonrisas tristes de la nuera, los paseos a comprarse un bombón, las tardes que pasaron juntos y las conversaciones llenas de silencios fueron un alivio.

Don Raúl se atrevió a hacerle a aquella muchacha, que en estos años de no verla había recobrado algo de su juventud, una pregunta de las suyas.

—Mija: ¿pero usted por qué desapareció?

—Por la niña, don Raúl —contestó ella.

Quería decir, sin lugar a duda, «para que nadie me le hiciera nada». Eso entendió él. Eso se fue pensando, días después, en el camino de vuelta. Cada vez que hicieron una parada para descansar de los cuerpos sesentones, en La Primavera, en Puerto Gaitán, en Puerto López, en Villavicencio, en Chipaque, en Villeta, en Guaduas, en Yerbabuena, en Puerto Triunfo, en Puerto Berrío, en Remedios, se sentaron a la sombra de algún algarrobo o cualquier guarumo a confirmar en las fotos del viaje tanto las dichas del encuentro como los pesares de la separación: duele más que todo despedirse de las historias que no han acabado de contarse, y ellos se daban ánimos por turnos cuando veían las pruebas de que habían estado con los últimos amores que habían visto a su hijo.

Qué felices se veían los tres, abuela, nieta y abuelo, en aquel retrato con el fondo de los velos de agua, de las vegetaciones infinitas, de las cascadas inverosímiles del Orinoco.

Oneida, con su blusa de manga corta de arabescos aguamarina, sonreía rejuvenecida por el paso de la vida.

Don Raúl, de camisa blanca y pantalones habanos de dril y cinturón de cuero café con el teléfono al cinto, se veía risueño porque tenía alzada a la nieta que había dado por perdida.

Qué hermosa era esa niña tan pequeña y tan flaquita y tan parecida a su hijo a esa edad, y qué falta les estaba haciendo.

Recorrieron de vuelta, en fin, medio país. Se salvaron de las noticias, de la explosión en Oiba, del deslizamiento en Buenaventura, de la fosa descubierta en Toluviejo, del suicidio del candidato al concejo de Samaná, de las campañas políticas para las elecciones regionales, de las amenazas a los teatreros en Bogotá, del escándalo del alcalde de Sandoná, de la ola invernal, pues se tomaron ese regreso para estar juntos, para quedarse callados, en paz, sin rodeos. Volvieron a la realidad en Caucasia porque a él le dio porque entraran a una papelería con cubículos de internet, como los Telecom de cuando todo era más lento, a revisar el perfil de Facebook que le habían ayudado a montar los hijos: «Hola don Raúl: le cuento que en Antioquia, en Urrao, yo tuve la fortuna de tener una relación de unos cuantos meses con su hijo pero no seguimos porque él me decía que no tendría una familia hasta salir del ejército», escribía, en el muro, una muchacha de apellido García, «qué lástima darme cuenta de su muerte de esta manera».

Don Raúl había vivido, vivía e iba a vivir a los pies de su Oneida: Oneida, un nombre americano que significa «piedra de pie», «roca», era la única persona en el mundo que lo había descifrado a él. Y, según sus cálculos, sólo les quedaban 2.424 horas antes de que él se mudara a Bogotá a hacer su oficio como cualquier viejo que un día se ve obligado a irse a la guerra. Así que, apenas notó que a ella se le estaban aguando los ojos de tanto leer mensajes como «los héroes sí existen», «usted es un ejemplo de dignidad», «fui testigo del atropello al que usted fue sometido por tres agentes ese domingo en la Plaza de Bolívar» y «ojalá la vida le regale la justicia que tanto ha reclamado» en el muro del tal Facebook, le propuso que más bien fueran a comer algo tan bueno, tan rico, que los vengara.

Caminaron juntos por el Parque de la Virgen como la silueta que habían sido desde jóvenes, como en las fotos que se habían tomado en los últimos días, él alto y ella bajita, él blancuzco y ella morena, él desgarbado y ella entera, dispuestos a aguantarse el uno al otro hasta después de la muerte.

Comieron el sancocho de pescado que les quedaba bueno en ese restaurante, Donde Luis, que no quedaba lejos del parque, pero de vuelta en la calle se sintieron fuera de lugar, más perdidos que de viaje. Prefirieron seguir avanzando en el camión así les llegara la noche.

¿Por qué les había tocado tanto sufrimiento? ¿En qué momento habían ido de levantar a los cuatro hijos para que no llegaran tarde al colegio a convertirse en sus evangelistas? ¿Qué clase de Dios o de destino permitía un nido vacío a sangre y fuego?

Ya en los llanos de Córdoba don Raúl le puso a su mujer el casete marchito de Los Visconti que tanto les gustaba, *tú eres*

*fuente inagotable que alimenta mi cariño | con la misma ingenui-
dad de un niño | yo confío en ti como si fuera en Dios,* porque ni
siquiera en la distancia se iba a cansar de gallinacearle, de ga-
lantearle: algo pasó allá adentro, pues de un verso a otro, de *si
supieras el dolor que llevo dentro de mi alma* a *que no puedo hallar un momento de calma,* las voces pesarosas de los cantantes
argentinos se revolucionaron hasta el ridículo y ya luego no se
oyeron. Terminó de cantarla él con su voz sofocada. Qué más
podía hacer. Y cuando llegó al final, conmovido por los hori-
zontes verdes apenas atajados por las ceibas y por los jinetes que
cruzaban los potreros con Dios de testigo, se puso a decirle a su
Oneida otra vez que algún día tenían que volver a ver aquella
película favorita.

—¿Cómo es que se llama? —preguntó su mujer para no
dejarlo solo.

—*Un hombre llamado Caballo* —le dijo él.

¿Por qué se le había venido eso a la cabeza? Porque estaban
acercándose, con la nostalgia de las despedidas, a las explanadas
de Montería. Porque Montería se llamaba así porque allí se
reunían los monteros: los cazadores del monte, los vaqueros. Y
*Un hombre llamado Caballo,* que la habían visto por allá a finales del setenta, en el Teatro Libia, cuando todavía estaban empezando a vivir la vida de los dos, es la historia de un aristócra-
ta inglés que una mañana es capturado, torturado, humillado,
aterrorizado, esclavizado, perseguido, recapturado, reconocido,
respetado, querido e idolatrado por los sioux: «Nada bueno
nace sin dolor», decía un personaje francés, si mal no recordaba, para darle ánimos a aquel protagonista sometido que trataba de conservar su humanidad entre su cuerpo.

Qué tal cuando lo jalaban con esas cuerdas como una bestia salvaje. Qué tal cuando les gritaba a los indios «¡no soy un
animal!». Qué tal cuando sus verdugos se veían obligados a reconocer su valor.

En el camino a la casa de El Dorado, en la orilla izquierda
del río Sinú, empezó a acelerárseles el corazón. Cuando dejaron
parqueado el camión en el lote en el que lo dejaban, y recorrie-

ron las aceras de siempre al paso de los dos, comenzaron a despedirse sin decírselo. Se les apelmazaba en el estómago el temor a llegar. Qué padre o qué madre abre la puerta en paz si no se oye adentro a los hijos. Qué raro era que justo estuviera llamándolos Doris Patricia: «Dónde están, papi, que no sé por qué me entró la sensación de que algo malo va a pasar», dijo mientras Iván, el marido, le susurraba vallenatos a la bebé para que se calmara. Trataron de tranquilizarla a ella también: «Ya entramos». Pero sí estaba empezándoles otro capítulo del viacrucis, claro, porque por debajo de la entrada les habían deslizado una amenaza de muerte.

SEÑORA ONEIDA: SI USTEDES SIGUEN VIAJANDO A DONDE NADA SE LES HA PERDIDO Y METIÉNDOSE DONDE NADIE LOS HA LLAMADO YO MISMO LES ECHO POR LA VENTANA UNA GRANADA DE MANO.

Se quedaron un rato a oscuras en la casa que conocían de memoria. Podían ver enfrente lo que vino.

Don Raúl Carvajal se compuso a sí mismo para poner en marcha, con el respaldo de Dios, la única escena que sabía interpretar. Se peinó un poco el bigote blanco que chocaba con el pelo gris: «Yo soy joven y viejo», se dijo. Se echó un poco de agua en la cara. Sacó más copias de los volantes agónicos en la primera papelería que se encontró en aquella manzana atiborrada de pequeñas tiendas. Con la plata que había reservado para la ocasión —contaba uno por uno por uno los pesos desde que se había mudado a la ciudad— arregló un poco la vestidura llena de denuncias que se encajaba como una ruana cada día antes de salir. Y se fue a la Plaza de Bolívar de Bogotá a hacer su trabajo, entre las miradas compasivas de los vendedores ambulantes de La Candelaria, sin sospechar siquiera que estaba a punto de escribir un párrafo —un par de líneas al menos— de la tortuosa historia del país.

Era el domingo 30 de octubre de las elecciones regionales de 2011 e iba a recordarle al país su grito.

Tenía los últimos seis meses revueltos entre las tripas. Se había acostumbrado a llevar adentro una rabia monocorde e inclemente que lo obligaba a irse a dormir temprano en la noche y lo despertaba antes de que empezara el coro de los copetones del amanecer. Porque, por las amenazas de muerte, por los volantes que no se supo cuál de todos los enemigos había enviado, se vieron forzados a vender la casa de la familia en El Dorado e irse a un par de apartamentos pequeños que encontraron en Medellín: don Raúl y su Oneida no sólo se vieron ante la imagen de ese nido vacío, como una escenografía huérfana, sin dramas ni personajes a la vista, sino ante la desgarradora experiencia de desocupar objeto por objeto su refugio: «Yo es que aún hoy no lo creo», repitió su mujer desde el principio hasta el final de la mudanza.

Salieron poco a las calles de Montería en esos últimos días. Vendieron la casa a un amigo de un amigo de un amigo que había estado buscando un lugar así. Repartieron entre los vecinos la choricera de vainas que tenían embodegadas junto al patio de atrás. Empacaron las cosas sagradas de los hijos. Echaron en el remolque del camión cuarenta años de tesoros: la ropa de los muertos, la nevera plateada que no iban a soltar por nada del mundo, la vajilla hecha de vajillas, la cobija que se peleaban cuando los agarraba el frío por sorpresa, el televisor de los años noventa, el comedor grueso que era el corazón de la casa, la silla favorita de los viejos, el álbum familiar que repasaban para demostrarse los unos a los otros que nada había sido un sueño. Y les partieron el alma las huellas de las repisas y los portarretratos.

Echaron de menos El Dorado, el barrio de la vida, desde que cerraron la puerta de la casa por última vez. En ese andén rocoso, de aquel galpón de paredes anaranjadas, encontraron el cadáver de un trabajador de una finca de allí nomás. En esa miscelánea compraron una vez un morralito tres días antes del arranque de las clases. En esa mecedora azul y amarilla traída de El Salado, en aquella terraza de baldosas grandotas, se sentaba la vecina a leer mientras el vecino hacía ejercicio en la elíptica. En esa heladería siempre se les dañaba la nevera. Ay, Señor, la cuadra que quedaba hundida hasta la mitad cuando los tomaban por sorpresa las inundaciones. Ay, Dios, los barrizales y las alcantarillas hediondas que venían después de las crecidas del río. Y entonces los tubos se rompían y ya qué.

Adiós, querida casa. Adiós, queridos vecinos a pesar de todo. «Hasta luego» sería una mentira.

Del hogar de Montería al escondite de Medellín, un viaje verde y más verde de ocho horas serpenteadas, don Raúl Carvajal se fue pensando en voz alta «yo sí querría verlos a todos yéndose de sus casas de toda la vida, en la madrugada, con un saco hecho de afán con cualquier cobija», «yo sí querría verlos a todos escapándose de su propia tierra, humillados a más no poder, sin saber si seguir viviendo es una buena noticia», «yo sí querría verlos a todos deshaciéndose de todos los chécheres que pudieron comprarse a punta de trabajar desde el amanecer hasta el anochecer», «yo sí querría verlos a todos con ganas de que llegue la próxima recta, agotados de tanto temer, para pasar de largo a un carro destartalado en ese recorrido que es el último recorrido que usted habría querido hacer».

Con que eso era lo que se sentía. Esa desazón a la espera del siguiente sobresalto. Ese vaivén del pavor a la ira al abatimiento.

Súmele que la cabina era un puto horno. Súmele el retén de la banda de los Rastrojos por los lados de Santa Rosa de Osos: «Siga, pues, pero callado», le dijeron luego de darle un par de golpes al capó.

¿Dónde estaban los obreros que, según las señales, estaban levantando ese derrumbe? ¿Quién era ese motociclista de gafas de sol que acababa de detenerse, a descansar, a la vera del camino? ¿Quién había dado la orden terminante de apagar las luces de los postes de la carretera? ¿Por qué carajos estaba frenándose aquel camión repleto de soldados, como los que se van por el despeñadero o se vuelcan en las noticias, si no era porque estaban completamente decididos a silenciar sus denuncias? ¿Querían enloquecerlo? ¿Querían que los demás pensaran que sí estaba loco? ¿Por qué lo miraban fijamente en vez de andar contándose los cuentos de las fiestas en los días de permiso? ¿Qué buscaban de él? ¿Qué se les había perdido? ¿Nunca habían visto a un padre dispuesto a traerse a sus hijos de la muerte?

Se instalaron todos, como una familia de familias, en un par de lugares que se consiguieron a punta de llamadas —y de otro amigo de un amigo de un amigo— en el barrio Belén de Medellín. Unos días después, cuando el apartamento aún parecía un sitio de paso, don Raúl se despidió de su mujer como se siguen despidiendo los maridos que se van a la guerra a estas alturas de la historia: «Adiós, mija, rece por mí». Por un momento, en el umbral, fueron la silueta que eran. El viejo alto y escuálido y agitado junto a la joven bajita y vigorosa y serena. Se miraron y se quitaron la mirada y se volvieron a mirar mientras se declaraban ese amor sólo de ellos. Estaban acostumbrados a despedirse porque el trabajo de él era marcharse e irse de viaje, pero esta ida era nueva porque ya no iba a hacer las tareas de un acarreador, sino las de un narrador.

Se iba a vivir a Bogotá porque si el relato no venía desde allá muy poca gente se detendría a escucharlo.

Se sentía extraño en esa puerta de salida, como si ella fuera su espejo y el reflejo de su nostalgia, porque cuándo iban a volver a vivir juntos si contar la historia es un oficio para siempre.

Se fue en paz, resignado, como en los últimos cuarenta años, a ser un vendedor viajero, porque ya había pasado el cumpleaños de su hija Doris Patricia: «¡Feliz día!», le había dicho, apretándola contra su corazón, como si aún fuera la niña de vestido azul —sonreía a lomo de burro— en la foto que llevaba en el bolsillo. Habría podido ir despacio porque tenía convertido el remolque del Dodge 73 en una celda monacal con un colchón cubierto de cobijas, un nochero que era, ya lo dije, el primer nochero del matrimonio, y un pequeño televisor adaptado para ver el noticiero al final del día. Se detuvo poco, sin embargo, porque esta no era la osadía de antes, sino una última mudanza: un episodio definitivo, advertido por el episodio anterior, que quería empezar de una vez.

Regresó a Bogotá el sábado 29 de octubre de 2011 porque tenía metida entre pecho y espalda la idea de poner en escena su protesta en las elecciones del día siguiente.

Bogotá seguía siendo un vertedero y un destino, y ya no se veía como un miedo que empezaba en los cerros e iba quién sabe hasta cuándo. No estaba fría, al menos, porque el sol se había tomado la mitad de la mañana: 24 grados centígrados. Pero en la tarde de la tarde, mientras dejaba el camión en el solar que había conocido meses atrás, comenzó a caerle encima esa lloviznita que parece inofensiva. Durante un poco más de una cuadra se preguntó, empapado y agravado entre ese traicionero velo de agua, si estaba cometiendo un error que no podía dejar de cometer, si estaba dejándose llevar por una terquedad que no tendría vuelta atrás. Se respondió que no —que andaba haciendo lo mínimo, lo justo— cuando un par de vendedores del camino le dijeron «buenas las tenga, don Raúl».

Ya dije que al día siguiente, el domingo ancho de las elecciones, se lavó la cara, se puso su traje, su manto para protestar, y se fue a la Plaza de Bolívar a poner el grito en el cielo por el infierno de su hijo: «Un berrido», decía su mamá, «ustedes berrean de lo lindo». No dije que hasta ahora comenzaba la mañana. Ni que arriba todo era llano y era azul. Ni que se habían ido todas, una por una hasta nueva orden, las nubes del día anterior. Ni mucho menos que apenas llegó a la estatua que se había tomado ocho meses atrás, cuando llegó con el cadáver roto de su Mono a vociferar contra la impunidad, lo sorprendió el tamaño de aquella multitud dispersa que iba y venía de las toldas blancas de los puestos de votación. Se puso arrozudo, pero no del miedo, sino de la emoción, y se puso a repartir volantes de una vez: «Quiero que usted sepa que el ejército mató a mi hijo», empezó.

Las palomas pasaban de largo, del techo de la catedral al techo del Palacio de Justicia, para que algo fuera igual.

Ya no andaban los políticos madrugadores en la plaza. Ya habían votado los viejos que votan temprano por si acaso. Ya estaban saliendo los cuarentones con sus hijos, y a los jurados de las mesas empezaba a subírseles la tensión mientras revisaban los números de las cédulas de los electores, y sin embargo todo estaba más bien tranquilo —y no era una calma engañosa de aquellas— en los puestos de votación que quedaban a unas baldosas del Capitolio Nacional. Don Raúl era la intranquilidad. Don Raúl, que seguía repartiendo sus volantes con esa vestidura de papel blanco en la que había pegado la foto de su hijo el cabo, era la indignación a la que no le bastaban los tarjetones ni las urnas. Estaba esperando una razón para estallar. Y entonces apareció el expresidente Uribe en esa plaza.

No lo dudó porque ni siquiera lo pensó. Apenas lo vio, se mandó a encararlo, inclinado hacia adelante, como desafiando la gravedad, pues así empezaba las marchas, y no le importaron ni un comino las cámaras de los noticieros, ni los uribistas nostálgicos, ni los escoltas.

Llegó hasta el expresidente, que venía de votar, luego de dar unos cuantos pasos, unos cuantos gritos nada más. Nadie le impidió el cara a cara porque todo el mundo se paraliza —se vuelve espectador— cuando va a comenzar un rifirrafe. Pero también, en honor a la verdad, porque Uribe pidió a sus guardaespaldas que dejaran hablar a Carvajal ante el tribunal de las cámaras de los noticieros. Se veía serísimo, fruncido, el hombre más poderoso del país. Se le estaban oscureciendo las gafas que se oscurecían solas. Se notaba a leguas que su memoria prodigiosa, de caudillo, de mayoral, había reconocido al hombre que se le había metido a la finca años atrás. Traía un gesto entre la mortificación y el dolor y la paciencia, un rictus de creyente ante el altar, que nadie podía negar. Seguía pareciendo presidente.

Uribe se perdió la mitad de la queja porque don Raúl empezó su monólogo desde que lo vio y la gente se amotinó alrededor de los dos, pero cuando lo tuvo justo enfrente le escuchó cada palabra.

—¡Fue usted, Uribe, fue usted! ¡Usted con su ministro Santos decidió mandarlo por allá a El Tarra, junto a Venezuela, para que me lo asesinaran a mi hijo porque él no quiso hacer unos falsos positivos que le ordenaron hacer! ¡Él me llamó antes a decírmelo a mí y quince días después me lo asesinaron por orden de ustedes! ¡Esto es obra suya con Santos! ¡Esto fue lo que usted hizo porque usted no mandó a investigar el caso, que era lo único que yo le pedía!: ¡que usted me aclarara el asesinato de mi hijo! —gritó y gritó y gritó más don Raúl, pero se detuvo por unos tres segundos, de golpe, porque se fue quedando sin aire y porque le pareció que el expresidente murmuraba unas condolencias y porque le pareció que se iba a quebrar.

—¿Usted me deja decirle unas palabras? —preguntó la serenidad del expresidente, de blazer y camisa blanca de domingo, bajo la mirada de sus seguidores y de sus detractores.

—¡Ojalá le mataran un hijo a usted para que supiera lo que duele! —pidió la rabia apozada de don Raúl, sin escucharle ni una sílaba de la petición, porque su grito ahora también era un lamento, un sollozo que le daba a uno ganas de sentarse a llorar—: ¡lo que duele la muerte de un hijo cuando un hijo es bueno! ¡Pero ustedes son unos, unos, unos asesinos, porque si ustedes no tuvieran que ver con el asesinato de mi hijo hubieran dejado que se investigara! ¡Y yo personalmente a usted le entregué una carta en la finca de El Ubérrimo! ¡Sí o no se la entregué! ¡Después hice una protesta en una inauguración de un colegio! ¡Después le hice a usted una protesta en el centro de convenciones! ¡Y ustedes no han querido dejar que se esclarezca el asesinato de mi hijo!

Uribe pestañeó, por fin, porque Carvajal tomó aire, pero de inmediato captó que aún no era el momento de intervenir.

—¡La persona que comenzó a investigar el asesinato de mi hijo, la fiscal, la cambiaron! —explicó don Raúl, bajándole un poco el volumen y un poco la velocidad, sólo un poco, pues se sentía diciendo la verdad mientras subía unas escaleras—. ¡Y enseguida la otra fiscal cerró el caso porque a ustedes no les conviene que se sepa que a él lo llevaron en un helicóptero desde Bucaramanga para asesinarlo en El Tarra…!

Uribe, de mirada fija, sosegada, pero viva, reptiliana, vio una oportunidad para pronunciar su defensa en los puntos suspensivos —en el ahogo— de aquel padre herido de muerte.

—¿Usted me deja hablar? —suplicó, rodeado por cinco escoltas de gafas oscuras, con voz queda de «yo no soy su enemigo».

—¡Sí, hable! —contestó don Raúl—: ¡diga otra mentira!

—Primero: comprendo su dolor —declaró el expresidente.

E hizo una pausa cabizbaja como probando qué tanto le interesaba a la gente de la plaza escuchar su versión verificable:

que varios comandantes de aquella brigada habían sido destituidos y denunciados por su gobierno.

—Segundo: tanto el ministro de Defensa de la época como mi persona hicimos todos los esfuerzos en todos los casos —agregó.

—¡No me hable usted a mí de esfuerzos! —reclamó don Raúl.

—Nosotros procuramos proceder con toda transparencia, querido amigo, pero comprendo su dolor.

—¡Sí, pero a ustedes no les conviene que esto salga a la luz porque los perjudica afuera!

—Hombre, no, querido amigo: cómo se le va a ocurrir.

Hubo un silencio manchado por los ruidos de la plaza, y lo captaron las tres, cuatro cámaras que ya estaban allí. Vino la sensación de que el paso a seguir iba a ser gritarse lo mismo otra vez: «¡Asesinos!». Alguien soltó la arenga «¡que se haga justicia!». Otro más vociferó «¡ya no más guerra!» porque nunca sobra. Un periodista exclamó «¡presidente!», «¡presidente!», dos veces por si acaso, para que le contestara una pregunta en plena tregua. Uribe estuvo a punto de dejarse llevar por una demostración de las suyas, con estadísticas aprendidas de memoria, de que el asunto de fondo no había sido su política de seguridad. Quiso repetir algo semejante a «comprendo su dolor» para que el luto siguiera siendo la cuestión. Pero uno de los escoltas, el de la izquierda, le susurró que mejor se fueran. Y así fue.

Repitió el pésame entre dientes. Prometió pedir que siguiera actuándose con toda probidad. Se despidió. Y se marchó hacia el lugar en el que estaba su caravana de camionetas oscurecidas.

Animado por voces sin caras, don Raúl Carvajal se quedó gritando que él no se iba a cansar de repetir su historia hasta que le tocara el turno de la muerte.

Se hubiera sentado por ahí a recobrar el aliento y a tragarse el llanto —y a entrecerrar los ojos por el sol que empezaba a enardecer la plaza— si las preguntas de los periodistas y los prójimos no lo hubieran rescatado justo a tiempo.

Vendió el Dodge 73 un par de días después porque el pobre camión ya no daba más: tosía y crepitaba y se rendía, y además era demasiado grande para las calles estrechas e inflexibles del centro de Bogotá. Pero sobre todo lo vendió porque la vida en aquella ciudad que era el estómago del país, o sea la vida desconocida que tenía por delante, debía suceder en una casa nueva. Con el dinero que le entregó un colega transportista de toda la vida, más una parte de la plata que les dieron por la venta de la casa de la infancia en El Dorado, más algo, alguito, de los ahorros que tenían reservados para los tiempos difíciles, pudo comprar —por allá por la vía de Chía a Cajicá el jueves 3 de noviembre de 2011— el furgón blanco *JAC* de placas **SKZ-508** que iba a tener hasta el final del final.

Desde que cruzó la puerta de malla del terreno gris, ante las vitrinas de las ventas de carros traídos de Asia, sintió el vaivén de la levedad a la tristeza que sienten quienes llegan al último capítulo de la vida: «Yo también», se dijo, sorprendido, pues de niño y de joven y de adulto se ve muy lejos esa sensación. Se fue de una vez a la fachada negra entre las fachadas blancas a decirle a un vendedor miope, escondido, quién sabe por qué, detrás de un escritorio de madera muy lisa, que quería llevarse puesto el camioncito modelo 2012 que estaba parqueado allí al lado. Se veía pequeño desde afuera, el furgón, pero allá adentro, allá atrás, le cabía la habitación con el nochero, el camastro y el televisor. De lejos parecía un escarabajo blanco en un mundo demasiado duro para los seres pequeños, pero tenía la fuerza que necesitaba para llevarlo por las montañas y por los despeñaderos a buscar a los asesinos de su hijo.

Puso la huella del dedo índice de la mano derecha en siete cuadritos diferentes. Firmó donde le dijeron que firmara en un montón de papeles que le pusieron enfrente, *Raúl Carvajal Pérez* con la cédula de ciudadanía 7.440.168, mientras se sucedían como profecías las noticias del día: el caso de las falsas víctimas de la masacre de Mapiripán; los señalamientos entre los líderes de la derecha por la victoria de Petro, el senador de izquierda que denunció el paramilitarismo, en las elecciones locales de Bogotá, y el anuncio de la marcha de estudiantes contra las reformas propuestas por el gobierno. Tardó un poco más de lo que se había imaginado porque todo tarda un poco más acá en Colombia. Pero cuando se vio adentro, en la cabina reluciente, le dio igual toda esa espera.

Y se le apareció de golpe la idea de que así iba a ser y así se iba a sentir en la hora precisa de la muerte —sí, todas las injusticias y todos los tormentos terminarían siendo parte de un mal sueño, y ya— cuando la familia entera se encontrara de nuevo.

No llamó a Oneida ni a Doris Patricia ni a Richard de Jesús a contarles la noticia, porque, luego de verlos empacar la ropa a manotadas, luego de verlos llorar la casa de la infancia, no quería joderlos ni volverlos un blanco fácil nunca más: «Yo fregando y fregando como si todo el mundo tuviera que morirse conmigo», se dijo.

Regresó a Bogotá en la ventilada tarde de ese mismo jueves, entre el sol vencido de la tarde, a redactar e imprimir las pancartas que revisten el furgón blanco hasta el día de hoy.

¿Qué más podía hacer? ¿Qué habría hecho usted? Él se lo había preguntado día y noche, día y noche, después de los dos entierros de su hijo: ¿cómo manifestarse?, ¿cómo pegar el grito?, ¿cómo hacerse oír más allá de las palmaditas en la espalda? Siempre se aconsejó a sí mismo «aprovechar este trabajo que me permite moverme por todo el país: ¿qué más?» e imprimió los volantes aquellos que contaban en pocas palabras la pesadilla. Hizo eso. Ya se vio. Que narró y narró la trama. Que entregó —quizás la palabra precisa sea «confió»— hojas de esas en cada plaza de cada ciudad, en cada parque de cada pueblo. No pasó nada de nada, no, quién sabe cuántos padres y cuántas madres botaron el papelito en la caneca de la siguiente esquina. Y entonces se vio obligado a irse hasta la Plaza de Bolívar de la capital, o sea hasta la trinchera de los políticos colombianos, a repetirles la verdad a los noticieros: eso sí se oyó aquí y se oyó allá.

Y poco a poco, de tanto pasearse por esas calles infestadas de soldaditos más o menos resignados a sus suertes, de tanto contar el cuento bajo la mirada empañada de ciertos encorbatados sospechosos que no iban ni venían sino que aparecían allí, le fue perdiendo el miedo a ser torturado y desaparecido: «Nada va a dolerme más que esto», repitió.

Regresó a Bogotá en la tarde de ese mismo jueves, decía, con la memoria viva de su último viaje de pesca por los mares de toda la vida, entre los llanos deshonrados por las fábricas y los negocios tembleques de las orillas, a envolver el furgón recién nacido con sus carteles y sus fotografías.

Parqueó su *JAC* en una callecita en donde un muchacho parecido al Mono a esa edad le juró por Dios cuidarlo. Sacó las copias en una papelería con aires de miscelánea, en el redondeado **EDIFICIO ANTONIO NARIÑO** de la Avenida Jiménez, que parecía mucho más pequeña de lo que era después de todo: más allá del mostrador de vidrio en donde se ofrecían cachivaches de oficina, y de una hilera de cuatro pantallas para trabajar y para comunicarse, tenía dos estaciones de computadores con impresoras y un par de máquinas enormes que podían sacar adelante avisos gigantescos como los suyos. Lidió la impaciencia en el inmemorial **Café Pasaje**, en la plaza del Colegio Mayor del Rosario, del paso de la tarde a la oscuridad. Pagó gustoso lo que le cobraron, un poco más de diez millones de pesos, porque nadie más había ni habría querido imprimirle «esos colgantes llenos de pesos pesados»: era común temerle a todo, aquí, en esos tiempos.

Durmió en el solar de siempre con las pancartas enrolladas al lado del colchón.

Se despertó al día siguiente, con los pulmones llenos de frío y abandonados al polvo, porque un cantante de paso estaba entonando *Pesares* para empezar el viernes:

*¿Qué me dejó tu amor?, mi vida se pregunta.*
*Y el corazón responde: pesares, pesares…*

Contó treinta segundos para sentarse y treinta más para levantarse y treinta más para dar el primer paso porque el muchacho de la papelería les había aconsejado a todos los presentes, la tarde anterior, que no forzaran al cuerpo adormilado porque así era como ocurrían los derrames. De alguna manera, era su primer día dedicado enteramente al trabajo de volantear en Bogotá. Por supuesto, llevaba cinco años haciéndolo aquí y allá, en los atrios de las iglesias y las esquinas sombreadas de las plazoletas, pero al tiempo había seguido haciendo sus mudanzas y sus acarreos de pescados y de frutas. Ya no. Ya no era un repartidor. Ahora era este perito en duelo que tenía a la mano el asesinato salvaje de su hijo. Y este camión blanco era su habitación y su despacho.

Cubrió las cuatro caras del furgón con las pancartas que había mandado a hacer.

Dejó en la parte de adelante, sobre los ocelos del camión recién comprado, el resumen devastador que sin embargo nadie parecía comprender del todo: **NO DEJAN QUE SE INVESTIGUE ESTE CRIMEN DE ESTADO**. Montó luego una bandera de Colombia, conseguida en el mercado de las pulgas de San Alejo, en el techo curvado de la cabina. Puso en los dos flancos animalados las fotografías de los políticos que se habían dedicado a darle la espalda jornada tras jornada: los procuradores, los fiscales, los comandantes, los presidentes mudos e indolentes de los últimos cinco años. Pegó en la retaguardia una pregunta roja, **¿DÓNDE ESTÁ LA JUSTICIA QUE PREGONAN?**, rematada por un boceto de una imagen de la cacica La Gaitana que se le iría convirtiendo en el símbolo de su resistencia.

Don Raúl Carvajal quiso establecerse en el centro de la Plaza de Bolívar, a medio camino entre aquel Capitolio Nacional levantado durante setenta y ocho años y aquella versión aséptica del Palacio de Justicia que tres décadas antes fue el escenario tomado e incendiado por todos los vicios de esta guerra, los camiones de la guerrilla, los dineros de los narcos, los tanques del Estado, pero al tercer mensaje del tercer funcionario del departamento encargado del espacio público empezó a resignarse a atender a sus lectores en la esquina de la Avenida Jiménez con la carrera Séptima.

El paso del tiempo le sirvió a su aceptación de los hechos como sirve cualquier lugar común. «Qué más se puede hacer», se repitió por esos días, él, que había vivido desde niño con la secreta convicción de que siempre podía hacerse más. Era mejor quedarse en esa esquina, pensó, porque las carreteras del país estaban plagadas de agentes de cualquier ley dispuestos a detenerlo, a callarlo a golpes. Ya se habían acabado los días de subir al remolque los bultos de yuca o las canastadas de mango que se vendían en las plazas de mercado en cuestión de minutos. Gracias a las apariciones en los noticieros de televisión, y a los videos compartidos en las páginas de internet, se habían terminado los días de rogarles migajas de atención a los unos y a los otros.

Un episodio desafortunado acabaría de demostrarle, desde finales de noviembre hasta finales de diciembre, luego de mañanas y de tardes y de mañanas y de tardes de protestarles a todos en la cara, que lo mejor que podía hacer era levantarse día por día por día a sembrar su relato.

Fue al mediodía del viernes 25 de noviembre de 2011. Crecía y crecía el invierno de acá. El volcán Galeras echaba humo sobre las cabezas de los incrédulos. El comandante paramilitar Salvatore Mancuso insistía e insistía en que a él lo habían extraditado para callarlo. El presidente venezolano, que cada día parecía más un déspota de novelas tropicales y llevaba el cáncer en el tuétano de los huesos, había prometido que las relaciones con Colombia iban a seguirse recuperando. El expre-

121

sidente Uribe se reunía con los unos y las otras para atravesársele a esa recuperación. Y don Raúl Carvajal estaba entregando sus volantes con el furgón a sus espaldas cuando se le acercó una figura equívoca —era un gordo rapado, con un chaleco habano de dril y un sobre de manila lleno de secretos, a punto de llegar a los cuarenta— a decirle que él sabía quién sabía.

—¿Cómo así? —le preguntó, enervado, don Raúl—: vaya a mofarse de otro, hágame el favor.

—No es ninguna burla —aclaró el tipo, más avergonzado que indignado, mientras jugueteaba con el sobre—: cómo se le va a ocurrir que yo voy a jugar con eso.

—¿Pero acaso quién es usted?

—Yo soy el hermano de un soldado que estuvo ahí y que quiere contarle cómo fue.

—¿Y acaso por qué no me lo dice él de frente?

—Porque él sigue allá.

O sea que le tenía pavor a abrir la boca. Necesitaba tener clarísimo si iba a ser bien recibido y si iba a estar a salvo en el remoto caso de escupir la verdad de la verdad. «Él sigue allá» quería decir «él sigue metido hasta el cuello en el ejército», «él puede terminar con un tiro de gracia si se atreve a soltar la lengua». Había enviado a su hermano de acento golpeado, que trabajaba en los puestos de celulares de la Avenida Jiménez desde hacía un par de años y daba pánico a todo aquel que le estuviera prestando atención, a tantear los ánimos del viejo Carvajal: «Mano, usted, que lo ve todos los días, por qué no le pregunta si todavía está interesado en lo que yo sé», le pidió. Porque si no le servía, pa' qué. Y si no iba a ser discreto y luego iba a contarles a todos los periódicos quién la había contado, pues ni modo.

—¿Y cómo haríamos entonces para sentarnos a hablar los dos?

—Eso es lo que yo le estoy diciendo, vecino, eso mismo es —reaccionó, tapándose la boca como un futbolista ante las cámaras, el aparecido de chaleco de explorador—: que el hombre le manda a preguntar cómo puede él contactarlo a usted

122

para contarle, en algún sitio que no sea acá, cómo fue que pasó todo lo que pasó.

—¿Pero él viene por acá o hay que ir a donde él está? —le contestó don Raúl, y señaló su furgón nuevo.

—Él siempre se está moviendo por allá por la frontera, igual que usted, pero a veces viene a Bogotá.

—Dele este número de celular, señor, que es un número nuevo que no lo tiene nadie —le pidió don Raúl al desconocido.

—¿Ni su familia?

—Yo ya no tengo familia: yo ya estoy solo en esto —le contestó como notificándose a sí mismo la decisión tomada de ya no involucrar más a su mujer y a sus hijos y sus nietos en los vericuetos de su cruzada: seguían a salvo en aquel par de guaridas y primero muerto antes de delatarlos por ahí.

Se lo anotó con su letrica chiquita en el anverso del sobre de manila, sin ninguna clase de temor, pues qué clase de malnacido y qué clase de subnormal podía tener las vísceras para enredarlo en una falsa confesión. Después, porque no hubo más qué decirse, le dio un apretón irrevocable con su mano de gigante. Quiso preguntarle desde cuándo y hasta dónde diablos podía esperar esa llamada que tenía tanto de respuesta a sus plegarias: «Yo espero aquí», dijo en cambio. Y, desconcertado y desacostumbrado a los sigilos, se dedicó a mirar fijamente a ese desconocido cuando le dijo «espere y lo verá» y cuando se dio la vuelta para regresar por donde acababa de venir. ¿Y si era otro engaño? ¿Y si era otro espía? ¿Y si acababa de cometer el peor error de su vida a plena luz del día?

¿No era más fácil desaparecerlo a uno en los basureros y los laberintos de Bogotá?

¿En qué momento había perdido de vista que esos malparidos no iban a descansar hasta callarlos?

Esa misma tarde un señor de su edad parecido a él, que dijo pertenecer a una oenegé para la defensa de las víctimas, le dio gratis —a modo de terapia— el consejo de llevar un diario en el que fuera escribiendo cualquier escena e idea que se le viniera a la cabeza sin permiso. Se atrevió a hacerlo un mes después, el día de Navidad, pues entonces empezó a hundírsele la esperanza de recibir la llamada del soldado que dizque quería contarle «cómo fue». Se metió en la parte de atrás del furgón, se sentó en el colchón a descansar la espalda y se puso a anotar los pensamientos sueltos en un cuaderno cuadriculado: «El Mono llamó el 20 de septiembre de 2006 a las 8 y 38 de la mañana», «hablamos unos cuatro minutos», «lo mataron a los veinte días en El Tarra».

Solía inventarles a los espectadores nuevos, dados a mirarlo desde lo alto, como a un pájaro raro de zoológico, que el asesinato de su hijo Raúl Antonio lo había obligado a aprender a leer y a escribir.

Quería decir, en verdad, que por culpa de aquella injusticia sin fondo una mañana de Navidad había terminado desempolvando tanto la fregadera como la escribidera.

Es la verdad. Así fue. Escribió y escribió y escribió, como quien reza, porque hasta las plegarias más largas encuentran un dios.

Y al final de ese 2011, cuando ya tenía un primer cuaderno lleno de escenas sueltas del caso, y de reflexiones sobre la guerra, y de cabos atados de cualquier manera, y de recuerdos de los viajes de Año Nuevo a la playa, y de respuestas a la pregunta de por qué jamás había recibido la llamada de aquel testigo perdido, se entregó por completo a la rutina de contar la historia.

Y entonces, cuando aceptó que su vida ya no era investigar sino narrar, y ya no sucedía en el Dodge 73, sino en el *JAC*, empezó a pasarle el tiempo.

Si uno se queda quieto, pasa el tiempo. Si uno asume su parte en el montaje, si es el viejo que todos los días a las 8:30 a.m. parquea su furgón en la esquina de la Avenida Jiménez con la carrera Séptima junto a los vendedores ambulantes y los locos, ya no pasan los meses, sino los años. Envejece. Se va extraviando poco a poco en la nostalgia. Un día no muy lejano se desconoce y se encoge de hombros en el espejo. Don Raúl Carvajal supo pasar del nomadismo al sedentarismo, que para algunos sería una derrota y para otros una evolución, porque su misión se lo estaba pidiendo a los gritos: su cruzada lo había traído hasta acá. De vez en cuando, sin embargo, sus pulmones de viajero le ordenaban subirse ya al camión e irse lejos de ahí. Sufrió el primer arrebato diez semanas después de su llegada a Bogotá.

Ya era la mañana del martes 10 de enero de 2012. Estaba echándole una revisada a una de las pancartas de los costados, la que nadie quería imprimir porque hay una foto de Uribe susurrándole alguna verdad a Santos, cuando un compadre suyo lo llamó al número secreto a decirle que le tenía una idea para hacerse oír: «Míreme una cosa, señor Carvajal, que al parecer el presidente va a estar aquí en Montería el jueves en la inauguración de la segunda oficina de restitución de tierras», dijo, «y puede que usted tenga una oportunidad para decirle lo que piensa». Don Raúl sintió que respiraba con el estómago y se le cerraba la garganta, por supuesto, porque estaba listo a agarrar para allá: «No se diga más», le contestó a su amigo. Le convenía ir. Tenía cuentas pendientes en la ciudad en la que había vivido desde los veintitrés. Quería, sobre todas las cosas, lanzarle un puñado de verdades a la cara a ese señor.

«Ese señor», o sea el presidente de la República de Colombia, era Juan Manuel Santos Calderón. El político sagaz que consiguió jurarle por Uribe a una gigantesca parte del país, ni más ni menos que a 9.028.943 electores, que desde agosto de 2010 en adelante iba a defender a muerte la patria uribista. El hombre que en agosto de 2006, cuatro años antes de llegar a la Casa de Nariño y dos meses antes del asesinato del Mono, se había convertido en el cuarto ministro de Defensa de aquel alargado gobierno. El más astuto de los herederos de ese periódico determinante, el diario *El Tiempo*, que alguna vez quedó —podía verse, aún, su nombre incrustado en la fachada del viejo edificio— en la esquina suroriental de la Avenida Jiménez con la carrera Séptima: justo enfrente del lugar de don Raúl.

Que recogió sus pancartas, convirtió su despacho de lata en su furgón y se fue rumbo a Montería.

Siempre fue un nómada, un pájaro migratorio. Desde muy joven se sintió a salvo de estación en estación en estación. Recolectó lo que da la tierra y da el agua como si el paisaje estuviera a su favor. Ofreció su camión para llevar trastos y alimentos hasta donde fuera necesario. A la fuerza estaba volviéndose sedentario, sí, pero le costaba dejar de pensar que tenía refugios suyos en todas partes. Y, como la sola palabra «Montería» le parecía una invitación, hizo el viaje de una casa a la otra en un par de enviones de ocho horas contadas minuto por minuto: fue de Bogotá a Puerto Berrío de una mañana a una tarde y de una madrugada a una mañana fue de Puerto Berrío a la Ronda del Sinú. No perdió ni un segundo. No se cambió la camisa gris de rayas blancas. Se fue de una vez a la sede nueva de la Unidad de Restitución de Tierras a esperar al hombre que quería tener enfrente.

Era la hora más calurosa del día más caluroso del año: jueves 12 de enero de 2012. Ya había policía. Ya había gente a unos pasos de las puertas de vidrio adornadas con esos afiches de personas que desde lejos parecen árboles.

—¿Entonces qué, don Raúl? —preguntó un muchacho entre el pequeño tumulto que estaba formándose frente al edificio.

—¿Qué dice don Raúl Carvajal? —agregó una señora que se abanicaba con la mirada puesta en la calle —: ¿qué lo trae hoy por su tierra?

Y él, que odiaba hablar por hablar, y temía a malgastar las palabras como a malgastar el dinero, fue amable y tuvo algo de humor hasta que vio llegar la caravana presidencial por ese camino pavimentado pero estrecho. Parquearon tres camionetas debajo de los nimbos de la acera. Aparecieron, como figurantes de la escena de mirada perdida, los agentes encargados de la seguridad. Saltaron al andén los escoltas de gafas oscuras, uno, dos, tres, cuatro, que habían nacido para responder por la vida del presidente de Colombia. Salió Santos, abrumado por el calor, habituado, a esas alturas, a saludar a la gente que se asomaba a verlo, listo a cumplir con un deber. De golpe, entonces, don Raúl se abrió paso entre la multitud. Y sin tartamudear una sola sílaba le soltó la historia entre la gritería de la gente.

—Presidente: cuando usted era ministro de Defensa, y Álvaro Uribe era el presidente, a mí me asesinaron a mi hijo en el Norte de Santander por orden de ustedes —le dijo.

Todos los testigos, el anciano desdentado de la cachucha habana, la mujer escondida detrás del hombro de un desconocido, el barbado de camisa azulosa con el sombrero aguadeño, la señora de moño que miraba al gobernante como al hijo que nunca tuvo, el camarógrafo del noticiero de los fines de semana que estaba ahí «porque uno nunca sabe», cerraron de un tajo la sonrisa. Alguien gritó: «¡Déjelo en paz!». Alguien ripostó: «¡Hágale don Raúl!». Uno de los escoltas, el de adelante, dejó en claro: «¡Ahora no!». Los demás personajes, los de atrás, seguían exclamando «vivas» sin mayores pretensiones. Pero él, rejuvenecido por el encuentro, convertido en el narrador de aquella injusticia e imperturbable porque misión es misión, siguió adelante con sus palabras.

—Quiero que me diga una cosa —continuó con la mirada fija y el dedo acusador entre su cara y la cara del presidente—: ¿por qué usted no ha dejado que se investigue el asesinato de mi hijo que era cabo primero del ejército?

—Yo no he querido que no se investigue —trató de responderle Santos, pero Carvajal, de la taquicardia a la ira, aún estaba en la mitad de su monólogo.

—Usted era el ministro de Defensa en el 2006 y asesinaron a mi hijo en el Norte de Santander —le repitió mitad enfurecido, mitad lloroso, a los ojos entrecerrados, asaltados, del gobernante que veía todos los días en el costado del furgón, pues sintió que lo estaban empujando para que se callara y la inauguración siguiera su marcha—: ¡usted con Álvaro Uribe Vélez!

De un segundo al siguiente se dio cuenta de que tres verriondos del anillo de seguridad, con los chalecos pegados por el sudor y con el pelo a ras, estaban repitiéndole «retírese», «retírese» mientras lo conducían a la calle. Santos lo vio irse. Santos le balbuceó «yo he sido, desde que estaba en el ministerio, el que he pedido que eso se investigue» a pesar de la alharaca de la muchedumbre. Luego se dio vuelta porque el evento lo estaba esperando para comenzar. Y don Raúl, enervado por los empujones, por los «cálmese» y los «tranquilícese» y los «colabóreme» de esos escoltas que no lo miraban a la cara, pasó de gritarle «¡presidente!», «¡presidente!», «¡presidente!» a gritarle «¿cuál presidente?» a ver si se atrevían esos hijueputas a ponerle una sola mano.

—¡Usted no es un presidente! —lo insultó a él, a Santos, cuando ya iba a entrar al lugar—: ¡usted es un asesino de los colombianos!

Se había quedado sin aire. Quería toser. Estaba enrojecido y desbocado y en el borde de un infarto: ya qué. Sentía encima a los camajanes de gafas negras y a un agente de la policía que tenía miedo: «Vaya, vaya», le decían empujándolo y señalándole el camino, «deje el lío», «no se me envaine». Pero él seguía adelante con su rabia, y manoteaba y soltaba de tanto en tanto una vaciada, porque lo suyo era mirar fijamente al presidente a ver si le arañaba la espalda. Sabía de memoria que su ira era otro órgano adentro de su cuerpo, pero estaba allí como una costumbre que dolía —como una hernia o un *tinnitus* de aquí al día del juicio final— y su estallido no dejaba de ser una sorpresa. Paró. Se agachó. Pareció dando una venia desesperada. Fue recobrando poco a poco el vaivén de la respiración.

Levantó la mirada porque un par de siluetas estaban mirándolo. Eran la reportera y el camarógrafo de Noticias Uno, el noticiero de los sábados y los domingos, que querían pedirle una cita en un rato para hacerle unas preguntas.

Dijo que sí sin pensárselo de a mucho. Quedaron de verse hacia las cinco de la tarde en su barrio de El Dorado. Y entonces, como si hubiera logrado salirse del cuerpo, comenzó a recobrar el control de sus palabras y sus manos.

Pasó la tarde con sus compadres en la plazoleta de **El Buen Bocachico**. Consiguió que todas las conversaciones que tuvieron, sobre el secuestro del hermano del concejal de Tuluá, sobre el robo del camión del ejército por allá por Cúcuta, sobre los treinta y pico años de cárcel a la hija del traficante por haber matado a ese sindicalista, sobre el colombiano que va bien en la Vuelta al Táchira, sobre la infidelidad del uno a espaldas de la otra, terminaran en el caso de su hijo. El Mocho Espinosa, siempre compasivo, siempre harto de que «no dejen vivir en paz», corrió el riesgo de mostrarle un titular que le dio pie a volver sobre su relato: «Movimiento de Víctimas de Crímenes de Estado denuncian desaparición de un integrante». Y don Raúl contó una vez más, amodorrado, las escenas de los últimos cinco años. Se despidió a las cuatro para no llegar tarde a su encuentro.

Pasó por la cuadra de toda la vida en su furgón, con el corazón quieto, a ver qué estaban haciendo los nuevos inquilinos con la casa de la familia, pero, cuando vio que un par de vecinos lo saludaban, prefirió seguir derecho a irse al lugar de la cita.

Parqueó el camión en la esquina de la cancha de arena. Se cambió de ropa. Se puso la camisa amarilla que solía ponerse, por esos días, cuando se sentía en paz con la jornada. Caminó entre conocidos con el cuerpo hacia adelante. Se encontró con la reportera y con el camarógrafo por los lados de la heladería. Y, luego de un intercambio más bien torpe, más bien tenue con el uno y con la otra, se vio a sí mismo diciéndole a la cámara —con las manos atrás en señal de valor, de autoridad— que aquella vez su hijo lo había llamado a decirle «voy por allá ahora en diciembre para que conozca a su nieta», «yo tengo ganas de retirarme porque esto está muy maluco aquí», «me mandaron a asesinar a unos muchachos que yo no puedo matarlos», y a los veinte días lo ejecutaron sin rodeos, y la prueba de que fue una ejecución es que todas las autoridades niegan que por esos días y en aquel lugar haya sucedido un combate: «Tenía señales de tortura», «tenía un golpe en la frente», «tenía un hueco en la cabeza», repitió sin perder el hilo, «medicina legal de Cúcuta dice que fue un disparo a quemarropa», «le falta un pedazo por donde entró la bala y un pedazo por donde salió».

Y, sin embargo, explicó, un teniente de apellido Gallo sigue y sigue encontrando por ahí testigos de esa confrontación que jamás sucedió.

—Si se investiga y me logran comprobar que fue la guerrilla la que lo asesinó, me arrodillo y les pido perdón ante el mundo —remató con su acento costeño y paisa al mismo tiempo, y puso un par de tildes con el puño en el aire—, y si no, que se arrodillen ellos y pidan perdón ante el mundo por los asesinatos que han estado cometiendo.

No dijo más. No fue más. El camarógrafo apagó su aparato porque la reportera dijo «perfecto», «muchas gracias». La gente del barrio, que aparecía en segundo plano, risueña y compungida, se acercó a saludarlo con palmadas en la espalda: «¡Hey, don Raúl!». Habló un poco más del caso, claro, les explicó a los periodistas y a los espectadores —punto por punto por punto— lo que había hecho y lo que había descubierto en los últimos cinco años. Pero pronto se vio en la silla de plástico de una tienda, tumbado, amodorrado, marchito y con ganas de amanecer en el pasado, tomándose una Kola Román para darle alivio a la garganta reseca. Unos amigos le contaban chismes y otros le daban ideas para resolver el caso al fin, pero él no oía sino palabras sueltas porque se daba cuenta de que cada vez que callaba le empezaba la vejez.

130

Decía que el tiempo empezó a pasar desde que se quedó quieto en su esquina. Todo se volvió recuerdo: el enfrentamiento con Santos en aquella inauguración en las calles monterianas, el pulso con Uribe en la mañana de las elecciones, la toma de la Plaza de Bolívar con el cadáver de su hijo, el cara a cara en los pastizales de la finca de El Ubérrimo, el asesinato a sangre fría del cabo Carvajal Londoño. El 4 de septiembre de 2012 se confirmó que el gobierno había comenzado negociaciones con la guerrilla de las Farc. El 20 de enero de 2013 Uribe fundó su Centro Democrático para oponérsele con las uñas y con los dientes a las políticas de paz de Santos, su exministro, pero Santos fue reelegido, por muy poco, el 15 de junio de 2014.

Fue por ese entonces, un par de meses después de la campaña de aquella relección, que don Raúl se despertó pensando que ya estaba muerto.

Nadie lo estaba oyendo, no, nadie lo veía. Los noticieros no lo volteaban a mirar. Los periódicos habían seguido sin él. El recuerdo, que era lo único que quedaba de su hijo, era una huella desapareciéndose, pues en Colombia es imposible contar las historias hasta el final. De vez en cuando capoteaba las intimidaciones de un par de policías. Cada día se sentía más cercano a Carlos Castaño el bueno, el fotógrafo que luchaba a diario por la galería de la memoria de esta guerra nuestra. Había hecho otros buenos amigos, vendedores ambulantes, perros callejeros, estudiantes que le hacían donaciones para costearse nuevas pancartas, defensores de derechos humanos, reporteros de las publicaciones de izquierda, madres de los falsos positivos reclutados en Soacha, pero pasaba horas y más horas solo, con el maniquí que acababa de conseguir, en el remolque del furgón: «Buenos días, mijo», comenzaba las jornadas.

Tenía una rasquiña «porque sí» que sólo se le pasaba haciendo las cuentas de los días que llevaba en Bogotá: mil uno, 1001, si no estaba mal. Y a veces, claro, estallaba del puro cansancio: «Yo aquí dándole gracias a Dios porque hasta el momento no me han matado»; «el señor que me puso la procuraduría para que atendiera el caso mío no me recibe ni en la oficina de él, sino que me recibe, si es que todavía me recibe, en un callejón por ahí cerca»; «yo no quiero que me asesinen, no, no que quiero que Uribe ni Santos me manden a matar hasta que no se haga la investigación», repetía a las pocas personas que se detenían a escucharlo, «que apenas se aclare todo den la orden de asesinarme que ahí sí va a importarme muy poquito».

Pero lo usual era que los días pasaran sin sobresaltos como si él fuera una estatua más —una tumba más— en el centro de la ciudad.

Estaba volviéndose parte del paisaje de la populosa Avenida Jiménez con la carrera Séptima. Estaba perdiendo fuerza. Se le iba la voz cada vez que el frío se le metía en la garganta.

Fue unos meses después de la campaña que digo, en una de esas noches cortas, de domingo de octubre de 2014, luego de proclamar la verdad a diestra y siniestra hasta la hora de la oscuridad, cuando don Raúl Carvajal soñó con su propio funeral: «Dale, Señor, el descanso eterno», decía su señora Oneida, «brille para él la luz perpetua». Se despertó en el colchón del furgón, sin atreverse a preguntarse dónde estaba, con la sensación de que en efecto estaba muerto. Ni siquiera entraba la línea de luz por los bordes de las puertas del remolque. El sitio era un sepulcro. Y como si fuera más viejo, a los sesenta y seis años, le costaba encontrarles sentido a las frases que le venían de golpe a la cabeza. Pataleó bajo las cobijas para confirmar qué tan afuera estaba de su cuerpo. El maniquí se vino abajo: ¡tas!

Se paró de golpe, vivo, resignado a llamar al reportero del semanario del pueblo que le había dado su teléfono «para cualquier cosa que llegara a necesitar». Llamó.

Se puso la camisa blanca y el saco café de capota. Se fue en su camión a su lugar, en la esquina caótica de todos los días, entre la iglesia de San Francisco y el Banco de la República. Se dedicó a entregar los volantes de la jornada con la sensación de que el furgón lo defendía. Podía leerse, a sus espaldas, un aviso escalofriante que había fijado en el techo de la máquina: **RE-COMPENSA HASTA $ 5 MILLONES A LOS MILITARES QUE IBAN CON EL CABO RAÚL Y AYUDEN A ESCLARECER LA VERDAD**. Podía reconocerse la compasión de afán de los transeúntes. Nadie hablaba. Sólo él. El cielo se levantaba blanco desde el suelo pero se iba poniendo azul en el camino a la nada. Y la gente que pasaba se perdía para siempre, a la vuelta de la esquina, con las manos entre los bolsillos.

El reportero del semanario, Tejada, apareció hacia la media mañana. Se presentó en voz baja por si había enemigos infiltrados. Se sumó a un corrillo de estudiantes que le hacían preguntas a don Raúl para un trabajo de no sé qué materia. Oyó. Tomó notas. Y, cuando vio que nadie más iba a hacerlo, preguntó:

—Don Raúl: ¿usted podría contarme dónde está el resto de su familia?

—No, no, no —respondió tres veces—, a ver: es decir, es que yo me abrí de ellos porque les dio miedo que me iban a matar.

—¿Y entonces usted está solo en todo esto?

—Solo: yo no sé ellos dónde están, ni cómo les está yendo, ni de qué viven porque ya no me interesan.

—¿Pero es por seguridad?

—No, por seguridad no, esos señores del gobierno saben todo sobre mí y entonces están esperándome en cualquier sitio a donde yo vaya a llegar, porque lo de ellos conmigo es una persecución y me tienen el teléfono chuzado desde hace tiempos —explicó la rabia agolpada e incansable de don Raúl—: yo últimamente tengo poquita memoria, pero cada tanto, en Ibagué, en Santa Fe de Antioquia, en Montería, me han mandado a meter preso en algún calabozo cinco, seis, siete horas para amedrentarme, y el otro día en Ayapel, que fui a cargar un viaje de pescado para ganar algo de plata, el presidente dejó de entregarles unas casas a los campesinos y me pusieron como a cincuenta orangutanes de la Sijín que dizque porque yo le iba a hacer un atentado.

—¿Usted?

—Yo: yo no me muevo aquí en Colombia sin que ellos no lo sepan de memoria.

Si protestaba a unos pasos del presidente Uribe o del presidente Santos, dijo, lo sacaban a la brava.

Si le decía algo a algún general, como la vez que habló con el comandante Conejo, trataban de obligarlo a firmar papeles que se negaba a firmar. Si aparecía en los medios, fuera en el noticiero o en el semanario que le estaba haciendo la entrevista, lo llamaban a amenazarlo con desaparecer los restos del cadáver al que le llenaron la cabeza de papel periódico. Si se conseguía el enésimo abogado nuevo, tarde o temprano le decía «no puedo seguir, don Raúl, lo siento mucho». Si finalmente alguien encontraba el valor para dedicarse de lleno a ayudarle, como la doctora Mantilla, un día no sólo le hacían un atentado, sino que al día siguiente desaparecía para siempre: «Lo único cierto de ella es que al preguntar por su paradero la respuesta es que no existe», explicó.

—¿Pero su familia está viva? —insistió el entrevistador como quien insiste en un lapsus a ver qué.

—Yo qué voy a saber —contestó don Raúl harto de que le echaran sal en las heridas.

Y dejó el relato allí y se fue. Se despidió de los pocos que seguían escuchándolo, cascarrabias por unos segundos, como un artista harto de los cuchicheos en el auditorio. Recogió sus cosas a pesar de las súplicas del preguntador con modos de inquisidor. Pensó en lo poco práctico que era estar vivo. Cerró las puertas de un par de golpazos: ¡pam!, ¡pam! Y salió de allí como un estrépito tan pronto encendió el furgón, a riesgo de llevarse por delante a un mimo y a un fotógrafo de parejas del Parque Santander, en busca de su amigo Carlos Castaño el bueno. Había llegado a Bogotá, a acompañarlo en sus protestas, un par de días antes. Iba a estar a unas cuadras de allí, en el edificio de ladrillo de la **CRA 7 N 18-42**, mostrándoles su galería de la memoria a los precipitados.

Pero no estaba. La policía, que tantas veces, en plena administración de un alcalde firmante de paz, le había hecho recoger su museo ambulante, seguía poniéndole líos para montar las fotografías del horror que colgaba de cuerdas de ropa: el título de la exposición era *Realidades porque el ojo y el lente no mienten*.

El señor Castaño estaba acostumbrado tanto a defender su defensa de la memoria como a reaccionar cuando el enésimo cuarteto de policías con chompas fosforescentes se le aparecían a decirle que venían a cumplir la orden de pedirle respetuosamente que se retirara. Insistía en que había que mostrarles a los sistemas nerviosos de los colombianos este conflicto armado de sesenta años, ¡sesenta!, que los gobiernos se negaban a reconocer. Decía que lo suyo era la propuesta de una salida política, negociada, «para que la paz se edifique sobre las bases de la justicia social». Recordaba que en Venezuela, en España, en Italia, en Ecuador, en Perú y en Bolivia su exposición había sido recibida como un bálsamo: «El pueblo siempre la elogia», decía, «pero arriba siempre hay un pero».

Qué tal la Semana Santa en la que sin siquiera decir «buenas tardes» un energúmeno agente de la ley empezó a quitar su galería de memoria cuando él acababa de terminar de montarla.

Qué tal el lunes 9 de abril de 2012, en plena conmemoración del asesinato del candidato del pueblo, cuando se vio obligado a encadenarse a un poste con su megáfono y con su morral para que le devolvieran su obra.

Si alguien entendía bien el calvario de don Raúl Carvajal, si alguien sabía lo que se sentía ser pisoteado por los funcionarios que habían jurado lo contrario a Dios, si alguien había sido testigo una y otra vez de las escenas de la guerra —en su galería de la memoria uno veía la pobreza rampante, la Marcha del Silencio de principios de 1948, el cuerpo sin vida de Jorge Eliécer Gaitán, la suma de las caras de los desaparecidos, la represión a las protestas sociales, las lápidas sin deudos de los aniquilados, las marchas de indígenas cargando los ataúdes de sus hermanos, las filas de cadáveres exhibidos como trofeos luego del bombardeo de Puerto Rico, los llantos de los policías por el asesinato de sus compañeros en San Vicente de Tumaco—, ese alguien era Carlos Castaño el bueno.

Se habían conocido hacía un par de años, el domingo 6 de mayo de 2012 para ser precisos, cuando Castaño recobró la galería que la policía le confiscó y le retuvo sin mayores explicaciones. Don Raúl fue a echarle una mirada a la exhibición de las fotos de la pesadilla colombiana, colgadas de cuerdas de ropa atadas a pequeños postes, porque un amigo de la esquina le cantaleteó «tiene que ver eso» hasta enloquecerlo. Sí tenía que verlo. Semejante registro de la barbarie impune lo convenció de hacer su propia galería. Y desde entonces estuvieron de acuerdo en todo, pero en especial en la pregunta por cómo era posible un país tan alegre mientras se llevaba a cabo un exterminio: ¿qué embrujo nos había adormecido hasta el descaro?, ¿qué clase de vida había que vivir para desconocer un horror que podía ver cualquiera que se asomara por la ventana?

Dos años después, luego de meses y meses de contarles el horror a los peatones y de vivir juntos el maltrato de los agentes recién aparecidos, se tenían el uno al otro. Y era apenas lógico que, ante las preguntas insistentes e incisivas sobre su familia, don Raúl buscara a Carlos Castaño el bueno en todos los rincones desesperados en los que solían encontrarse. Llamó a su número de siempre, que era un riesgo, varias veces. Echó a andar su camión blanco, cubierto de denuncias, con la sensación de que las muchedumbres de los andenes se negaban a sumarse a la causa. Recorrió las callejuelas del centro de Bogotá, cada día más estrechas, con ganas de llamarlo por un altavoz. Preguntó por él a todo el mundo, sí, dónde estará. Por fin, cuando volvió a la Avenida Jiménez con la carrera Séptima, se lo encontró.

Tenía el celular descargado en una mano. Estaba con el sombrerito y el saco de hilo gris que se ponía cuando llegaba la hora de decir verdades. Hablaba con un vendedor ambulante que no tenía respuestas, pero que de golpe, cuando se dio la vuelta, comenzó a señalar el furgón blanco.

—¿Dónde estaba? —preguntó Castaño con las cejas pobladas y fruncidas.

—Pues buscándolo a usted para que hagamos el viaje que dijimos —le contestó don Raúl.

—¿Ya mismo?

—Yo, por mí, ya.

Carlos Castaño el bueno se encogió de hombros y se subió en el puesto del copiloto con la convicción de que don Raúl Carvajal sabía algo que él no. Dijo —o tal vez lo pensó— que debía avisarle a su familia el cambio de planes, el adelanto de la travesía: «Es ir a contarles y listo», repitió, «ya ellos están bien». Quería darle un beso a su mujer. Quería decirles a sus hijos, o sea a sus retratos fieles, un par de palabras bonitas que tenía pensadas desde la noche anterior. Tenía que hacer un par de llamadas, además, con el teléfono que ahora mismo estaba descargado. Debía pasar esta cosa para aquí y esta cosa para allá antes de salir. Pero en medio de las preguntas del día y las incertidumbres de la semana, en medio de las cuestiones pendientes y los pequeños miedos, tenía clarísimo que era hora de salir.

Hay homónimos tercos e infames. Hay gente que se llama igual que un baladista, un presidente o un mafioso. A Carlos Castaño suelen decirle «el bueno» para que a nadie se le ocurra pensar en «el malo» —en el jefe paramilitar con ínfulas de prócer— que mandó matar a medio mundo con el pretexto de combatir a las guerrillas comunistas y se pavoneaba en los medios de comunicación como un guardaespaldas de la patria. El nombre completo de «el bueno» es Carlos Alberto Castaño Martínez. Su acento también es una suma de los parajes de los campos que ha recorrido. Y también tiene que ver con esta guerra sin tardanzas porque a los diez años se vio forzado a salir de su pueblo, la Villa Hermosa del Tolima, y un par de años después se unió a los movimientos campesinos, y luego, en la juventud, se fue al EPL a combatir al Estado en las noches de la selva, y entonces vivió una sucesión de pesadillas desde la tortura hasta el secuestro en el Magdalena Medio, y dejó la lucha armada apenas pudo, en 1991, para vivir en paz en Ambalema, pero diez años más tarde, desilusionado hasta la médula porque sus compañeros desmovilizados habían usado el trabajo con las comunidades para volverse politiqueros, era de nuevo un desplazado y un reinsertado y un objetivo militar: «Salí en la noche y antes de que fuera mañana ya había perdido todo», solía decir.

Qué miedo le dio Bogotá. Por el bien de su familia fingió, con una maleta en una mano y su guitarra sin talentos, que iban a salir adelante. Pero esa ciudad era una suma de ojos y de estruendos. Y nadie iba a tener tiempo de llorarlo si su cadáver amanecía tan lejos de su alma.

Hizo todo lo que pudo para no mendigar, Dios, de tanto en tanto fue todo imposible. Miró al piso de lunes a domingo para no estallar. Trabajó aquí, trabajó allá. Vivió harto, asqueado, ante las injusticias, pero consiguió apilar los días. Llegó a concluir, como en un precipicio, que no le quedaba nada ni le quedaría. Y un viernes cualquiera que acabó siendo un viernes único, enmudecido por tantos reveses de fortuna, entre cerveza y cerveza le escuchó a uno de los vecinos recientes que estaba cansado de no ser capaz de usar su cámara de fotos: «Se la cambio por mi guitarra», dijo él, Carlos Castaño el bueno, mitad en serio, mitad en broma, y pronto tuvo el aparato entre las manos como una herramienta para sobrevivir y un arma para ganarles a esos hijos de puta la única batalla que podía ganárseles: la de la memoria, la de la verdad, la de contar la historia.

Se colgó la cámara al cuello y se dedicó a vivir de ella. Se notó adentro el espíritu del muchacho que había sobrevivido al desplazamiento, al incendio, a la humillación, al secuestro, al acoso, porque empezó a levantarse día por día a ganar la guerra a punta de mostrarla. Si seguía con vida era para retratar el duelo y el coraje. Tomó fotos de las injusticias en las calles. Recopiló imágenes tan colombianas como los asesinatos de los candidatos presidenciales, las masacres, los bombazos. Sacó fotografías en las protestas, en las ruinas de las tomas, en los funerales sin gloria: «El lente no miente», les respondió a todos los hipócritas sabiondos que le preguntaban de dónde había sacado ese talento. Pronto se dio cuenta, además, de que tenía entre manos una exposición de cientos de fotografías del infierno. Y llegó a la conclusión de que esa era su misión en este mundo.

Empezó a reunir su galería de la memoria en junio, julio, agosto del 2003. El Estado apagaba el incendio a sangre y fuego. Carlos Castaño «el malo» todavía no había sido asesinado por sus propios asesinos. Y él, sin embargo, costara lo que costara, así lo mataran de nuevo porque lo han matado muchas veces, se parqueó a diario en la carrera Séptima —en el tramo pestilente de la calle Dieciocho a la calle Diecinueve— a colgar en una tira las fotografías del Bogotazo, de los fusilamientos de los estudiantes, de las tomas del Palacio de Justicia, del exterminio de la UP, de los asesinatos de Gaitán, de Galán, de Pizarro, para exhibirles a los ciudadanos lo que ha sido y sigue siendo el país. A veces lo ultrajaron. Uno que otro incauto preguntó cuánto le pagaba la guerrilla para enlodar así a los gobiernos. Agentes adentro y afuera de la ley le dieron la orden de perderse: «Yo de usted me cuidaba», le repitieron por turnos. Pero él siguió allí.

Una vez le pegaron. Otro día unos agentes con vocación de asaltantes, del DAS, le allanaron la casa en busca de armas escondidas.

Siguió porque hacía años había aprendido a no tener miedo. Ya estaba completamente acostumbrado a aguantar: a cerrar los ojos mientras pasaban los golpes y a mirar fijamente hasta que se acababan los insultos.

Jamás se detuvo. En el piso de piedra, que seguía oliendo a orines, pero fue limpiándose de tanto ser ocupado, de tanto ser pisado, puso una botella partida para que los espectadores le dejaran allí sus donaciones. Y sobrevivió moneda por moneda, billete por billete, agradecimiento por agradecimiento, durante años. Respondió con suma paciencia y sumo compromiso las preguntas de los transeúntes, que veían su exposición con las manos atrás, convertido por el paso de los años en un curador dispuesto a morir con las botas puestas. Como dije, llegó a encadenarse a un poste para que no lo sacaran a bolillazos del lugar del centro de Bogotá que había elegido para su galería: «De aquí no me mueven hasta que me muera», dijo a los reporteros que de tanto en tanto escuchaban su historia, «porque si a algo tenemos derecho todos, sobre todo los que hemos vivido esto en carne propia, es a no callarnos».

No le sorprendió nada de nada, sino que le pareció lo mínimo, cuando don Raúl Carvajal irrumpió con su Dodge viejo en la Plaza de Bolívar para mostrarles a todos el cadáver de su hijo. Lo buscó. Lo escuchó. Se fueron haciendo amigos de verdad, amigos en las jornadas sin novedades y en las persecucio-

141

nes, con el paso de las protestas. Y, de tanto llorar y de tanto enfurecerse juntos, terminaron prometiéndose el uno al otro que un día harían el viaje que estaba haciendo falta.

—Yo quiero ver con mis propios ojos en dónde me mataron a mi hijo —dijo don Raúl.

—Cuente conmigo que yo lo acompaño —contestó Carlos Castaño el bueno.

Y así fue. Arrancaron el viaje en la madrugada del martes 14 de octubre de 2014. Dieron a la Dirección Nacional de Policía el recorrido que iban a seguir estación por estación. Por razones de seguridad, «porque los perros bravos siempre están olisqueando por ahí», pocos más supieron a dónde iban. Hablaron de nostalgias: de volver al mar y de volver a la parcela. Se contaron anécdotas de Guaduas, de La Dorada, de Puerto Nare, pues los dos no sólo habían llevado sus exhibiciones a las mil y una plazas de Colombia, sino que el uno había rondado las enramadas guerrilleras por los lados de Norte de Santander y el otro había llevado cargas y mudanzas por todos los calvarios del país. Oyeron las noticias de que el gobierno de Santos estaba buscando financiación para la paz: «¡Ja!». Al mediodía, en Barrancabermeja, se comieron un par de carnes oreadas.

Y, luego de superar San Alberto, San Martín y Santa Inés, tomaron la decisión de descansar a la entrada de la región del río Catatumbo.

El miércoles 15 y el jueves 16 y el viernes 17 recorrieron, como un par de guerreros trágicos e invictos, algunos de los pueblos cegados por el sol y perdidos por las selvas en aquel país en guerra.

Fueron a Ábrego. Pasaron por Sardinata. Colgaron la galería de la memoria en el parque 29 de Mayo, en Ocaña, a unos pasos del monumento a la abolición de la esclavitud. Entregaron volantes sobre los falsos positivos en la plaza de Teorama. Contaron la violencia de aquí en la entrada del coliseo de Convención. Y sí: nada fue en vano. Por un lado, hubo gente que sintió algo de alivio, luego de años de encogerse de hombros ante el precipicio de la vida, porque si esto no era un mundo, sino apenas una guerra, entonces un día tendría que terminarse. Por otra parte, Carlos Castaño el bueno hizo un par de averiguaciones con un par de personas mientras don Raúl Carvajal lo esperaba en el furgón: «Ya sé por quién preguntar allá», le dijo la segunda vez. Y se fueron luego a cabecear un poco.

El lunes 20 salieron a las siete de la mañana en busca del Alto de la Virgen, por los lados de El Tarra, a unas tres horas del fin de Colombia. Echaron vistazos reverenciales al río, gris, verde, café, siempre que se les apareció, mientras iban e iban e iban llegando al sitio en el que fueron capaces de matarle a su muchacho. Temieron por turnos a la incertidumbre, porque a ratos estuvieron solos en semejante infinito, pero fue un pavor breve: «Todo deja de pasar», dijeron.

Recorrieron El Tarra, el municipio entre ríos, en unas cuantas horas. Se demoraron tanto porque se pusieron a hacer preguntas que los viejos respondieron no y no y no: «¿Usted recuerda que haya habido combates por estos lados en octubre de 2006?, ¿pudo ser que la guerrilla matara a mi hijo?, ¿vio por estos lados al cabo Raúl Antonio Carvajal?». Mostraron algunas de sus fotos. Entregaron algunos de los volantes. Hallaron al hombre que estaban buscando en la cancha de microfútbol de El Tarrita: «Ustedes agarran por allí por la trocha que se les aparece en el pie del monte, echan derechito hacia arriba y, cuando se encuentran con la otra loma, se van hacia ella», les dijo.

Llegaron al horizonte del cerro, sin mayores líos ni mayores rodeos, entre las miradas incrédulas de los campesinos que vivían en puntillas. Don Raúl Carvajal, que nunca había estado allí, enmudeció porque sintió un vacío en el estómago que no había sentido desde niño —y el vacío venía de los despeñaderos y las cumbres del paisaje: de la autoridad del relieve verde de ese mundo que no necesitaba a nadie para ser un mundo y del imperio del cielo despejado e iluminado por las nubes—, pero pronto imaginó, en presente, siempre en presente, la escena en la que atontan a su hijo, lo suben al helicóptero con el pretexto de que hay un combate con las Farc en las sombras del alto y lo sueltan en esa selva entre disparos y disparos para que él mismo crea que lo va a matar el enemigo.

Pobre Mono. Alcanza a ver, a sentir y a entender que lo van a matar. Cae en cuenta, unos segundos antes, de la trampa. Trata de salvarse, como cualquier cuerpo y cualquier alma, con un par de pasos perdidos. Se dice «voy a morir» porque ve a uno de los suyos a punto de matarlo: ¡tas! Y ya.

Don Raúl Carvajal bajó del carro, estiró los músculos y pensó «aquí va a ser», «aquí fue». Calculó los kilómetros que acababan de recorrer, 712 o 713 si no estaba mal, con su ojo de buen cubero. Respiró mejor porque respiraba mejor cuando salía de viaje. Esos tres últimos años, en Bogotá, se había sentido más cansado e irritado que nunca. Pero estar allí, a pesar de la tristeza suya de cada día, a pesar del silencio verde de las lomas que al principio ponían cualquier pensamiento en su sitio —pero poco a poco iban dando algo de miedo—, le devolvía la sensación y la importancia y la suerte de estar vivo. De cierto modo, se sentía muy muy cerca del hijo. No tenía sed. No sentía las constantes ganas de orinar que sentía en la Avenida Jiménez con la carrera Séptima. Veía bien.

Se encajó el sombrerito negro de ala corta. Se calzó las botas blancas de caucho. Se arregló la camisa de cuadros azules que solía ponerse cuando sentía que se estaba acercando más y más a la verdad. Revisó el cinturón negrísimo del que colgaba las llaves y el teléfono que funcionaba al azar. Se echó al hombro un morral verdoso lleno de cosas por si acaso y una toalla amarilla para el sudor.

Siguió a Carlos Castaño el bueno, que ya sabía por dónde agarrar y por quién preguntar, como si hubiera cerrado los ojos que tenía por dentro. Se fue contando los pasos de ese calvario para soportar el dolor de los tobillos y aguantar semejante calor. Caminaron hasta el agotamiento por las trochas que recorrían los campesinos de regreso a sus casas y que usaban los guerrilleros como atajos para llevar sus secretos. Sintieron un par de helicópteros sobre sus cabezas: tacatacatacataca. Se agacharon porque un copete de piedra les voló por encima.

Se encontraron con tres muchachos de botas negras y machetes al cinto que los saludaron con un «buenas» sin mirarlos a los ojos: «No señor: ese combate no ocurrió», dijo sin titubearle, como si de verdad llevara las cuentas, uno de los tres, «pelen el ojo más bien que allí a diez minutos están los que están buscando».

Tardaron más de diez. Tardaron más o menos media hora. Se sintieron perdidos y sin aire en un par de atajos resbalosos. Y, envueltos por ese calor resbaladizo, llegaron a mirarse como si estuvieran buscándose la muerte.

Dios está en todas partes, y a la sombra y debajo de cualquier parte del mundo, pero a ratos se confunde con el miedo.

Hubo un punto del viacrucis en el que se vieron obligados a reaccionar porque se toparon con un animal renegrido, quizás un monstruo, tal vez una danta, con la cara metida entre la tierra. La bestia salió corriendo, despavorida, cuando volteó a verlos. Y don Raúl Carvajal, con la camisa abierta y el escapulario a la vista, tomó la delantera porque de pronto le pareció ver un conjunto de rastros de su hijo. Ocho años después del crimen, de octubre de 2006 a octubre de 2014, era prácticamente imposible que esas fueran las huellas del cabo asesinado, pero don Raúl había estado leyendo, por esos días, sobre las pisadas antiguas: las «icnitas» de los dinosaurios. Y se dijo «aquí no pasa el viento» y «por qué no» y se le vino a la cabeza otra vez —en presente— la última escena de su muchacho.

Que no sabe por qué está ahí. Que acaba de cruzarse una danta o está temiéndole a un jaguar agazapado junto a un árbol. Que ve arriba un estallido de pájaros, que prefiere salir de allí antes del fin.

Deja esta huella y agarra esta cuerda porque no entiende para qué lo trajeron acá ni por qué está así de aturdido. Escucha una ráfaga al aire. Escucha un ramalazo. Siente una sombra ajena debajo de las botas. Nota justo enfrente una silueta entre los árboles. Entiende que es una trampa. Ve que lo van a matar. Piensa «mi hija», «mi esposa», «mi madre», pero no lo alcanza a decir.

145

Su última mirada al mundo es la mirada a estos agujeros y a estos mordiscos de las balas en los troncos.

Carlos Castaño el bueno le tomó una foto a don Raúl Carvajal cuando reanudaron la marcha. Se dijeron cosas sueltas, «aquí debió ser», «cuidado ahí», «ojo», para advertirle su presencia a quien correspondiera. Siguieron y siguieron, y sudaron y sudaron, hasta que empezaron a escuchar zarpazos y palabras. Y entonces se detuvieron a recobrar el aire y a encarar a una pareja de pategrilleros del monte —una mujer de camisa de manga larga y sombrero de fique de ala ancha y un hombre de bigote con una camiseta de la selección colombiana de fútbol y un trapo naranja amarrado en la cabeza— que les preguntaron «quién viene» y «ustedes qué hacen encaramados acá». Castaño el bueno le preguntó al pategrillero si era Wilfredo. Wilfredo le preguntó si era Carlos. Y los llevó al campamento de las Farc.

—No pelen mucho el ojo que se me acullillan —les dijo.

Y los llevó por un sendero lleno de zancadillas que pronto se convirtió en un llano en donde había una casa de madera que habían pintado de verde años y aguaceros atrás. Siete uniformados con el brazalete de las Farc estaban sentados, con los fusiles al hombro, en siete sillas oxidadas. Uno de los hombres al mando del Frente 33, un comandante de piernas larguísimas, de boina con el escudo de «el ejército del pueblo» y una pañoleta de flores alrededor del cuello, se les acercó sin sonreírles ni amedrentarlos porque para qué. No les dio la mano. Pero tampoco jugó con sus nervios, no, les dijo cómo lo llamaban en el campamento: Alicate. Y luego no sólo hizo por ellos la pregunta que tenían en mente, sino que se las respondió.

—¿Que si aquí hubo una confrontación con el ejército en la que de pronto cayó su hijo?: no la hubo.

—Es que no está en ninguno de los registros de la alcaldía, ni de la defensoría, ni de nadie de El Tarra —repitió don Raúl como si no estuviera repitiendo.

—Porque fue que no la hubo.

—Pero yo sé que me lo mataron aquí —aclaró el padre huérfano—: yo tengo gente que me ha dicho eso.

—Pero no fuimos nosotros.

—Fueron ellos: lo soltaron por estos lados a ciegas, perdido, para que sus propios compañeros lo mataran.

—Y por aquí poco se meten los soldados porque de acá a Caño Indio todo esto es nuestro.

—Y dieron la orden allá arriba esas ratas sinvergüenzas que lo único que hacen es tapar porque él venía negándoseles a cumplirles las órdenes malucas: «Esto se está poniendo feo», dijo.

—Y aquí a nosotros no nos dan esas directrices, no, aquí trabajamos por las comunidades.

Carlos Castaño el bueno sabía por qué sí y por qué no tenía sentido, en pleno siglo XXI, la lucha guerrillera. Por qué sí: porque qué más puede hacer usted para no morirse de hambre ni morirse de un tiro un día en la calle. Por qué no: porque esta guerra es un monólogo sangriento, un bucle, que a nadie le importa y a nadie reivindica porque nadie se entera. Él tenía claro que en los camuflajes de Colombia los frentes cogobernaban con los ejércitos o con los bloques o con las bandas. Él sabía qué era sentirse parte de las huestes de un Estado aparte del Estado. Pero ahora, que era un campesino obligado a vivir en Bogotá, y era un padre, sólo podía pensar en volver a su tierra: «La ciudad», repetía, «es una mentira», «pero el campo hace que todo lo que nos rodea lo sintamos como propio».

¿Podría alguna vez volver al paisaje suyo a respirar su propio aire y a sentirse a salvo cualquier día? ¿Tendría que estar en la calle, contándoles a los oficinistas lo que pasa en la tierra caliente, hasta que lo mataran o hasta que se muriera?

—Y no nos gusta ni un poco que los padres se queden sin familias —añadió, desdoblándose, el comandante Alicate.

Don Raúl Carvajal eludió la mirada encajada de Carlos Castaño el bueno porque no quería entrar en el tema de su esposa, sus hijos y sus nietos.

Se sentó en una de las sillas oxidadas, con la camisa abierta y la toalla sobre la cabeza, a descansar un poco de la angustia que da que la gente no diga nunca «lo que usted está diciendo es la verdad» y prefiera dar los rodeos que da. Qué les costaba decirle que sí. Por qué nadie le decía que nunca, desde los tiempos de los mitos hasta los tiempos de los pocacosas, desde las eras de las catarsis hasta los días de las terapias, había habido otro padre que lo dejara todo como él lo había dejado todo para que se supiera que su hijo no iba a ser asesinado dos veces. Sí había existido. Sí había sido un hijo bueno y un hombre en paz y un héroe capaz de mandarlos al diablo. No iban a borrarlo del mapa. No iban a contar con el olvido de su historia.

—Allí es que le pegan los tres tiros —señaló en presente con sus manos gruesas e imbatibles de papá.

Allí sigue sucediendo el fusilamiento cobarde, la ejecución porque sí, el tic, que a él le desgarraba el espíritu cada vez que le volvía el recuerdo. «Allí le amarran los brazos y las piernas», murmuró, «allí le destrozan las muñecas y los tobillos con cabuyas». Allí fingen que el malnacido fue alguno de estos guerrilleros que están pensando para bien y para mal «así es la guerra». Allí lo cargan, como una res sacrificada con un mazo, de vuelta al helicóptero. Allá está. Allá vuela su alma al lado de su cuerpo, sin miedo a las aspas pero dolido por siempre y para siempre, para que a alguno de esos traidores le quede clavada en la garganta la espina de la verdad. Don Raúl no dijo nada más, enmudecido por la tristeza, pero allá va.

Podría uno decir que Doris Patricia Carvajal vivía en paz, porque día por día por día lograba sonreírle a su propia familia, pero lo cierto es que se había acostumbrado a vivir con esa espina clavada e invisible en el camino de la garganta hasta el estómago. Sabía de memoria el qué, el por qué y el cómo de esa astilla intocable, pero desde la madrugada ponía toda su atención en la rutina: «¡El desayuno!», «¡el jardín!», «¡el trabajo!», «¡las cuentas!». Si todos se dormían primero que ella, sentía por el pasillo, sin falta, la presencia del Mono. Si acaso soñaba, soñaba con su padre siempre que iba a enterarse de alguna de sus hazañas. El miércoles 19 de noviembre de 2014 se encogió de hombros cuando escuchó la frase «prima: prenda las noticias que su papá se encadenó al búnker de la fiscalía hasta que se haga justicia», por ejemplo, porque acababa de despertarse de una pesadilla en la que estaba sucediendo eso mismo.

Vivía en el margen en el que viven las víctimas, en fin, vivía en esa bruma que nunca se disipa, pero sacaba adelante cada día.

Un par de meses atrás, el miércoles 24 de septiembre de aquel 2014, había tenido su segundo hijo: Salomón. Al día siguiente, cuando por fin les dieron salida de la clínica, le pareció tan bello ese niño en su vestido anaranjado y su gorrito de hilo blanco, tan pacífico, que se le vino a la mente la frase «una promesa cumplida por Dios». Dios podía poner a prueba el sistema nervioso, el espíritu. Dios les había dado un duelo como da a algunos un cuerpo traicionado por la enfermedad. Y si les estaba entregando en los brazos ese bebé de ojos risueños, que desafiaba hora tras hora el diagnóstico de síndrome de Down, no lo hacía para ponerlos a prueba, sino para premiarles la fe y para reconocerles la convicción de que nada podía ser en vano. Salomón era un regalo. Salomón era la buena suerte después de tanta ñeja.

Alejandra, su primera hija, que en ese entonces tenía tres años, se volcó desde esas primeras horas a cuidar a su hermano tan pequeño. Le hacía garabatos. Le improvisaba canciones de cuna con el sonidito de su voz: «Duerme bien que estoy contigo…». Había salido generosa y dulce y talentosa aquella niña. Había salido buena para todo. Y por esos días, dispuesta a interpretar a fondo su papel de ángel del cielo aquí en la tierra, se portaba como una asistente de su madre. Sabía dónde estaban los pañales, las cremas y los paños húmedos. Se concentraba por completo en calmar al bebé, «tranquilo», «es agüita no-más», cuando llegaba la hora del baño. Y, sin embargo, fue ella la que señaló a don Raúl en el noticiero: «¡El abuelo Bombón!», gritó.

Fueron los peores años, fueron los mejores años. Todos tuvieron que irse de un día a otro, perseguidos, para Medellín. Salieron corriendo de allí para allá porque dos sombras les dijeron que si no se iban estaban muertos. Y, cuando ya se estaban acostumbrando a esas montañas, cuando tenían un par de amigos que les respondían el saludo y un par de clientes que los visitaban sin falta en la tienda de abarrotes, cometieron el error de confesarle su paradero a un compadre que soltó la lengua y armó lío en una juerga. Si no los mataron de un tiro en la nuca, que aquí es tan usual como morirse de angustia, fue porque alcanzaron a avisarles que estaban preguntando por ellos: por Doris Patricia Carvajal y su familia.

Se despidieron sin aire de Oneida y de Richard de Jesús. Hicieron un par de bolsas de ropa con las cobijas. Metieron lo demás en dos maletas. Y se fueron a El Campano, en Lorica, porque sonó a fin del mundo.

Poco, muy poco, estuvieron en aquel refugio. Cuando sintieron que los muchachos de las motos les preguntaban mucho quiénes eran y cuándo iban a volver a su tierra y por qué andaban por allí si eran de allá, y empezaron a mirarlos sin pestañear por los lados del billar, volvieron a Montería —fue «una madrugada de ecos y de estrépitos»— a ver si la marea había bajado. Apenas se enteraron de que no sólo habían regresado a hacer su bulla, sino que estaban tratando de montar un negocio de mil cosas como el que tenían en Medellín, les dieron un par de días y unas cuantas horas para largarse: «Si es que quieren vivir», les susurraron. ¿Y qué más podían hacer? Irse, sí, largarse en puntillas. Se fueron para Cartagena porque les pareció lo menos grave y lo más lejano a las montañas: «Nadie nos conoce por allá», pensaron, «allá no le importamos a nadie».

Poco vieron llover desde ese entonces. Pasaron un buen rato en paz. Amaron aquella ciudad como uno suele amarla. Se inventaron sus propias reglas para ser felices, «no hablar más de la cuenta», «no contarles el pasado a los extraños», «no parar, sino poquito, en sitios ajenos», «ir del trabajo a la casa», hasta sentirse dueños de las jornadas. Se acomodaron en Villas de la Candelaria, un conjunto de conjuntos fundado pocos años atrás, en una casa pequeña que era más que suficiente. Tenía algo de pueblo ese lugar. Ciertos vecinos se habían robado los andenes para hacer sus terrazas. Había cierto suspenso diario, cierto espíritu de vecinos vigilantes y dispuestos a lo que sea, porque unos meses atrás habían asesinado a un pobre muchacho por robarle el celular. Las noches eran mudas, de toque de queda, porque la gente cerraba las calles con barreras de hierro.

Pusieron un puesto de empanadas cerca de una supertienda Olímpica, la de la troncal del Caribe, porque tanto la contaduría de Iván como la medicina de Doris Patricia dejaban huellas que podían rastrear sus verdugos: «Cautela», repetía ella cada noche, «reserva». Va a sonar extraño porque desde afuera parece imposible, pero, gracias a la imaginación de Alejandra, gracias a la felicidad pura, sin pliegues ni fachadas, de Salomón, se rieron y se quisieron más que nunca. Su papá, don Raúl, se había dedicado a repetirles a los agentes de la ley, a los transeúntes y a los periodistas que no sabía nada de ellos, ni sabía nada de nadie de la familia: «Un día dejamos de hablar», decía, «ya no quieren saber de esto». Pero todas las semanas le pegaban una llamada desde algún número nuevo.

—¿De cuál número me está llamando usted? —los saludaba.

—De uno de aquí de la calle —respondían.

Y sin pasarse de los cinco o los diez minutos que soportaban los nervios de él, que solía repetir «colguemos antes de que nos pillen», «colguemos ya que aquí están mirándome de a mucho», procedían a ponerlo al día en las glorias y en las miserias de los últimos días.

Si no les contestaba, que pasaba a cada tanto, sabían que algo malo había sucedido por allá por Bogotá: que lo habían empujado a un calabozo, o le habían pegado con un bolillo, o le habían quitado el celular en unas de esas redadas que armaban los policías recién llegados. Don Raúl Carvajal era estricto con los teléfonos astutos de ahora: «Esos malnacidos quieren que hasta ustedes me crean loco, pero yo les juro por Dios —créanme— que nos están oyendo». No los llamaba nunca, jamás. Bueno: los llamaba si era urgente, sí, si se iba de viaje y si estaba decidido a visitarlos. Y entonces se les aparecía con un par de bombones en el bolsillo de la camisa, con los ojos cada vez más rojos y cada vez más miopes, y se ganaba a los niños con su sonrisa espléndida, deslumbrante.

Como Dios, como el Padre, el Hijo y el Espíritu Santo, llegaba allí donde ellos estuvieran. Y, apenas les abría los brazos para el reencuentro, se portaba como un abuelo. Ya no olía al mar salado como cuando llenaba baldes de pescado. Ya no se bronceaba sino que se enrojecía. Ya no era el viejo herido de muerte que se enfurecía y se apaciguaba como un fuelle, ni era el trasportador que gritaba «¡párele bolas!» por la ventana, ni era el muchacho montañero, berraco, que le pedía «cásese conmigo que no se me va a arrepentir» a Oneida, la sembradora de frutas, que se había quedado sin finca porque se le había inundado. Era esa esquina en Bogotá, sí, nadie está dejándole de lado su lucha. Pero apenas se bajaba del furgón blanco se volvía ese abuelo mágico que le entregaba a cada cual el bombón más suave y más dulce que se había comido en la vida.

Jugaban triqui un par de veces. Jugaban golosa después de almorzar. Oían historias de tiempos sin miedos. Se morían de la risa por sus palabras sueltas: «Uñilargo», «Apelotardado», «Rascapulgas». Y se ponían muy tristes y les hacía mucha falta y les daba miedo que fuera un abuelo imaginario cuando les decía que lo mejor para todos era despedirse.

Alejandra y Salomón eran felices en Cartagena. Se ponían sus cachuchas, sus camisetas con dibujitos y sus pantalonetas blancas para salir a caminar por el barrio. Se colgaban de las manos de su papá o de su mamá en el camino al lugar donde montaban el negocio de empanadas. De vez en cuando veían a la abuelita Oneida, que se había quedado atrás, en Medellín, pero lo ponía todo al derecho en un par de minutos, como ensanchando, como embelleciendo el mundo. De tanto en tanto se encontraban aquí y allá con Richard de Jesús, siempre fuerte y buscándose la vida, para constatar y agradecer ese amor. A ratos se ponían a jugar con otros niños e iban a las casas de los nuevos amigos de aquella ciudad. Pero bastaba con que los cuatro estuvieran juntos para que el mundo sucediera. Si estaban en el mismo lugar, adentro o afuera, la vida seguía. Nada malo les pasaba ni iba a pasarles si se acostaban juntos en la cama a ver televisión.

Se habían acostumbrado a ese ensueño, a ese espejismo que es cualquier rutina, cuando vino el tipo aquel a matarlos.

Nadie se lo dijo. Ella misma lo escuchó. Venía por los andenes nuevos de la Treinta y seis, junto a la casa de rejas blancas que usaban los niños para hacer su tacatacataca, regañándose a sí misma por andar pensando que algo malo iba a pasar: «Llevaba días sintiéndolo». Iba a llamar a su papá a preguntarle si todo estaba igual por allá por Bogotá cuando notó que un calvo de camisa blanca, recién vestido, recién bañado, estaba preguntando por ellos en la casa azulosa de la esquina: «Vecino, hágame un favor, yo no sé si usted de casualidad ha escuchado hablar de la familia Carvajal», dijo de golpe. Ella se quedó quietísima junto a un par de bicitaxis. Luego, cuando el tipo siguió su camino, se escondió debajo de un matapalo que estaba derritiéndose entre el calor de la tarde. Y después, apenas el desconocido ese se volvió a detener, sintió que iba a morírseles a sus hijos.

El cielo andaba apagándose, del azul de la mañana al gris de la tormenta, bajo el mismo sol de siempre.

Tenía un miedo que uno no vuelve a tener. Se le llenaban los pulmones dentro del cuerpo. No había solución a ese pavor, pensaba, porque no era una pesadilla, sino el día sospechado.

—Buenas tardes, señora, estoy buscando a mi prima, pero no encuentro esta dirección —dijo el verdugo de blanco mostrándole el papelito, arrancado de una hoja de cuaderno, que tenía entre los dedos.

Y la señora a la que se refería, una mujer morena, de vestido negro de flores, que estaba esperando a que su pequeño pinscher tuviera la bondad de hacer del cuerpo, apretó los ojos para examinar las palabras y los números. Se tomó su tiempo. Jugó con la bolsita trasparente para recoger la mierda del perro. Puso los brazos en jarra. Los ruidos de la calle —el local de las apuestas, la gritería de la casa de enfrente, el ladrido ahogado de la mascota, el frenazo del taxi que andaba perdido, el paso de la carreta jalada por el rucio, el canturreo de *aquella flor de pétalos dormidos a la que cuido hoy con toda el alma*— hicieron evidente su silencio. Y, como si se hubieran puesto de acuerdo con los perseguidos o ella sola tuviera claro que nadie anda por ahí preguntando por la prima, cuando por fin habló le dijo una burrada de vida o muerte:

—Eso es a dos cuadras de aquí —pensó en voz alta—: allá abajo.

—Esto por acá es un laberinto —se quejó el extraño con la mirada puesta en el horizonte nuevo.

—¿Cómo se llama la prima suya? —contraatacó ella.

—¿Mi prima?: mi prima se llama Doris Patricia Carvajal Londoño —confesó él.

—Pues mire que me suena conocida, pero hay tanta gente nueva en el barrio que quién sabe.

—Tiene un puesto de empanadas con el marido.

—¿Aquí a la vuelta? —preguntó, deslenguada, la señora.

—Sí, por allá —improvisó, sin tener ni idea, la sombra esa de blanco que para nada bueno se sabía sus nombres y sus apellidos.

—Tienen un hijo o una hija —tanteó la vecina providencial mientras recogía la mierda.

—Una hija y un hijo —aclaró el sicario, Dios, qué hacía ahí ese caracortada.

Hubo un momento, como un giro del destino, en el que la señora ya tuvo que irse de vuelta a su casa. Se despidió con la mirada del perseguidor: «Vaya, vaya pues». Le recibió las gracias un poco después: «Gracias, doña». Se dedicó a vigilarlo hasta la esquina, «piérdase pues», «piérdase en este barrio en donde no se le ha perdido nada», mientras se abanicaba un poco con la bolsita llena de heces. Apenas dejó de verlo, porque se fue con su camisa blanca calle abajo por la carrera Noventa y dos, por allí por donde mataron al muchacho por robarle el celular, volteó a echarle una mirada a Doris Patricia al otro lado de la calle. Se saludaron con las cejas. No se sabían los nombres pero se sabían las caras porque Villa de la Candelaria, repito, tenía algo de pueblo.

Doris Patricia Carvajal siguió a paso de plegaria, «Dios bendito: cuídame a mis niños», hasta que volvió a su casa.

Se veían iguales. Estaban intactos. El papá les estaba poniendo vallenatos viejos, sonrientes, para que se les pasara el tiempo mientras llegaba la mamá, pero apenas la vio entrar notó en la mirada de ella que era hora de salir corriendo de allí. Lo dijo. Dijo «vámonos». E hizo, e hicieron juntos, los dos, lo mejor que pudieron para no morirse ni matarlos de miedo. Contaron a los hijos que salían de viaje, ahora mismo, a San Bernardo del Viento. Prometieron pasarse por el hotel que quedaba a unos pasos del muelle. Empacaron a toda vela lo que les pareció de vida o muerte. Pronto, diez o quince minutos después, doblaban la esquina de la supertienda para abrirse paso hacia la troncal en un carro viejo que habían comprado por si acaso.

—¿Cómo sabes que venía por nosotros? —preguntó su marido.

—Porque andaba todo tembloroso —contestó, acezante, Doris Patricia Carvajal.

—Ah, no, pero tembloroso anda cualquiera.

—Pero yo no soy ninguna prima de ese señor, por Dios, ese señor está mintiendo.

—¿Y de dónde sacó nuestra dirección acaso?

—Yo creo que de la gente de allá de Medellín, la del supuesto contrato que me iban a dar «facilito y sin problema», que el otro día me juró por todos los santos que no iba a darle a nadie nuestros datos.

—Uno ya no puede hablar de nada con nadie.

—Uno no —confirmó ella con la mirada puesta atrás—: la gente sí.

La Troncal del Caribe los llevó a Turbaco, a Pueblo Nuevo, a San Onofre, hasta la glorieta que lo manda a uno para Tolú.

La vía de Tolú, en aquellas llanuras que no tienen la culpa de nada, los fue alejando de las miradas desconocidas.

Pasaron por Coveñas, por Santa Cruz, por El Carmen, como quien recoge sus pasos camino al mar.

Se refugiaron allá, en las casas del muelle de San Bernardo del Viento, hasta que volvió a la vida cierto silencio.

Poco a poco, una vez más, Doris Patricia Carvajal se fue sacudiendo la sensación de que una noche iba a aparecer otro verdugo de blanco a matarlos como habían matado a su hermano. Una noche, en el vaivén de las ventanas, pudo volver a ser la madre que tenía tiempo para todo: «Duerme bien que estoy contigo». Y así, cuando se aquietó, también a ella le fueron pasando los años. De golpe, de un domingo a un lunes, Alejandra tenía seis años, y Salomón tenía tres. Un rato después, porque sí, porque así pasa y va pasando la extraña vida de cualquiera, la abuela Oneida celebraba con ellos su cumpleaños número sesenta y cinco —canosa pero rejuvenecida— en el apartamento lindo, brilloso, que habían conseguido luego de tanto bregar.

156

Y al día, a la semana, al mes siguiente, «el abuelo Bombón» se les aparecía como un genio de la lámpara a confirmar la dicha.

Y, cuando no, les enviaba buena parte de la plata que seguía ganándose de tanto en tanto a costa del furgón.

A veces, cuando todos estaban dormidos en sus propias camas, se ponía ella a buscar fotos de su papá en las redes sociales. Le hablaba a don Raúl Carvajal, «tienes los ojos más rojos», «hazte revisar eso que parece diabetes», «abrígate bien que allá hace mucho frío, papi», mientras pasaba y pasaba las fotos de Facebook de su visita con Carlos Castaño el bueno al Espacio Territorial de Capacitación y Reincorporación de «El Negro Eliécer Gaitán»: don Raúl pone en orden las pancartas del furgón; don Raúl, de camiseta negra con rayas blancas, maneja sobre el puente del río gris; don Raúl, lleno de su propia vida, trata de sacar su camión de un lodazal, da una entrevista rodeado de exguerrilleros de las Farc, susurra un secreto al maniquí que hace las veces del hijo asesinado.

Ya era junio de 2017 en esos retratos. Ya había espacios territoriales de capacitación y reincorporación porque estaba firmada la paz. Y su papá seguía yendo, en peregrinación, a la vereda de Caño Indio en el municipio de Tibú a contarles a todas las almas lo que había pasado.

Una vez, allá en el muelle, una vecina entonada le había preguntado a Doris Patricia qué se siente ser una víctima. Ella le había respondido «descanse, mija, descanse». Pero cada vez que se metía a las redes a cazar fotos de su padre le contestaba de verdad: uno es, entre la bruma eterna del duelo, una madre, una esposa, una hija, una mujer que va de viaje, hace filas, sube al bus, cumple con su trabajo paciente por paciente, duerme a pesar de este calor, da gracias al cielo, sigue las series de televisión que nadie se las pierde, recuerda su infancia a pedazos, hace planes para diciembre, paga las cuentas, llama a ver cómo va todo, se mete en el mar hasta la cintura, nada, se ríe en las partes en donde hay que reírse, pero cada conjetura y cada conversación terminan con la frase «es que yo tuve un hermano que mataron».

Podría uno olvidar, por un momento, que todo esto es verdad. Sépanlo a cada página, a cada frase, por si acaso. Que ninguno de los giros de esta historia es inventado. Es engañoso a ratos porque no es solo una vida con una rutina que se asemeja a una condena, sino que es también, sobre todo, una trama, pero después de todo así fue. Está en los expedientes, en los noticieros, en las crónicas de la prensa, en las instalaciones artísticas, en los testimonios de los involucrados. Se encuentra en los audios que me ha estado enviando la familia Carvajal Londoño. Y, sin embargo, a punto de llegar al final de nuestro segundo acto, consciente de lo mucho que nos cuesta a todos creer que la vida es igual que los dramas y tan descabellada como las películas, me veo en la obligación de recordar que don Raúl Carvajal estuvo siempre en esa esquina. Yo lo vi un par de veces. Yo lo oí.

Y sólo pido ese favor: que en lo que queda de este libro, mientras don Raúl se va convirtiendo en monumento y recuerdo de familia y padre de la resistencia, no se pierda de vista que todo esto es verdad.

El lunes 26 de septiembre de 2016, luego de más de cuatro años de agónicas negociaciones en medio de un pulso a muerte e inverosímil entre el expresidente Uribe y el presidente Santos, el Estado colombiano y las Farc firmaron por fin un pacto de paz que jamás se iba a firmar. El domingo 2 de octubre de 2016 se llevó a cabo un plebiscito, el plebiscito aquel, propuesto por Santos, que zanjó la historia hasta nueva orden, en el cual el 50,21% del pueblo votó no y el 49,79% del pueblo votó sí a aquellos acuerdos que entonces eran un milagro desdeñado. El jueves 24 de noviembre de 2016 se suscribió en el Teatro Colón de Bogotá, sobre la base de las objeciones lideradas por Uribe, la renegociación de los compromisos de ambas partes. El viernes 3 de noviembre de 2017 empezó a funcionar la JEP: la Jurisdicción Especial para la Paz. El jueves 12 de julio de 2018 la JEP abrió, como un «tercer gran caso», el de los «asesinatos y desapariciones forzadas presentados como bajas en combate por agentes del Estado». El martes 7 de agosto de 2018 se posesiona el presidente Duque, el discípulo más hábil del uribismo, con la misión de cumplir el mandato del no.

Y, en cada una de estas fechas decisivas que se volvieron titulares de prensa, don Raúl Carvajal llegó temprano a la esquina de la Avenida Jiménez con la carrera Séptima a contarle la tragedia —con todos sus documentos y todos sus detalles— a alguien que no la hubiera escuchado.

Viajó, sí, siguió viajando en su camión tambaleante por las vías enfangadas por los aguaceros. Cualquiera que quiera puede verlo, por supuesto, en sus propias redes sociales están documentadas una serie de correrías, de visitas a colegios de profesores dispuestos a enterar a sus alumnos de la guerra, de exposiciones en plazas de pueblos escondidos entre el humo de la guerra, de conversaciones en reuniones estatales de buena fe e inútiles como una curita en una herida de bala. En uno de sus perfiles de Facebook, que todos se ven urgentes y dolidos, hay una galería de recuerdos que detiene el corazón: el *JAC* de placas **SKZ-508** es presentado por un profesor a dieciocho estudiantes de diez, once, doce años, como una obra de museo; don Raúl, de botas blancas, les explica a las cámaras de un noticiero comunitario que ha ido «a donde los guerrilleros para que me expliquen la muerte de mi hijo»; don Raúl, de sombrero de ala corta, interviene en un encuentro organizado por la Misión de Apoyo del Proceso de Paz de la OEA.

A su última página de Facebook, que quiso convertir en un canal valeroso que dijera lo que no decían los demás canales, subió un cortometraje sobre los falsos positivos, la foto de su hijo ensangrentado, una transmisión en vivo estropeada por problemas técnicos, una cadena de denuncias contra los dos presidentes anteriores y un video frentero que hasta hoy ha sido compartido ochenta y tres veces: de saco gris de hilo, sentado en una silla negra de cuero y respaldado por una nueva versión de su pancarta más devastadora, cuenta con micrófono en mano lo que siempre ha contado, pero también que un día logró hablar en *El Tiempo*, que a veces se pasa por Montería con su furgón lleno de denuncias, que se le van las jornadas protestando en la iglesia de San Francisco, solo, con sus volantes, porque los abogados les tienen pavor a los militares.

No lo dice con esas palabras, pero deja en claro, con la serenidad de su valor, que ni ha desfallecido ni va a dar un paso atrás.

No lo cuenta con detalles, porque el video dura nueve minutos y doce segundos apenas, pero deja entrever todo lo que resistió hasta esa hora de esa mañana.

Vivió golpizas, acosos, humillaciones, desdenes, ningunos, tensiones. Superó un par de enfermedades. Se ganó un apodo de personaje típico del viejo barrio de La Candelaria, «Don Furgón», le dijeron, de tanto ir y venir por las calles de piedra. Hizo lo que estuvo en su poder, o sea que redobló su campaña por la verdad, para que no ganara Duque, sino Petro: «Que no llegue otro a taparnos lo que ha pasado aquí». Una mañana consiguió que, luego de años de mirarse de reojo en pasillos de tribunales, en encuentros nacionales de víctimas y en actos simbólicos como funerales con espectadores, las madres de Soacha se volvieran sus amigas, sus socias en el dolor. Una tarde, de la nada, un par de capitanes se lo llevaron a una cafetería de allí a la vuelta a ofrecerle cinco mil millones de pesos para que se fuera de una vez de ahí: «Mejor mátenme», les dijo. Pero pocas cosas más lo sacaron de su esquina de la Avenida Jiménez con la carrera Séptima.

Era su tarea. Era su puesto. Pero, como también era una rutina de años y más años, poco a poco fue dolorosamente obvio que se había convertido en aquel personaje del centro de Bogotá: «Don Camión», decían algunos. Fue evidente que su causa ya no les importaba ni a los abogados, ni a los medios de comunicación. Que su causa ya era una más en el bosque de las causas en Bogotá. Y que en medio de la avalancha de investigaciones de la JEP, «Retención ilegal de personas por parte de las Farc-EP», «Situación territorial de Ricaurte, Tumaco y Barbacoas», «Situación territorial de la región de Urabá», «Situación territorial en la región del norte del Cauca y el sur del Valle del Cauca», «Victimización de miembros de la Unión Patriótica», «Reclutamiento y utilización de niñas y niños en el conflicto armado», le estaban robando su relato.

Trataba de portarse con serenidad. No soy un hombre, se dijo, soy un reloj: un engranaje que marca las horas segundo por segundo, y que no puede detenerse.

Pero una noche, agobiado por la rasquiña, cegado por el enrojecimiento, se enfureció porque un malnacido de esos volvió a preguntarle qué se sentía estar así de solo:

—Yo estoy con mi hijo —respondió.

A mí puede haberme abandonado todo el mundo y puede que nadie quiera saber nada más de mí, solía mentir para engañar a los micrófonos y a los espías, y para salvar a su familia de aquella persecución sin treguas, pero yo siempre le hablo a mi estampita de Jesús y a la gente que pasa por la esquina mía y al maniquí que tiene el uniforme de mi hijo así me toque imaginarme las respuestas: tengo al lado el nochero de mi habitación de casado porque yo no he salido nunca de esa habitación y tengo amigos que he hecho con los años aquí en Bogotá —porque aquí en Bogotá están todos los padres que han sido privados de sus hijos y están todos los hijos que han visto los asesinatos de sus padres— y tengo conmigo la verdad que van a tener que oírme esas instituciones de la paz.

—Y yo no quiero lástima, sino justicia —agregó.

Y aquella noche fue una noche especial entre las noches repetidas de su odisea, un final de jornada digno de ser contado, porque allí nomás estaba esperándolo la hermana de su Oneida. De vez en cuando venía ella en nombre de los Carvajal Londoño. Daba un vistazo a ver si don Raúl seguía en pie, combativo e indignado. Le echaba un par de miradas. Lo saludaba con las cejas y con el mentón. Él le soltaba una sonrisa breve, brevísima, como un tic, para que supiera que se había dado cuenta. Y, si no estaba rodeado de espectadores de mala memoria, ella se acercaba y le metía entre el bolsillo del saco café un sobre con algo de dinero. No eran las únicas donaciones que recibía, no, Bogotá estaba llena de solidaridades, Bogotá era dura como sus edificios de piedra, pero tenía sus ventanas compasivas: si uno le tenía más paciencia que miedo, pronto empezaban a aparecer sus ángeles.

Gente cercana, como Sebastián González o Luis Martínez o José Alvira o Joan Sebastian, que sentía lo mismo que él: ese suspenso dolido.

Gente de paso, como esa vendedora de flores o ese mensajero o esa estudiante de quién sabe qué, que le daba justo a tiempo algún aporte.

Gente de Uribe, como ese trío de guardaespaldas de pocas palabras, que le ofrecieron un audífono para que escuchara mejor.

Pero la visita de su cuñada, Nelly, como la caramañola del ciclista en los Alpes o el auxilio de Judá Ben-Hur a Cristo en el calvario, le devolvía las ganas de seguir. A veces, cuando se podía, cruzaban unas palabras: «¿Cómo ha seguido de la espalda?». Apenas se despedían, «protéjase del frío», «Dios me lo cuide», se la imaginaba contándole a su Oneida que lo veía bien, que lo veía fuerte. Y entonces sentía que estaban juntos, el del camión con la del localito de enfrente, como cuando comenzaron a hacerse falta, a necesitarse. Pero la noche que estoy diciendo, que lo agarró en la esquina de siempre, fue diferente porque ella le notó la rasquiña y el enrojecimiento de los ojos y el cansancio, y Doris Patricia se le puso a la pata porque le sonó al camino hacia la diabetes.

—¿De qué número me está llamando, mija? —empezó la llamada.

—De uno cualquiera —contestó ella.

—¿Pero todo está bien o qué?

—Todo está bien por acá, papi, pero usted se me está enfermando por andar por allá a sol y sombra.

—No diga eso que yo estoy bien.

—Yo no le digo que deje de hacer lo que está haciendo porque yo sé que alguno de nosotros lo tiene que hacer.

—Yo lo tengo que hacer.

—Pero déjese cuidar unos diítas por nosotras.

¿Y si, luego de soportar las bajezas y las indiferencias y las mentiras de los peores entre los peores, había llegado «lo que faltaba»? ¿Y si ellas también creían que la batalla estaba perdida? ¿Y si las mujeres de su familia, que siempre le habían dicho «usted está haciendo lo que debe hacer», no habían sido capaces de reconocerle en la cara que habían entrado al mundo de las personas que lo miraban como si fuera un loco varado para siempre en el mismo día? ¿Y si la versión de los hechos que había estado dando a diestra y siniestra, que ni su esposa ni sus hijos querían saber nada de él, que a la larga, en la soledad temblorosa de las madrugadas, no había nadie en el mundo que no se llamara Raúl Antonio Carvajal, se estaba haciendo cierta?

No se dejó de las conjeturas. No sé quedó con el raspón en el corazón, ni se quedó callado para guardarse, en silencio, semejante contrariedad, semejante malestar.

—Yo les pego una llamada cuando vaya a visitarlas —le dijo en vez de decirle «yo sé lo que hago» o «yo sigo siendo el padre».

Y ya. Fue siendo olvidado y fue envejeciendo y fue muriendo en su ley. Según los demás, su osadía, su cruzada, estaba terminada doce años después del crimen. Según él, todo seguía igual. Y entonces insistió e insistió a las mismas horas de todos los días.

Se volvió el único hombre en la Tierra que tenía claro que a la historia le hacían falta una serie de episodios fundamentales. Y se refugió en los noticieros del amanecer y del anochecer para confirmar que ni los políticos ni los militares tenían la menor intención de terminar la guerra. Prendió su televisor portátil cada noche —y también, por supuesto, encendió el radio que se colgaba al cuello— para enterarse de que el gobierno uribista se encogía de hombros ante los contundentes resultados de la consulta anticorrupción, cerraba las puertas del diálogo con la guerrilla que tenía encendida la frontera con Venezuela, reducía la protesta social a saboteo financiado por grupos armados, lanzaba una serie de ultimátums de aquellos que ciertos comandantes de las fuerzas militares interpretan en favor de la guerra.

Solía dormirse temprano, en la habitación de su remolque, para levantarse muy temprano: qué tiene uno que hacer por ahí, por la calle, en las trampas de las noches. Pero si le costaba dormir, que aquí entre nos cada día le era más difícil pasar una noche de largo, era común que los únicos balbuceos y los únicos temblores entre el silencio vinieran de su pequeño furgón: «Esto cada vez está peor», le comentaba al maniquí, «la sorpresa no es que están acabando con el país, sino que no lo hayan acabado todavía». Sí, del pequeño camión blanco, que se iba encogiendo en la madrugada y la negrura bogotana, venía un fantasma de luz que no le hacía mal a nadie. Y es verdaderamente increíble —y pido, por eso, el favor de no olvidarlo— que no estemos hablando de una pintura ni de un cuento, sino de una vida que estuvo a unas cuantas cuadras de acá: todo esto es verdad.

Este es el último sol del día. Nada hace sombra a nada. Nada se quema. Es una luz tenue, repartida por el cielo, porque acaba de llover. Con los papeles en la mano, con las fotos recogidas, las investigaciones llevadas a cabo y las cartas al Estado enviadas como plegarias al vacío, don Raúl Carvajal pone al tanto de su travesía a un trío de muchachas que están yendo a la Plaza de Bolívar a ver en qué acabó la protesta que empezó en la mañana. Muestran una pancarta en la que se lee E<sub>stado</sub> Asesino, en letra llorosa, porque según se dice en *The New York Times*, con el gobierno nuevo han vuelto las órdenes de letalidad del ejército colombiano que se llevan por delante a los civiles. También traen un cartel escrito a mano que dice *el helicóptero halcón puede identificarme en una manifestación pero no a niños inocentes antes de un bombardeo* porque el jueves 29 de agosto de este 2019 las Fuerzas Armadas bombardearon un campamento de las disidencias de las Farc —la gente que se negó a firmar los acuerdos— y allí murieron ocho menores de edad.

Ya es el jueves 21 de noviembre. Ya ha pasado toda una generación desde que empezó ese calvario que es también una cruzada. El trío de hermanas que lo escucha, ahora que empieza el final, está hecho de mujeres que tenían siete y seis y cinco años —y se sentaban frente al televisor a ver *También caerás* y *Los cuentos de los hermanos Grimm*— cuando aquel par de traidores cumplieron la orden de matar al cabo Raúl Antonio Carvajal Londoño. Sólo la mayor de ellas ha oído hablar de este viejo que se para de la mañana a la noche en esta esquina: la de la Avenida Jiménez con la carrera Séptima. Dicen que se llama a sí mismo, porque, en efecto, lo es, «un libro viviente». Dicen que todavía tiene adentro, en el furgón, el cadáver de su hijo.

Y que las madres de Soacha han empezado a considerarlo parte de su grupo.

Las asociaciones de víctimas lo buscan para ver cómo ha seguido, cómo está. Las oenegés de derechos humanos tienen claro el tamaño de su causa y le dicen «ánimo, don Raúl». Y un par de artistas contemporáneos que lo han estado acompañando en los últimos meses, el español Abel Azcona y el colombiano Bruno Sandstede, están haciendo un documental sobre su vida —lleva el título de un viejo artículo de la revista *Semana*: *El cadáver viajero*— que tiene vocación de instalación, de performance: «Yo quiero hacerle ver al mundo quiénes son los asesinos de Colombia», «espero que me manden matar porque esa es la costumbre de ellos cuando una persona inocente reclama», «me sacaron a patadas de la fiscalía», «en Pamplona el alcalde uribista ordenó llevárseme el furgón a los patios», «aquí nunca ha habido una ayuda para que me coma un pedazo de comida: ¡he aguantado hambre!», dice en la serie de videos de la obra.

Se ha vuelto una estatua del centro de la ciudad. Pero, como toda estatua es también una costumbre, como toda estatua es un personaje que un día resulta convertido en escenario, sólo una de las tres muchachas que lo están escuchando, la mayor, la que ya se sabe la historia, se queda a escucharlo.

Hay un montón de cosas que ella no sabía. Que el miércoles 25 de septiembre de este 2019 un amigo le había ayudado a montar una vaca en una plataforma «de esas de internet», o sea, una recaudación de fondos virtual, pero sólo habían conseguido 210 mil pesos que si acaso alcanzaban para perderlos. Que de vez en cuando les mandaba a sus hijos «unos pesitos nomás», «lo que se puede», porque uno que otro día le salía alguna mudanza fuera de Bogotá. Que se sentía abandonado por los medios de comunicación «que todos les tienen pánico a los presidentes porque los presidentes son los dueños». Que los dos artistas que digo, Azcona y Sandstede, estaban dispuestos a rescatar su figura entre millones de figuras de la guerra. Que «por seguridad» un puñado de funcionarios de la agencia de protección le habían pedido que durmiera en una casa a unas cuadras de allí.

Pero la noticia que más le interesa a ella, a la muchacha a punto de irse a la Plaza de Bolívar a sumarse a lo que quede de las protestas por las masacres de estos días, por el bombardeo de San Vicente del Caguán, por el genocidio de los indígenas del Cauca, es un incidente que le sucedió a don Raúl hace más de un año.

¿Por qué ella, justo ella que vive tan pendiente de estas cosas porque este país no puede seguir siendo de las mismas diez familias, no había escuchado nada de nada —pero nada es nada— de aquel momento tan dramático?

¿Por qué no habían contado semejante escena en la radio, ni en las redes sociales, ni en los pasillos de la universidad, ni en los noticieros de los fines de semana, ni en las crónicas de prensa de los pocos periodistas que se ponen botas embarradas?

Vaya uno a saber. Hace unos meses nomás, en medio de las quejas por los letales incumplimientos a los acuerdos con las Farc, y en medio de los debates exasperantes, bizantinos, por las curules para la paz que fueron propuestas por el pacto firmado en el Teatro Colón, se había organizado un encuentro de víctimas en el Congreso de la República de Colombia. Y un asesor de la oficina de algún senador, «que no me dijo su nombre ni yo pregunté», dice don Raúl Carvajal, «porque esa gente es así», se le apareció en su esquina una mañana a proponerle que les contara su historia a los legisladores del país: «Hay una audiencia de víctimas en el Congreso», le susurró en el audífono que se había resignado a colgarse en la oreja derecha, «queríamos preguntarle si usted quiere participar».

—¿Por qué hace esa cara?: ¿no quiere ir? —le insistió el funcionario misterioso que tenía modos de espectro.

—Claro que sí, pero ¿no ve que a mí esa gente me tiene echado el ojo? —le contestó don Raúl.

—Véngase a las tres de la tarde más bien que yo lo entro allá —le prometió el asistente del asistente del congresista.

Se dieron la mano. Quedaron en eso. Carvajal se puso una camiseta llena de denuncias de las suyas y se fue para allá apenas les llegó la hora señalada. Y, cuando subió las escalinatas del Capitolio Nacional de Colombia en la Plaza de Bolívar, se encontró cara a cara con un policía con vocación de cancerbero que parecía programado para no dejarlo entrar. ¿Que va para el encuentro de víctimas? No tengo su nombre en la lista que me dieron esta mañana. ¿Que fue que lo agendaron cerca del mediodía? Déjeme miro entonces en el sistema. ¿Que usted es el viejo del camión blanco que anda haciendo bulla a unas cuadras de acá? Puede ser la Virgen María con noticias para esta pobre humanidad agobiada y doliente, amigo, que si no aparece en el computador nos da a todos igual. ¿Que habló con un asesor de un asesor de un asesor? Espérese llamo a ver si alguien me da alguna razón.

Ya no le quedaban más ilustres edificios a donde ir. Ya había ido a todas partes, desde el búnker de la Fiscalía General de la Nación hasta el Palacio de Justicia. Y, desde el mismo momento en que sintió que en el Congreso de la República le estaban poniendo problemas e inventándole excusas para que diera media vuelta, se dijo a sí mismo «yo entro porque entro». El Capitolio Nacional, «el enfermo de piedra» que tardó setenta y ocho años, 78, en ser construido en el sur de la plaza que ha sido el escenario de la tragedia y la catarsis de Colombia, fue el lugar en el que mataron al general Uribe Uribe, el lugar en el que se refugiaron los diplomáticos del mundo después del Bogotazo, el lugar en el que velaron a tantos próceres que no pudieron evitar que esto siguiera siendo una marcha fúnebre, un funeral: ¿por qué no podía ser también su sitio?

No lo dejaron entrar por la puerta de aquellos que sí tienen voz. El vigilante hizo tres llamadas a tres personajes de allá adentro, pero, como los tres le susurraron alguna línea semejante a «cómo vamos a darle la palabra a un hombre que nos tiene bronca», tuvo que aparecerse el asistente aquel del senador aquel para colarlo por la entrada por donde pasa «la gente», «el pueblo», a las audiencias públicas del Congreso. Por supuesto, cuando llegó al balcón de los ciudadanos, que es como un galli- nero de espectadores, puso el grito en el cielo: «Yo al rato formé e hice un escándalo porque me puse a vociferar desde allá arriba», le cuenta don Raúl a la muchacha que se ha quedado a escuchar- lo, «porque allá arriba había muchas muchas cámaras ahí».

—¡Yo soy víctima del Estado! —exclamó, fuera de sí, con los pulmones que le quedaban—: ¡yo quiero hablar en el Con- greso!

Todos los que estaban allí, las víctimas, los victimarios, los congresistas, los periodistas, se voltearon a ver desde dónde y desde quién venía la voz: era el viejo Carvajal, el que cruzó el país con el cadáver de su hijo, el que le cantó la tabla a Uribe, con sus alaridos a medio camino entre el rugido y el llanto. El senador Barreras, que presidía la mesa principal de la audien- cia, pidió tanto a los legisladores como a sus guardaespaldas que lo dejaran hablar: «Déjemelo entrar acá porque él está en todo su derecho», ordenó. Y entonces don Raúl bajó entre las miradas y las murmuraciones. Y, una vez en el auditorio, se puso a contar la historia tal como la ha estado contando desde que les sucedió. Y, cuando notó que estaba perdiendo la aten- ción de los unos y de los otros, sacó la conclusión terrible que suele sacar.

—Yo lo que quiero es que esto salga a la luz pública —ex- plicó con voz de ruego y voz de demanda—, pero nadie más quiere y nadie más hace nada porque terminan encochinados sus patrones.

«Yo a veces ni sé qué me dio», le explica don Raúl Carvajal a la muchacha que de ahí no se mueve hasta que él no termine el relato: «Yo no sé si a mí me dio alegría o si me dio tristeza por- que apenas terminé de contar el asesinato de mi hijo los congre- sistas me dieron un aplauso muy grande». Vio caras agradecidas. Vio puños levantados. El senador Cepeda le entregó su número personal. La senadora Córdoba le pidió que guardara su tarjeta en donde no se le fuera a perder. Y luego «unos reporteros a mil» lo sacaron de allí para las viejas oficinas de *El Tiempo*, que llevan años siendo los pasillos de un canal de televisión, que dizque para seguirlo escuchando: «La prensa internacional quiere hacer un artículo sobre su caso», le dijeron. Como siempre, un par de personajes trataron de callarlo, porque ya tenían suficientes testimonios de víctimas, pero un corresponsal alemán amenazó con largarse de allí si no dejaban hablar a «el viejo del hijo».

Les tocó. Tuvieron que escucharlo. Le grabaron un par de horas de entrevistas con los periodistas extranjeros. Pero hasta el día de hoy no han dejado salir ni afuera ni adentro esos videos —dice don Raúl— porque quieren que su historia se pierda entre la historia.

Trata de contar más cosas para que la muchacha no lo deje solo. Que con el paso de estos últimos cinco años, que iban a ser los años de la paz, le ha estado pareciendo más y más importante el personaje de La Gaitana: los conquistadores españoles más cínicos que hubo, los que ya tenían clarísimo que estaban metiéndose en tierra ajena a sangre y fuego, no sólo le mandaron a decir que desde el día de hoy su pueblo yalcón tenía que pagarles impuestos por lo que había sido de sus padres y de los padres de sus padres, sino que, en un gesto que tomó por sorpresa a los yalcones, la desconocieron como cacica por ser mujer. Que alguna vez vino su familia, de sorpresa, a visitarlo, pero que los ha visto muy poco en estos años. Que sí, en efecto, como estaba diciendo hace un momento, cada día habla mejor la lengua de las madres de Soacha.

Pero, ante la imagen de esa esquina repleta de vendedores sin clientes, ante los gritos de auxilio y los estallidos que vienen del centro del centro, ella le dice que se tiene que ir ya.

No se va así como así. No. Antes le cuenta que su vida es como la de ese huérfano de nueve años, el de Tierralta, en Córdoba, que el miércoles 19 de junio de este 2019 se sentó a llorar y a llorar en el andén junto al cadáver de su madre asesinada: la activista María del Pilar Hurtado. La diferencia es que ella, Sandra, tenía apenas seis cuando se la mataron. Su mamá, que se la acribillaron en San José de Apartadó unos días después de la masacre, no era una líder social, sino una campesina a la que presentaron como una «guerrillera muerta en combate».

Su papá se las trajo a ella y a sus hermanas a Bogotá, antes de que se pusiera todo peor, y aquí se volvió esta estudiante con tatuajes de crucifijos y de fechas fatales y de titulares de prensa sobre la guerra. Y, desde que estudia en la universidad de allí abajo, siempre pasa junto al furgón con ganas de darle las gracias.

No es más. Podría darle detalles devastadores, pero es, sin duda, suficiente. Don Raúl Carvajal se queda quieto, enfurruñado porque todo parece indicar que el día se está acabando antes de tiempo —y siempre, si uno lo piensa con cuidado, pasa así—, mientras ella camina como una equilibrista hacia la multitud de la plaza.

Van a ser las cinco de la tarde. La plaza está mojada porque hace un par de horas diluvió. El cielo se ha partido en tres: en lo azulado, lo ambarino y lo gris. Y la protesta se ha vuelto una batalla campal entre muchachos que ya no dan más y armaduras de la policía.

Hay gente contra la pared de la catedral, contra la pared del Palacio de Justicia y contra la pared de la Alcaldía Mayor de Bogotá, como una muchedumbre asustada y muda detrás del burladero. Sobre las baldosas empapadas, oscurecidas y vueltas espejos por el aguacero, queda una cadena rota de fotos de víctimas y desaparecidos. También se ven un par de pancartas a punto de desteñirse para siempre: COLOMBIA EN RESISTENCIA, **NO MÁS LÍDERES SOCIALES MUERTOS**, YO MARCHO PORQUE ESTE GOBIERNO NO MARCHA y **DISCULPA LA MOLESTIA: LUCHAMOS POR UN NUEVO PAÍS**. Ciertos encapuchados han destrozado las barreras que protegían la estatua de Bolívar. Un par de enfurecidos, empujados por quién sabe qué, están lanzando bombas molotov con los ojos cerrados.

Y la muchacha, que se voltea como volteándose a ver a don Raúl cuando ya es demasiado tarde, no sabe si grabar con su celular esa guerra a muerte o esperar a que vengan a golpearla los palos de la policía.

Don Raúl Carvajal cruzó su país una última vez. Hace muchos años ya, poco antes de que Colombia se volviera otra Colombia en el vaivén de la pandemia y del estallido social y de esta violencia gratuita que parece la inercia de nuestra parte del mundo, salió de Bogotá con la ilusión de ver a su familia. Se había estado portando como ese personaje, el Orfeo de los libros, convencido hasta los pulmones de que todo sería mucho peor —mucho más parecido al infierno— entre más se volteara a mirar a su esposa. Pero, como su corazón gravitaba hacia ella y hacia sus hijos, cada tanto buscaba la manera de visitarlos. Se iba pronto. Al siguiente día empezaba a sentir que los estaban siguiendo. Pero le bastaban esos encuentros fugaces para demostrarse a sí mismo que esos amores sí existían: que sus amores no eran una invención de su destierro.

Pasó por Funza, por Guaduas, por La Dorada, por Cocorná, por Marinilla, por Santa Elena, o sea que remontó el río serpentino y abrupto que había estado recorriendo desde niño, para encontrarse con toda su gente en el Pueblito Paisa. No dijo que esas casas blancas con puertas de colores eran las mismas de su infancia. Simplemente, se ensimismó y miró hacia adentro los días en los que su mamá le elogiaba la rapidez con la que hacía las cuentas y le advertía que la obstinación era un don que traía todos los dolores de cabeza: «Respire, mijo, respire», le decía con las nubes en el lugar de las montañas y el cielo azulísimo encima. Y se iban entre los palos de sombra y las maderas de obispo de San José de la Montaña, como iba uno por el Pueblito Paisa, felices entre el silencio de los dos.

Qué raro era usar la frase «parecía ayer» y que fuera cierto. Sí se pasaba la vida de pronto, dijo, sí era cierto el rumor.

Tenía los mismos nervios «porque sí», que le daban malos consejos, desde los días de la infancia. Seguía sintiendo que la única tregua era morir. Sospechaba, como cuando era un muchacho volantón, que todo lo que pasaba en la Tierra le pasaba a él: «Alguien me echó la sal», decía. Se ponía bravo en un solo segundo y se calmaba de inmediato. Cargaba con la roca del mundo de la falda hasta la cima. Todavía se sacrificaba por los demás y se levantaba en el calvario, igual que cuando un niño. Veía la realidad cuando veía a su mujer. Y, sin embargo, también era ese viejo sorombático que tenía más sed, más apetito, más ceguera: ¿qué clase de traición era el paso de la vida?, ¿a nadie, sólo a él, le importaba tanto que hubieran desparecido los ranchos que se encontraban por los caminos de los años setenta?, ¿cómo podía ser y no ser el mismo niño?

Estuvo absorto, distraído por el pasado del pasado, un buen rato. Pero, apenas vio a sus nietos corriendo hacia él, volvió a la Tierra: «¡El Abuelo Bombón!», dijeron.

Pronto estaba entregándoles los dulces que se le aparecían en las palmas de las manos como actos de magia. Pronto estaba mirándolos con la sonrisa. Alejandra, alta, delgada, cariñosa, delicada y talentosa, tenía diez años ya: «Canta bonito como el papá, pero todos los profesores del colegio nos dicen que es una líder como el abuelo porque se la pasa ayudando a los demás», le explicó su hija. Salomón, pequeño, gordito, paseador, amoroso e inteligente, había cumplido cinco: «Si fuera por la ciencia, que todo el tiempo nos habla de lo que se puede y no se puede hacer con síndrome de Down, se pasaría maniatado toda la vida», le repitió su yerno Iván, «pero nuestro niño no sólo ha salido victorioso de todas las cirugías que le han hecho, sino que ha tenido una voluntad que desconoce cualquier enfermedad».

Don Raúl se sintió querido. Se dejó abrazar por su hija, su Doris Patricia, mientras pasaban frente a las fachadas del Pueblito Paisa: «Hágame caso, papi, té de canela».

Se quedó atrás con su señora Oneida, tragao de su alma gemela desde niños, para repetirse las palabras de siempre.

Y se dejó convencer de acompañarlos al hotel del muelle, en San Bernardo del Viento, porque le removió el estómago de la nostalgia una canción que venía desde un balconcito:

*Y no es que me arrepienta de haberte amado tanto*
*de todo el llanto que derramé por vos.*
*me resultó tu engaño peor que el abandono*
*mas no te guardo encono y que te ayude Dios.*

¿Se acuerda de Los Visconti, mija? ¿Se acuerda que poníamos el casete en el camión para que nos llegara su arrullo? ¿Y que nos sabíamos de memoria las canciones y nos las cantábamos juntos?

Si los paisajes empinados y frondosos de Antioquia, verdes y rojos y azules en tecnicolor, le revivían la infancia como un baldado de agua por dentro, las planicies francas e interminables de Córdoba lo llevaban de vuelta a la juventud: a las botas, a los barriales, a las ruedas encalladas, a los baldes de pescados, a los bultos de yuca, a las canastas de frutas, a los pavores y los orgullos y los amores por los hijos. Qué bello era ese lugar, ese hotel del Gran Muelle en el que habían encontrado el refugio y el orgullo, con su malecón de madera de aquí al horizonte, con sus invasiones bárbaras —de turistas y de carpas y de lanchas y de vendedores de caretas— a un imperio que sólo era de Dios, con sus soles con bordes, sus olas inquietas, sus atardeceres tricolores, sus playas de arenas grises y finísimas.

Dejó los zapatos y las medias en el furgón. Se arremangó y se abrió la camisa de cuadros. Se puso a caminar por la playa, descalzo, con sus nietos. Era un consejo que solían dar los viejos de las montañas: «Por el amor de Dios, pase lo que pase, no vaya a arruinarse la vida sacándole conclusiones». Y, sin embargo, esa mañana tan larga, don Raúl Carvajal parecía empeñado en sacarle la moraleja a su fábula: «Tendríamos que haber vivido aquí». Todo le parecía conocido: la brisa que cerraba los ojos, la arena lodosa que se iba quedando entre los dedos de los pies, la pila de bolsas de basura que nadie se había llevado todavía, el chirrido de los pájaros playeros, el agua del mar sanándole los tobillos, las rodillas, los muslos. Había estado en todas partes, pero sentía, de golpe, que jamás había salido de allí.

Había más aire en las llamadas playas de La Ye. Respiraba mejor. Su esposa le agarraba la mano por siempre y para siempre. Y era posible que los hijos regresaran del mar verde, celeste, convertidos en sus hijos de ocho años.

Volvieron al hotel de todos, tan pequeño, tan bien montado, tan bello, al mediodía. Almorzaron juntos en el patio de baldosas de mosaicos circulares, blancos y grises y azules, con el televisor de 43 pulgadas dándoles lora a las espaldas. Prendieron los dos ventiladores para que nada les perturbara el momento. Pegaron dos mesas blancas de aquellas para que cupieran los seis. Los niños se la pasaron yendo y viniendo de la hamaca de la esquina: «¡Mami!: ¡dile a Salomón que me deje subirme!». Pero los adultos, tanto los viejos como los jóvenes, pudieron concentrarse en sus platos de mojarra frita con patacón, con ensalada, con arroz. Don Raúl, sin nubes por dentro, saboreó la sal crujiente del pescado hasta las aletas. Dio ideas para mejorar el sitio. Calculó el dinero que podía hacerse allí cada día.

Cabeceó un poco, en su silla, cuando por fin terminó de comer. Escuchó en la duermevela de la siesta la conversación de su familia sobre cómo la fecha en que uno naciera determinaba la mitad de su destino: «Papi, los nacidos el 7 de diciembre, que suelen venir al mundo a enseñar e iluminar a los demás, tienen sin falta una misión en la vida», le leyó Doris Patricia de una página de internet sobre las personalidades según el día de nacimiento, «Son seres solitarios, leales, despalomados, originales, pioneros, aventureros, soñadores que van a donde nadie más se atreve a ir». Asintió, claro, con esa habilidad suya para seguir las conversaciones entre sueños. Tenía la guardia baja. Y todos los que estaban allí, conscientes de la trama, lo miraban como si estuvieran mirando un recuerdo.

Se despabiló porque de golpe pasó un nubarrón que les interrumpió la tarde. Iba a pasar. Pronto el cielo tenía que ponerse gris e iluminado en una media hora. Pero don Raúl se levantó de la mesa porque sintió que estaba poniéndolos a todos en riesgo.

Adiós, les dijo, nos vemos dentro de poco. Salió del patio sin vehemencias, de beso en beso, porque tenía claro que su comportamiento sólo tenía plena lógica en su cabeza. Se le vio atolondrado. Se le vio infantil y terco y lleno de miedos que ya no estaba dispuesto a desmontar. Nadie le dijo «no se vaya» ni «aquí no va a pasarnos nada, Raúl» porque después de años y años de decírselo sabían que no servía para nada. Desde hacía mucho había sido así: «Hacia la mitad de la vida, más o menos, los nacidos el 7 de diciembre suelen zafarse las pocas amarras que les quedan y dedicarse a ser ellos mismos gústele a quien le guste», acababa de leer Doris Patricia. Pero el asesinato del Mono, del que no se había hablado en el almuerzo, lo había empujado a hacer su voluntad contra la voluntad del horror.

Nadie lo acompañó al furgón porque les había dicho que no. Nadie le llevó la contraria de nada, «no me puede agarrar la noche por acá», «yo sé que cualquiera puede avisarles que yo estoy aquí», «se bajó una gente rara de esas lanchas», porque le exasperaba que ni siquiera ellos le creyeran.

Consiguieron convencerlo de que se tomaran algunas fotos de todos con todos, «rapidísimo», allí mismo en el patio.

Oneida, con las canas recogidas en un moño elegante y con sus gafas ajustadas en la nariz de la sonrisa, se ajustó el camisón pálido adornado por espirales rojas. Doris Patricia, vestida con una blusa ocre que el viento agitaba, encontró su cara de felicidad justo a tiempo. Alejandra, con un vestido amarillo sobre el vestido de baño, tenía las dos manos en v. Salomón, con la cachucha blancuzca que poco se quitaba ese fin de año y el gesto risueño concentrado en la cámara, elevaba los pulgares en señal de alegría. Don Raúl entrecerró los ojos porque se estaba llenando de afán. Y el sonriente de Iván, con la camisa blanca de mangas cortas que usaba esos domingos, se paró en el lugar perfecto para lograr una imagen con su teléfono —una selfie— en la que cupieran todos.

Y tomó una fotografía de los abuelos y otra de los papás y otra de los hijos. Y retrató a los abuelos con los hijos y a los abuelos con los nietos. Y hubo un momento en que se resignó al final.

Se dijeron hasta luego. Don Raúl recibió la bendición de Oneida, habituada y rejuvenecida, que no luchaba nunca contra su corriente. Estrechó la mano de su yerno, el respetuoso y echado pa'lante de Iván, que se quitaba las gorras ante él y siempre andaba dispuesto a cuidarlos a todos: «Gracias», se dijeron. Dio a sus nietos de ojos brillantes un par de bombones más que se sacó de quién sabe dónde: «Que los quiero mucho», soltó cuando se vio abrazado al mismo tiempo por los dos. Después buscó a su niña, a su Doris Patricia, para recordarle que él se estaba sacrificando por ellos e insistirle en que nunca iba a ser el momento de bajar la guardia. Prometió llamar apenas regresara a Bogotá, claro, cuando se dio cuenta de que estaban mirándole la despedida.

El atardecer no estaba lánguido y resplandeciente, sino anaranjado de abajo a arriba. Las nubes cenicientas planeaban sin afanes. El sol gravitaba a toda luz a unos metros del mar. Y sólo don Raúl Carvajal era capaz de darle la espalda a ese cielo, e irse.

Se fue. Caminó inclinado hacia adelante, claro. No se volteó ni una vez en el camino al furgón blanco porque voltearse era ponerlos en peligro.

Sonó en el parlante del hotel, de la lista de «canciones para los viajeros» que habían hecho hacía unos días, la cabizbaja *Me voy pa'l pueblo* de Los Panchos: *Me voy pa'l pueblo, hoy es mi día, voy a alegrar toda el alma mía*. El punteo devolvió a los tiempos en los que las jornadas eran calladas, se dejaba abierta la puerta de la casa y la Semana Santa ponía las cosas en su sitio. Las maracas no tuvieron ningún afán. Y los versos siguieron y siguieron semejantes a los pasos de unos pies cansados, *es lindo el campo, muy bien, ya lo sé, pero pa'l pueblo voy echando un pie y si tú no vienes, mejor es así, pues yo no sé lo que será de mí*, como una prueba de que hubo una vez un mundo en el que la gente tenía un solo amor. Pero don Raúl no se mosqueó porque su decisión ya estaba tomada.

Y siguió caminando sin medias y sin zapatos hasta el puesto del conductor en el camión. Y ya no lo vieron más.

—Doris Patricia Carvajal: dime qué espíritu viste —preguntó su yerno a su hija.

—Ni uno solo, hombre, nada —le contestó ella porque no quería hablar con nadie.

Pero se quedó sospechando que poco iba a volver a ver a su padre y le pareció sentir que además iba a venírseles encima una época que iba a dejarlos mudos. Había estado leyendo en todos los periódicos habidos y por haber sobre el virus de Wuhan. Se temía que había allí gato encerrado porque nadie cuestionaba ninguno de los titulares apocalípticos de la prensa, pero creía también que, fuera como fuera, se tratara de una enfermedad exacerbada por los gobiernos o de una peste letal que presagiaba el fin de otros tiempos, pronto iban a tener que escapárseles a los contagios. Sintió que iban a vivir allí, frente al muelle, por un buen tiempo. Extrañó a su papá para siempre. No dijo nada de nada porque todavía no estaba lista para mirar a nadie.

El viernes 18 de octubre de 2019 un trío de artistas urbanos se apareció enfrente de la Escuela Militar de Cadetes, en el gigantesco occidente de Bogotá, a pintar un mural rojo y negro y amarillo sobre los «falsos positivos» —las ejecuciones de inocentes para hacerlos pasar por guerrilleros caídos en combate— que llevaba el título de ¿QUIÉN DIO LA ORDEN? En la esquina izquierda pintaron la cifra de los civiles asesinados para aumentar «el conteo de cuerpos» que suele pervertirlo, enlodarlo todo: 5.763 cadáveres disfrazados de enemigos bajo el mando de cinco comandantes que dormían en paz por la noche. Detrás de los generales trazaron las sombras de los soldados que se permitieron a sí mismos matar sin piedad: ¡tas! Y luego notaron que unos tipos muy raros estaban tomándoles fotos desde las ventanas de unas camionetas y que nueve militares armados andaban pintando de blanco la pared.

Sirvió de poco. Esa misma noche, unos minutos después de las ocho, una suma de defensores de derechos humanos se lanzó a denunciar en las redes sociales la persecución y la censura: una serie de denuncias de Twitter, tituladas con los numerales #EjércitoCensuraMural y #QuiénDioLaOrden, volvieron imborrable la imagen que acababa de ser borrada, y el repugnante y espeluznante episodio de los «falsos positivos» fue de voz en voz, de manifestación en manifestación por el mundo entero, hasta que volvió a ser la prueba reina de la degradación sin fondo de esta guerra sin fin. El jueves 21 de noviembre de 2019, luego de allanamientos y suplicios de tiempos peores, empezó aquel paro nacional que estuvo a punto de terminar en esa batalla campal de bombas caseras y barricadas y saqueos, pero terminó en cacerolazos pacíficos e ingeniosos.

No se detuvo esa protesta. Sucedió de noviembre a diciembre con una fuerza que se fue puliendo. Hubo disturbios. Hubo vandalismos. Hubo diálogos fallidos. Hubo infiltrados como si esta siguiera siendo la Colombia autoritaria de la Guerra Fría. Vino el día en el que un agente del Esmad mató al joven Dilan Cruz de un disparo en la cabeza. Y de ahí en adelante las grandes plazas de las capitales del país, empezando por la Plaza de Bolívar de Bogotá, se convirtieron en los escenarios diarios de los plantones de la Guardia Indígena y las tamboradas de los pueblos negros y los conciertos de los artistas capaces de imaginar qué se siente el ninguneo. El miércoles 25 de marzo de 2020 vino una tregua, claro, porque el gobierno decretó la emergencia sanitaria del coronavirus. Pero el malestar no se frenó.

Seguía rondando, pues ese gobierno nuevo con mañas de viejo seguía obrando en contra del acuerdo de paz con las Farc y en contra de los diálogos con las insurgencias, el informe de *The New York Times* que revelaba el regreso macabro e inverosímil del ejército nacional a la política de conteo de cuerpos que lo había pervertido todo a principios de siglo. Seguía rondando, en el letargo y el enfrascamiento de la pandemia, la noticia de que había por ahí generales que una vez más estaban dando la orden de hacer lo que fuera necesario para conseguir resultados. Adiós, escrúpulos: «La meta es doblar los resultados operacionales en todos los niveles del mando», confesaba el planteamiento de objetivos de la comandancia. Y tendría vacaciones el soldado que lo lograra.

Seis meses después de las últimas manifestaciones, luego de los días y las noches y las madrugadas del encierro, el país volvió a levantarse.

El miércoles 9 de septiembre de 2020 Bogotá se despertó de la rabia por el brutal asesinato —a manos de un par de policías— de un estudiante de Derecho que se había pasado de tragos: «No puedo respirar», dijo cuando empezaban a matarlo. Y la gente, ahogada por las quiebras y los desmoronamientos de la pandemia, malgastada por las violencias de adentro y las violencias de afuera, llevó a cabo un motín a bordo de la ciudad: al final, luego de las jornadas estruendosas, quedaron las imágenes de las estaciones de Transmilenio destruidas a palos, de las siluetas negras de las bicicletas en fuga al lado de las pilas de fuego, de las muchedumbres que, detrás de sus máscaras contra la peste y sus incertidumbres, levantaban la pancarta **SER COLOMBIANO EN COLOMBIA ES COMO SER NEGRO EN ESTADOS UNIDOS**.

Los gritos de ira justa de las manifestaciones no sólo revivieron el mural enardecido que repetía y repetía **¿QUIÉN DIO LA ORDEN?**, como un corazón resucitado, sino que dieron fuerza salvaje a la causa en las redes sociales.

Si uno se encontraba a don Raúl Carvajal por esos días, pues, superadas las cuarentenas, había vuelto a parquear el furgón en su esquina después de meses de dejarla tan sola, se lo encontraba con un tapabocas de tela estampada con la imagen amarilla y roja y negra del mural. Se lo bajaba a la barbilla cuando iba a contar la historia con su voz tenue, gris, porque si no le habían importado las amenazas ni los golpes por qué iba a importarle ahora el tal covid —su hija la maga, además, había aprendido a dominarlo—, pero no se lo quitaba ni un solo segundo, **¿QUIÉN DIO LA ORDEN?**, mientras colgaba la exposición en las mañanas para que más y más ciudadanos fugaces se enteraran de que aquí se había decretado un genocidio de inocentes que tenían en común la pobreza y el país.

«Genocidio» significa, en griego, «matar a una estirpe»: aquí se había estado exterminando a los colombianos invisibles para que los visibles pudieran seguir llevando sus cuentas y celebrando sus estadísticas.

Por esos días, finales del tempestuoso bisiesto 2020, don Raúl Carvajal empezó a colgar una reproducción del mural junto a las fotografías que colgaba en la Avenida Jiménez con la carrera Séptima. Quería que se voltearan a ver su tragedia: «¡Este es un Estado asesino!», gritaba. Vivía dispuesto a hacerse matar. Sabía que las sombras de los militares señalados habían acudido a los tribunales para que sacaran sus figuras de la imagen. Había oído, de buena fuente, que se habían estado metiendo a las casas de las gentes del Movice: el Movimiento Nacional de Víctimas de Crímenes de Estado. De nuevo, los defensores de derechos humanos estaban recibiendo amenazas. Los teléfonos acababan chuzados. Se veían los drones sobre los tejados de los refugios. Don Raúl, no obstante, colgaba la pancarta.

El jueves 18 de febrero de 2021, cuando acababa de colgarla con la ayuda de un par de vendedores, recibió una llamada de su hija.

La Jurisdicción Especial para la Paz, la JEP, acababa de declararle al país que «por lo menos 6.402 personas fueron muertas ilegítimamente para ser presentadas como bajas en combate en todo el territorio nacional entre 2002 y 2008».

Estaba en las emisoras, en las redes sociales, en los noticieros, en los diarios, en las cadenas de WhatsApp: el comunicado 019 sobre «El caso 03 conocido como el de los falsos positivos».

Y era un triunfo, por Dios, era el Estado diciendo que el Estado había hecho su parte en esta guerra sucia.

—¿Sí ve, mija, que yo no estoy loco? —preguntó como diciendo que acababa de escuchar la misma cifra.

—Nadie piensa que usted esté loco, papá —contestó Doris Patricia sin perder ni una sílaba de paciencia.

—Es que como todos ellos quieren que ustedes piensen que yo me la paso aquí es de zopenco.

—Pero aquí sabemos que no.

Se estaban haciendo mucha falta. Hacía rato no se veían. Y, sin embargo, la pandemia seguía siendo un hecho y la calle estaba llenándose de irreverentes que estaban preparados para lo que fuera con tal de denunciar a esos políticos que gobernaban de reojo. Y si el pueblo por fin se iba a sublevar, si por fin, después de un par de siglos de resignarse a la promesa del cielo, iba a mandar a la mierda a los verdugos, entonces él tenía que estar ahí. Eso le dijo a su hija. Eso le repitió a su esposa: «Vaya tranquilo», contestó ella. Se ajustó su tapabocas, su sombrero, su bufanda de rombos azules, su audífono y su chaqueta impermeable, como ajustándose el uniforme de combate, la armadura, mientras se ponía al día en las historias de la familia. Se despidió camino a la batalla: «Cuídese, mija».

Y se subió al furgón blanco en busca de los conocidos, los amigos y los colegas de duelo que estaban sumándose a una protesta que crecía minuto por minuto por minuto.

El viernes 5 de marzo de 2021, mientras la gente iba del descorazonamiento a la furia por culpa de la reforma tributaria que el gobierno estaba proponiendo en plena pandemia, de la crisis económica devastadora en todas las familias del país, de los reportes innegables de brutalidad policial, de la exacerbación de la violencia en todos los rincones, de los incumplimientos de los acuerdos con las Farc, de la cifra desbocada de masacres, de crímenes de líderes sociales y de asesinatos de firmantes de paz, los artistas que habían estado detrás del mural de ¿QUIÉN DIO LA ORDEN? se reunieron a montarlo de nuevo en la misma pared de la Escuela Militar. Se rodearon de víctimas. Invitaron periodistas, políticos, fotógrafos. Empezaron por actualizar el número escalofriante: 6.402. Y luego pintaron las trece caras que comandaron la degradación, la decadencia.

Del atardecer al amanecer, que el uno es el presagio del otro, nadie se atrevió a tocar ni una sola letra, ni una sola cara de la obra.

El sábado 6 de marzo era como si no hubiera existido, sí, no era ya un mural sino un muro, porque el pulso por la verdad siempre está lejos de acabar.

Fue el miércoles 28 de abril de 2021, en medio de la noticia de que los casos de covid habían llegado a su cifra más alta —19.745 colombianos contagiados aquel día, ni más ni menos—, cuando estuvo claro que las manifestaciones de los últimos tres años ya no eran una puesta en escena, ni un paro nacional de los de siempre, sino un estallido social que se salía de todas las manos del país: «El Colombiazo». Sí era una primera vez. Sí era histórico. Todos los días se levantaban, los prójimos y sus enemigos, los sinónimos y sus antónimos, a detener el curso de este drama: «¡Basta ya!». Y eso nunca había durado

187

tanto. Y eso nunca había pasado de ser una revuelta a ser un oficio diario. Era como si los espectadores se les hubieran rebelado a los intérpretes de una tragedia que se había resistido con saña, con sevicia, a cumplir la promesa de la catarsis: la purificación, la redención de las bajas pasiones del auditorio. Y por primera vez en muchos años, por primera vez en su última vida de la vida, quizás, don Raúl Carvajal no se sentía un viejo que daba un sermón sino un muchacho que hacía parte de un coro. Se sumó a las protestas. Dedicó las jornadas a juntarse con los hijos y las deshijadas. Se plantó en el Monumento de los Héroes, el monumento, en Bogotá, en honor a los soldados independentistas, con su bandera tricolor entre el puño. Y se dedicó a exigirle a Colombia, fuera lo que fuera, que cumpliera sus promesas.

Esto estalló. Qué más podía hacer. Si nadie aquí, en la tierra del sálvese quien pueda, se volteaba a mirar a los padres que se pasan la vejez contándoles a todos que un día le mataron a un hijo por la espalda. Si acá apenas se daba la lástima.

Se desató el nudo de la garganta que contenía el grito, sí, se zafó el puto torniquete. Se salió de las manos tanto malestar, tanto rechazo. Se notaron los colombianos en los huesos. Se vieron las vísceras de las unas y de los otros. Se repitió, de mil maneras, el susurro «bienvenidos a la incertidumbre que hemos sido». Y en medio de un gobierno empeñado en sacudirse la cultura de paz del gobierno anterior, en medio de las manifestaciones artísticas y los tumultos y los bloqueos y las batallas campales con el escuadrón antimotines y las desapariciones y las torturas y los cacerolazos, fue absurdo e infame pedirles cordura en Cali, en Pereira, en Pasto, en Neiva, en Popayán, en Cartagena, en Santa Marta, en Bucaramanga, en Ibagué, en Villavicencio, en Soacha, en Yopal, en Cúcuta, en Sincelejo y en Buenaventura a tantos jóvenes sin más razón de ser.

Se fue abril y se fue mayo, de las mañanas a las madrugadas, en ese terremoto. El gobierno colombiano trató de seguir adelante con la realización de la Copa América aquí en el país, pero, ante las imágenes de los disturbios y los gases lacrimógenos en los campos de juego, la Confederación Sudamericana de Fútbol terminó retirándole a Colombia la sede. Cayeron las estatuas de Sebastián de Belalcázar en Cali, Gilberto Alzate Avendaño en Manizales, Francisco de Paula Santander en Neiva, Antonio Nariño en Pasto, Peter Manjarrés en Valledupar y Cristóbal Colón en Bogotá. Cada una de las espeluznantes cifras, 75 muertos, 2.149 heridos, 3.789 violentados por la policía, 1.264 detenidos arbitrariamente, 25 víctimas de violencia sexual, 129 desaparecidos, 14.479 señales de tránsito arrancadas, 1.136 buses destruidos, 363 tiendas saqueadas, tenía una novela detrás.

Hubo humos blancos, negros y rojos. Hubo gritos de batalla, de auxilio, de rebelión, de independencia, de ahora, de fusilamiento y de tormento. Hubo cuerpos perseguidos, pateados, desnucados, esfumados, sometidos de los pies y de las manos, liberados, quemados y asfixiados. Apareció la pancarta ensangrentada NOS ESTÁN MATANDO, como una plegaria a un mundo extraviado en sus errores, entre las multitudes que tarde o temprano salían a correr. Vinieron, desde esta parte del centro de la Tierra, los viejos desprecios de los unos por los otros. Qué tal la rabia del país afortunado con los países hundidos hasta el cuello. Qué tal esa «gente de bien» vestida de blanco que salió por las calles de Cali a fusilar a los negros y a los indios. Qué tal el odio hereditario por los pobres.

El mural de las ejecuciones de inocentes reapareció, sin embargo, en todas partes: ya no había ningún modo de atajarlo.

Y, ante los escudos y las armaduras de los agentes de la ley que tampoco habían escrito esa pesadilla, las banderas de Colombia se empuñaron con los dientes apretados y se ondearon con esta vieja vocación al martirio: ¡pum!

Don Raúl Carvajal estuvo allí todos los días que pudo: «¡Llegó don Raúl!», «¡Venga con nosotros, don Furgón!», «¡Que viva el papá de la resistencia!», le gritaron los jóvenes. Sí, eso sí que le gustó, eso sí que le devolvió el alma al pecho: ser «el padre de la resistencia». Poner patas arriba la bandera colombiana con la que se envolvía como pidiéndole que hablara por él por-

189

que a él se le estaba yendo la voz. Hablaba entre nos, más bien apenado, con el maniquí: «Toda esta gente está peleando por nosotros», le decía. Tosía detrás del tapabocas, ¡tos!, ¡tos!, ¡tos!, pues sólo entonces tenía pulmones. Pero de golpe se rejuvenecía porque todos esos muchachos eran sus hijos.

Se acercaba al viejo Monumento de los Héroes, ese edificio enchapado de piedra en nombre de los protagonistas de los libros de historia, a leer las palabras labradas de Bolívar el libertador: «Si mi muerte contribuye para que cesen los partidos y se consolide la unión, yo bajaré tranquilo al sepulcro». Se dedicaba un rato a contemplar, con las manos atrás, el grafiti que habían pintado los estudiantes sobre los nombres de los próceres: 6.402 HEROES. Respondía con monosílabos alguna llamada de la familia: «¡Que estoy bien!», gritaba. Y, cuando empezaban a aparecerse los jóvenes reverenciales que con la mirada dispuesta a todo le pedían autorización para vivir y luego le decían «buenos días, don Raúl» o «buenos días, padre», se iba con su bandera a su lugar.

—¡No más silencio! —gritaba.

Y la gente iba rodeándolo porque nada malo iba a pasarle a ese viejo de todos.

Una mañana de esas un muchacho sin pasamontañas lo abrazó y le dijo «usted es muy buen papá».

Y a él se le aguaron los ojos desde ese momento hasta la tarde velada en la que se empezó a morir.

Estaba yéndose la tarde del sábado 22 de mayo de 2021 entre las fogatas de las manifestaciones. Lloviznaba a ratos después de tanto sol. El Monumento de los Héroes, con sus astas desiertas, seguía siendo la tierra de miles y miles de ninguneados que ponían las alarmas despertadoras de sus relojes para salir a protestar: «Hemos soportado doscientos años de gobiernos corruptos e inescrupulosos», decía a los micrófonos desenfocados una de las líderes estudiantiles de las marchas, «y ya no dimos más». Una cuadrilla vestida con la camiseta de la Selección Colombia tocaba sus tambores alegres a pesar de todo. Y un par de muchachos con tapabocas tricolores soplaban las vuvuzelas a lado y lado de Palomo, el caballo de esa estatua de Bolívar, con la sensación de que si esto no se enmendaba ya, no se enmendaba nunca.

De una arenga a la siguiente, el río de los manifestantes, que se perdía de vista a lo largo de la Avenida Caracas con pancartas y sombrillas, se puso a cantar el himno nacional:

*¡Oh, gloria inmarcesible!*
*¡Oh, júbilo inmortal!*
*¡En surcos de dolores*
*el bien germina ya!*

Y el Papá de la Resistencia, que ahora se llamaba así y se escribía con mayúsculas, agitó la bandera roja, azul y amarilla en el aire cargado de humo.

Todo estaba bien. Sentía por dentro, a mil, el latido de la rabia. Se le acercaban «los hijos» que se le acercaban en ese lugar a darle las gracias. Quería, en fin, seguir. Pero en pleno himno, cuando se llegó el momento de *la humanidad entera, que entre cadenas gime, comprende las palabras del que murió en la cruz*, no pudo más: se aceptó a sí mismo que los ojos aguados y enrojecidos se le acababan de nublar para siempre. No paró. Continuó ondeando la bandera entre la gente. Gritó su propio grito ahogado. Cantó, con su voz flaca y reseca, lo que hubo que cantar. Y después de un rato, no obstante, la tos se lo impidió: ¡tos!, ¡tos!, ¡tos! Tenía la garganta lacrada. El cuello sentía el peso de la cabeza. La piel le ardía como si el sol la estuviera raspando. Nada le olía ni le sabía a nada.

Podía vivir así, por supuesto, porque desde la cuna había llevado dolores traicioneros, pero sentía como si una bota estuviera pisándole el pecho: «No puedo respirar», dijo.

Nadie le oyó, no, nadie le entendió porque estaba balbuceando. Tuvo que sentarse a toser en el primer andén alto que encontró: ¡tos!, ¡tos!, ¡tos! Y allí lo encontró la silueta borrosa que le dijo «yo soy el militar que iba a contarle cómo mataron a su hijo».

Había sido nueve o diez años atrás. Había fracasado el encuentro hacía sesenta o setenta páginas. Y ahora, entre la bruma del paro y la peste y la duermevela de la enfermedad, se le acercaba a decirle la verdad antes de que alguno de los dos muriera.

Eso le dijo. Que esta catástrofe del coronavirus lo había empujado a buscarlo. Que había estado encuarentenado en un paraje de Santander, entre San Gil y Barichara, desde el principio del virus. Que llevaba un par de semanas buscándolo, en vano, en la esquina de la Avenida Jiménez con la carrera Séptima. Y que fueran a un lugar a salvo, quizás al furgón, a que le contara lo que le contó.

Que un teniente me había mandado decir cómo había sido. Que mi hijo el cabo Raúl Antonio Carvajal Londoño había cometido la osadía de ser un buen muchacho. Que unos días antes de su muerte, a los veintinueve años que son suficientes para darnos ejemplo, pero son muy poquitos para vivir esta experiencia, se negó rotundamente a matar a un guerrillero que había capturado. Que entonces la gente del batallón de infantería, empezando por el teniente Becerra Llamas, se puso a tener a mi niño entre ojos que dizque por dárselas de decente: «Sapo hijueputa», le decían. Que tres días después, aterrado porque un solo santurrón, o sea un solo soldado digno, justo, limpio, podía poner en riesgo el negocio de contar cuerpos, el teniente dijo entre dientes «eso es un peligro peor que cualquiera», «no dio más», «tocó». Que entonces les dio por enfermarlo yo no sé cómo. Que cuando lo vieron así de atontado, capaz de darse cuenta de que estaban castigándolo, pero incapaz de salir corriendo de allí, le dijeron «a usted vamos a mandarlo a un puesto de salud de afán porque usted está muy mal» y «a usted le está faltando es ir a un enfrentamiento que hay por allí en la frontera para que se acuerde quién es el enemigo». Que se lo llevaron de la estación en Bucaramanga a una trocha del municipio de El Tarra por allá por donde yo estuve una vez. Que lo bajaron de un helicóptero que vio entre sueños: «A dónde estamos yendo», les repitió, «qué pasa». Que lo hicieron caminar un rato por la enfermedad de la selva hasta que se dio cuenta de que no tenía nadie adelante ni tenía nadie atrás. Que dio una curva entre los árboles y los mosquitos y los crujidos porque no tenía a dónde más ir. Que era que el primero de la cuadrilla se le había adelantado a esperarlo. Que así, cuando mi hijo finalmente se asomó, el puntero le disparó en la cabeza. Que el siguiente de la tropa le pegó un tiro en la nuca al que le había pegado un tiro en la frente a mi hijo. Que luego armaron una balacera allí entre el monte para disimular. Que un poco después agarraron los cadáveres de los pies y las manos, amarrados como reses, para llevarlos de vuelta al helicóptero. Que eso fue todo: ya. Que a nadie le importó que ese fuera el cuerpo roto de un joven sin cinco para el estudio que había ido al ejército a cumplir con una de sus vocaciones. Que están diciendo que el expresidente Santos va a hablar. Que a nadie le interesó recordar la vez que el cabo se retiró porque quería hacer una familia, pero le hizo tanta falta su uniforme que resolvió volver a los cuarteles. Que se ha dicho de todo en estos últimos dos años de tribunales especiales para la paz, «suministré armamento para hacerlos pasar como muertos en combate», «permití que las unidades que se encontraban en el área hicieran esas prácticas», «lo único que les dije fue que ya sabían qué tenían que hacer cuando les trajeran a esos muchachos», «me declaro responsable de haberme buscado personas de Soacha, de Gamarra, de Bucaramanga, de Aguachica para entregárselas al ejército para que las asesinaran», «los reclutadores los dejaban en falsos retenes y aparecían muertos al día siguiente», «el coronel nos preguntaba cuántos vagos va a poner usted en esta guerra», «por qué no saca unos tipos allá de la morgue y los uniforma y los reporta como resultados», «les dábamos arroz chino y prostitutas y permisos a los que cumplían con la tarea de conseguirnos víctimas», «en esta flor que usted me da está reflejada la responsabilidad que yo tengo por quitarle la vida a su muchacho», «vengo a limpiar su nombre porque soy responsable de su detención», «les arrebaté la ilusión a los hijos y les desgarré el corazón a sus madres por tener contento a un gobierno», «el pecado de su hermano fue salir por un dolor de muela», pero se les ha olvidado contar que hubo soldados ejecutados por ser honorables.

¿Cuándo lo van a decir? ¿Ah? ¿Cuándo van a repetir sin rodeos ni eufemismos que «hasta a los nuestros los matamos porque estaban a punto de denunciarnos»?

No era poco, se dijo don Raúl Carvajal, no era cualquier cosa ese testimonio misericordioso que confirmaba una por una por una sus intuiciones sobre el crimen: «Así fue». Puede que no fuera la justicia, ni fuera la solemne petición de perdón de algún Presidente de la República de estos en el nombre del Estado colombiano, pero, luego de 5.340 días de contar la historia con sus tres actos, era al menos la respuesta a una plegaria. Quedaba claro que no era un loco suelto tratando de probarle al país lo evidente. No había estado perdiendo el tiempo. Había valido la pena despertarse cada día a primera hora, cuando las nubes grises de acá empiezan a devolverse a sus parajes, a decirles toda la verdad. Se veía mal, mareado, desgonzado, ahogado en la silla que guardaba en el remolque de su furgón. Se le estaba frunciendo el rostro. Sentía cierto permiso de morirse porque acababa de escucharle los hechos a ese mensajero, pero también, de golpe, le parecía demasiado pronto.

La vida es muy larga y muy corta. La vida es el paso de páginas y páginas y páginas, pero es apenas un libro.

Y, por supuesto, cualquier moraleja sobre esta experiencia sólo viene al caso cuando a uno no lo matan.

El Papá de la Resistencia, con mayúsculas, sintió que la neblina se había metido al camión. Se decía en las noticias, en el pequeño televisor que solía sacarlo de dudas, que habían asesinado a cuatro personas en El Tambo, que acababan de morir 509 colombianos contagiados de covid, que el país estaba lleno de ojos extirpados y cráneos fracturados en medio de las manifestaciones, que, en el afán de encarar la condena mundial por las imágenes y las cifras de la represión estatal durante el paro, el presidente Duque, en ese punto un poco más duquista que uribista, acababa de hacer un desconcertante video en inglés en el que le echaba la culpa al senador Petro —su rival de izquierda— de la disciplina de las protestas de las últimas semanas: que la idea era sabotear «*All my term!*», había dicho. Pero don Raúl Carvajal sentía que todo ello estaba ocurriendo en otro mundo.

El enviado del teniente le ofreció llevarlo a algún puesto de salud, en su propio camión blanco que había sido carroza fúnebre y era casa y podía ser ambulancia, porque lo vio sin aire: «¿Está bien?».

Se recostó en el camastro que tenía allí mismo. Pronto aparecieron sus amigos de esos años, los amigos del Padre de la Resistencia, a acompañarlo. Había un par de jóvenes. Había un par de viejos. Dos madres de Soacha estaban preguntándolo: «Es que nos dijeron que lo habían visto mal». Por ahí andaban Sebastián, Luis, José. Querían ayudar. Sabían bien todos, porque los duelos los habían vuelto almas gemelas, que algo muy extraño estaba pasando. Cuando las multitudes del paro vieron que el furgón se iba alejando del Monumento de los Héroes, y que estaba manejándolo uno de ellos, se volvieron un coro que gritaba «¡don Raúl!, ¡don Raúl!, ¡don Raúl!»: «¡que viva el Padre de la Resistencia!», gritaron unos muchachos que él no había visto nunca y no vio jamás, «¡que viva!».

El furgón blanco recorrió Bogotá, buscó la calle 72, descendió hasta la plaza de mercado del 12 de Octubre, supo llegar a la carrera 30, se dejó llevar hasta la glorieta de la Avenida Ciudad de Quito, remontó la ciudad por la calle 6, giró en la Estación Bicentenario y pronto se vio en el centro de la ciudad, con su caparazón de pancartas contra la violencia sistemática que se ha permitido en estos años. Don Raúl consiguió convencer tanto al conductor como a su trío de acompañantes de que estaba mejor. Se veía menos estrangulado, menos indefenso. Había conseguido sentarse a comentar lo que acababa de escuchar. Quería saber en dónde estaba el hombre que acaba de contarle las verdades. Estaba convencido de que si lo dejaban descansar un rato en la habitación de la pensión en donde estaba quedándose, dentro de poco podría volver a las protestas: «¡Don Raúl!, ¡don Raúl!, ¡don Raúl!».

En los últimos dos años, tanto por los embates de la pandemia como por los saboteos de los perseguidores, tanto por razones de salud como por razones de seguridad, había instalado su cama y el nochero de su cuarto con Oneida en una pieza que le habían conseguido los aliados. Allí se refugiaba en las cuarentenas y allí pasaba las noches de los días devastadores. Allí llegó. Le ajustaron el tapabocas, lo ayudaron a bajar del furgón, lo escoltaron en la caminata desde el camión hasta la pensión y lo dejaron a salvo en su habitación del segundo piso de la pensión, sentado en la cama con alguna emisora encendida en un informe sobre las peores cifras del paro, apenas reconfirmaron que tenía un mejor semblante: que había regresado de moribundo a enfermo.

Se quedó allí, aletargado, aturdido, con la mirada nublada por el mal y el malestar.

Sacó el teléfono que tenía entre el bolsillo del pantalón y lo puso sobre la cama. Se dijo «en cualquier momento entra llamada de mi hija» —Doris Patricia, que solía sentir e imaginar lo que le estaba pasando a él por dentro— unos segundos antes de que entrara. Vio la pantalla encendida. Reconoció el teléfono porque, como le había ordenado y rogado tantas veces, estaba llamándolo desde un número desconocido. Pensó «ahorita contesto» hasta que dejó de sonar. Soltó en voz baja «ahorita la llamo», dos, tres veces, hasta que empezó a quedarse dormido. Se le enredaban las imágenes del día: de la tricolor al revés entre los gritos de los muchachos a la confesión del mensajero en el remolque de su *JAC* de placas **SKZ-508**. Trataba de abrir los ojos porque a ese paso, si seguía durmiéndose y seguía abandonándose a quién sabe qué, se iba a morir, y ya.

Tuvo que recostarse un rato entre los timbrazos de su celular, de lado para respirar mejor, pues el ahogo le ganaba. Cerró los ojos porque igual no veía nada. Imaginó que alguien venía a felicitarlo por haber vivido bien. Y pidió al Jesús de su estampita despertarse una vez más.

Hay personas a punto de morir que consiguen aplazar el fin por unos cuantos días. Hay almas que resultan capaces de reanimar a sus cuerpos porque todavía les queda alguna cosa por hacer. Don Raúl Carvajal logró levantarse de la cama una vez más, como si los destinatarios de las plegarias de auxilio de vez en cuando acudieran al lugar de los hechos o como si los burócratas de la muerte le hubieran hecho la excepción de ampliar el plazo, no sólo porque estaba a punto de terminar los *Comentarios de la guerra de las Galias*, sino porque había dado con un abogado, el doctor Del Río, que sabía lidiar a los medios de comunicación, tenía fama de tomarse en serio los imposibles y se sobreponía a los miedos nacionales para defender a las víctimas de la guerra.

Se encontró con el señor Del Río, un consejero pausado, atento, compasivo, con vocación de psicólogo, en la esquina de la Avenida Jiménez con la carrera Séptima. Ya era el lunes 24 de mayo de 2021. Ya no tenía nada más que hacer en este mundo aparte de regresar a su furgón a mostrarle las pruebas del crimen de su hijo —y las fotos de sus viajes detrás de la verdad y las notas que había tomado en sus cuadernos de hojas cuadriculadas— a ese abogado alto, de abrigo negro, que también era un hombre de coraje y tampoco se acobardaba a la hora de enfrentar a los poderosos en los tribunales: «Ni a Uribe le quita la mirada», decían. Estuvieron allí un poco más de tres horas, como si tuvieran todo el tiempo del mundo, porque tocaba. Carvajal quería dejar el caso en claro. Del Río quería escucharlo desde el principio.

Del Río se concentró por completo, semejante a un terapeuta con los ojos entrecerrados, en el relato atormentado de su cliente. Sufrió y se sorprendió y se indignó en las peores escenas de aquella travesía de casi quince años. Revisó con el ceño fruncido los documentos y las hojas sueltas. Pensó en una sociedad llena de uniformados que siempre están cumpliendo órdenes que ya no les tienen que dar. Don Raúl no se lo dijo así, con esas palabras, porque estaba quedándose sin aire, pero él, Del Río, consciente, como pocos, del valor de las historias, le entendió que le estaba entregando las llaves de su caso, la urna de su caso, la llama de su caso. Antes de morir, que morir ya era inevitable, había dado al fin con el único abogado que no iba a salir corriendo cuando los cercos se estrecharan, con el único abogado de este lado, el de las víctimas, que entendía por qué y para qué un padre deshijado se colaba en la finca de El Ubérrimo y se plantaba en la Plaza de Bolívar y se encadenaba en las puertas de la fiscalía. Era lamentable e inevitable acudir a las emisoras, a los noticieros, a las redes con sus transmisiones en vivo para llamar la atención de los tribunales. Pero la verdad era que la justicia se enteraba de su tarea por la prensa. La frase era «grito, luego existo».

Al final, cuando fue de la historia de su discurso en el Congreso a la historia de su participación en el paro de esos días, don Raúl se quedó mirando al piso del furgón como si se hubiera acordado de algo. Era que tenía cerrados los pulmones. No le salían las palabras. No daba más. Y entonces no había nada por decir.

Se acomodó el tapabocas blanco, que le cubría la mitad de la cara, pues no había más por hacer. Se puso la capucha del saco café que se le había vuelto su retrato. Se colgó una bufanda de rombos y salió a la esquina de todos los días, con la iglesia de San Francisco a las espaldas, dispuesto a tomarse la fotografía con la que darían la buena noticia de que Del Río llevaría su caso, pero que terminó acompañando la mala noticia de su muerte. Se le caían los hombros. Se le cerraban los ojos. Hacía esfuerzos sobrehumanos, de padre, para estar de pie. Trató de dar con la cámara para mirarla a la cara. La encontró cuando ya el retrato estaba tomado. Buscó la mirada de su abogado como quien insiste en que todo quede por escrito. Del Río lo atendió y le devolvió la mirada.

—Yo le prometo que voy a hacer justicia por su hijo —le juró.

Y fue como si le hubiera dado permiso para venirse abajo, sí, porque se dijeron adiós, se dejaron de ver y él empezó a pensar que lo mejor iba a ser irse a su habitación a sentirse mal en paz.

No hizo ruido. Dijo «hasta luego» a todos los amigos de la calle. Dijo por ahí, incluso, «nos vemos mañana». Subió a la cabina del furgón como todos los días e hizo el recorrido de siempre hacia el lugar en el que estaba pasando las noches. No le contestó el teléfono a su hija porque calculó que estaba a cinco minutos y treinta segundos de su destino: «¡Cuidado ahí!», le exclamó a un taxi, «¡maneje bien, hombre!», pero su voz ya no les llegaba a los demás. Doris Patricia, que venía sospechando la gravedad del asunto y no podía dejar el muelle porque tenía que velar por sus hijos, le dejó una razón como un paliativo en el buzón de voz —«papi: me acaban de decir que Santos va a hablar de los falsos positivos en la Comisión de la Verdad»— y tomó entonces la decisión de llamar a su hermano Richard de Jesús para encomendarle la tarea de que se fuera ya mismo para Bogotá a ver qué estaba pasando con su padre: «Yo sé que algo raro le está pasando».

Richard de Jesús, refugiado en su negocio en Medellín desde hacía unos cuantos años, salió para acá de inmediato.

Perdió el vuelo en el aeropuerto de Rionegro porque les dio la gana que lo perdiera. Se enfureció en cuestión de segundos, como si no fuera el hombre encantador y elocuente que jamás estallaba como su padre, porque había llegado al contador de Avianca una hora y cuarenta y cinco minutos antes del vuelo. Soltó una retahíla de groserías: «¡Estoy a tiempo!». Le pegó a la mesa un par de manazos: ¡tas!, ¡tas! Tuvo que explicarles a los policías que le llevaron los de la aerolínea, «a ver qué está pasando acá…», que nadie se estaba poniendo en su lugar, que le estaban cobrando una multa por llegar tarde que no venía al caso y le estaban pidiendo doscientos veinte mil pesos por otro tiquete: «¡Mi padre se está muriendo!», les dijo mil veces.

Llegó a la pensión, en Bogotá, en la tarde del martes 25 de mayo de 2021. Venía con una chompa negra, un morral gris de excursión y una gorra blanca para protegerse de la ciudad. Daba zancadas que retumbaban por los pasillos del sitio. Con el paso de los años se había acostumbrado a que lo confundieran con su hermano asesinado, con el Mono, porque de lejos tenían el mismo cuerpo, el mismo empaque, pero lo agarró por sorpresa que su padre lo llamara Raúl Antonio cuando lo vio. Luego buscó a tientas sus gafas y entrecerró los ojos y supo quién era: «Qué hubo, mijo, usted qué hace acá». Y, sin embargo, como ya andaba perdido en el final, como ya no les ponía predicados a los sujetos, poco pudieron conversar.

«Estaba en un estado deplorable», contó a su gente tiempo después. «Nunca en mi vida lo había visto tan acabado». Siempre había sido una persona alentada, guerrera: «Me partió el alma verlo así». Fue a preguntarle a la dueña de la pensión, a doña Aracely, por qué no les había contado qué estaba pasando: «Porque me juró que era algo pasajero y me pidió que no los preocupara», le respondió. Pero ya era demasiado tarde. Andaba en estado crítico. No era capaz de levantarse de la cama. Nadie quería atenderlo porque pensaban que tenía covid. Richard de Jesús hizo todo lo que pudo —le dio medicamentos, logró que le recibiera comida, le sirvió todos los sueros, lo metió a bañarse, le cambió las sábanas, lo vistió, le aguantó los gritos, ay, porque le dolía todo el cuerpo: «ánimo, viejito, no se me dé por vencido»— hasta que su padre empezó a pedirle que se cuidara.

—Y también dígales a ellas que se protejan, mijo, que todos estamos en peligro —le vaticinó— y el enemigo nos acecha.

—Tranquilo, padre, que nadie nos está haciendo daño, nadie nos está atacando —contestó Richard de Jesús.

Su tía Nelly, que había estado pendiente de su papá en los últimos tiempos, apareció con otra bolsa de medicamentos, pero se quedó en el umbral de la puerta —había escrito «el umbral de la muerte»— por temor al rabioso virus. De tanto en tanto se quejaron de la peste. De tanto en tanto lloraron juntos sobre la leche derramada: «Si la señora Aracely nos hubiera avisado dos días antes…». Richard de Jesús, bueno para ser compañía como tantos fanáticos del fútbol e incapaz de tenerles miedo a los contagios, se le sentó al lado de la cama a decirle «papi: usted es el mejor de todos», «papi: Dios está aquí», «papi: mejórese porque esto va para largo». Todo fue en vano. A las 11:33 de la noche, la tía Nelly se fue y Richard de Jesús se dijo en voz alta «voy a pedir una ambulancia porque se me va a morir aquí».

Y don Raúl, doblegado y aturdido y herido de muerte por un revoltijo de enfermedades, sólo atinó a contestarle «ustedes lo que están es metiéndome venenos e infectándome con sus virus a mí porque saben muy bien que si yo sigo vivo voy a seguir denunciando que a mi hijo me lo mataron porque él un día me llamó a contarme que acababa de tener a una hija que ya no quieren dejarnos ver y no sabemos dónde está y también a decirme "papá: yo me voy a salir del ejército porque esto se está poniendo muy feo" y "papá: aquí quieren que yo mate a unos muchachos que no han hecho nada para hacerlos pasar por guerrilleros y yo eso sí no lo voy a hacer", y yo le contesté "mijo: usted es el que sabe bien qué hacer", y entonces, como él se negó a matar a los hijos de las madres de Soacha, a él lo empezaron a envenenar como ustedes me están envenenando a mí y se lo llevaron a El Tarra maniatado y atontado con drogas para pegarle un tiro en la cabeza que le destrozó el cráneo, y luego el puntero de la cuadrilla le pegó un tiro al puntero que me lo mató para echarle tierra al asunto, y todo era para que mi hijo no saliera a la calle ni a la justicia a decirle a la gente, que la gente cree lo que quiere creerse, que los soldados de Colombia, por órdenes de los altos mandos militares en colaboración con los presidentes de la república que hemos tenido en los últimos años, han estado asesinando muchachos inocentes con el objetivo de decirle al mundo que están ganando esta guerra pero esta guerra son ellos matando inocentes nada más para que esto no se acabe nunca y se nos vaya la vejez a las unas y a los otros pidiéndole a Dios por las almas de todos y para que se me vaya a mí la eternidad diciéndoles a todos que he denunciado el crimen del Mono en El Ubérrimo y en la Plaza de Bolívar y en el Capitolio y en la Casa de Nariño y en la Fiscalía y en la Procuraduría y en la Defensoría y en la Personería y en las organizaciones de derechos humanos y en la ONU y en la Corte Penal Internacional, que en ninguna parte del Estado han querido investigar nada de nada porque todos son vendidos y todos son cómplices callados con plata detrás de este derramamiento de sangre como yo digo con mis volantes y con las pancartas —que yo puse en mi camión que me compré después de vender todo lo que trabajé yo en la vida y lo tuve que parquear en Bogotá porque ya me había ido por todo el país—, y siempre han querido callarme a mí, a Raúl Carvajal Pérez, con platas y con calabozos y con amenazas de muerte, pero ya están es matándome porque están convencidos de que lo único que les queda es mi muerte».

Richard de Jesús llamó a Oneida y a Doris Patricia porque necesitaba otras voces, y esas voces solían ser un alivio. Escuchó con cuidado reverencial, de hijo menor, la catarata de palabras y de instrucciones que vinieron después de decir «aló». Su hermana, que era la bruja de la tribu, le preguntó mil veces «¿cómo está saturando?», concluyó que el papá no se había estado tomando las pastillas para la diabetes por andar en las protestas, insistió e insistió en que la ivermectina era mejor que las vacunas contra el covid y le pidió que le enviara una foto para saber si era hora de irse al hospital. Se la envió. Era un retrato fúnebre como un óleo de lo poco que quedaba de don Raúl en una cara enjuta, sudorosa, de ojos cerrados por las lágrimas. Podía estar dormido o moribundo. Se le veía lisa y pálida la piel.

Experimentó todos los síntomas del desastre, todos, en cuestión de minutos. Se quejó entre dientes del dolor de cabeza. Se agarró de las sábanas, ansioso, como si pudiera irse por un precipicio. Se desgonzó varias veces sobre la almohada de la pura debilidad. Tembló. Se le escapó el corazón. Sudó frío. Tuvo un par de arcadas que no llegaron a nada. Se le escucharon las tripas porque no había comido nada quién sabe desde cuándo. Vio la sombra del Mono. Vio a su madre en el umbral de la habitación esperándolo para la hora de almorzar. Repitió su monólogo con palabras hechizas, entre tartamudeos y balbuceos y falsas alarmas y lapsus, hasta que se dio cuenta de que no sabía en donde estaba: «¡Sáqueme de aquí», le pidió a su hijo, «¡sáqueme por favor!».

Había que salir corriendo ya para el puesto de salud más cercano apenas colgaran. Don Raúl estaba a punto de un coma diabético y podía morirse allí.

Richard de Jesús le agarró la mano dormida, helada y huesuda, desde que llamó a la línea de emergencia hasta que le avisaron que ya habían llegado por su papá. Tuvo que luchar contra él con las manos y los pies —y no perdió la cabeza ni siquiera cuando su padre se lanzó a morderlo— porque ya no era el viejo que quería que su muchacho lo sacara de esa pieza, sino el viejo que creía que iban a matarlo. Se agarró del nochero: «¡Oneida!». Gritó, mientras Richard de Jesús lo alzaba desde la habitación hasta la ambulancia, yo no voy a hacer nada, yo me voy a quedar callado porque aquí ya no hay ciudadanos sino víctimas, y yo no tengo nada para decirle al hombre que atropelló a mi hijo porque yo sé lo que es manejar un camión largo por las carreteras de este país. Saturación: 79%. Presión: 137/92.

—¡Auxilio! —gritó en la puerta de salida—: ¡me van a matar!

Lo tenía rodeado un esquema de seguridad de médicos con trajes de covid. El único que no tenía tapabocas era su hijo: «Yo estoy bien», decía.

En el viaje en la ambulancia, desde el centro del centro de la ciudad hasta el Hospital Santa Clara de allá abajo, don Raúl le asintió a Richard de Jesús un par de veces como sonriéndole. Pero de resto fue claro que no estaba adentro de su cuerpo. Tardaron quince minutos en llegar a la entrada larga, de ladrillos de clases diferentes, sobre la carrera 14B. No pudieron entrar al garaje porque en pleno pico de la pandemia, cuando el mundo tendría que estar desierto, estaba repleto de carros. Pasaban al lado enfermeras y taxistas y cuarentones de tapabocas con las miradas puestas en sus propias vidas. Había una obra acordonada, de una acera, que entorpecía la escena. Era necesario parquear cualquier vehículo en el andén de enfrente porque el andén de las puertas estaba lleno de bolsas de basura apoyadas en postes, de ventas de mascarillas, de puestos de café y jugo y gaseosa.

A pesar de las motos, y de las personas que preguntaban por sus familiares perdidos en las unidades de cuidados intensivos, entraron por la puerta de rejas blancas en donde puede leerse «Ingreso de usuarios». Don Raúl, consciente e inconsciente de que iban en busca de doctores, cerró los ojos como el viejo digno que era. Alcanzó a escuchar la pelea de su hijo para que le hicieran el examen de diabetes. En el televisor de la sala de espera daban las noticias del día: seguían las protestas a muerte en las grandes ciudades del país, y llegaba a 292 el número de desaparecidos durante las marchas, y el Esmad se lanzaba a una batalla campal con los manifestantes del barrio San Mateo de Soacha, y la familia de Lucas Villa, el activista asesinado en Pereira, pedía justicia en el Congreso de la República, y el gobierno se negaba a recibir a la Comisión Interamericana de Derechos Humanos.

—¿A dónde me llevan? —preguntó el último aliento de don Raúl.

Y fue lo último que dijo, «dónde estoy», «dónde voy», porque pronto —«por obligación», dijeron, «así no tenga covid»— estuvo entubado en una camilla de un pasillo lleno de enfermos.

Había entrado al Hospital Santa Clara, con sus senderos sombreados por los árboles, varado en un coma diabético, pero dos días después, según les dijeron, era claro que podía haberse contagiado del virus. Se quedó atrapado en la UCI. No regresó. De nada sirvieron las tardes de Richard de Jesús en la capilla del lugar, ni las visitas de las mujeres de la familia, ni los mensajes de los amigos de estos últimos años, ni las explicaciones al director del centro de salud para que le dieran seguridad especial al Padre de la Resistencia porque todavía podía ser asesinado, ni los encuentros con el fotógrafo aquel, Bruno Sandstede, que venía a Bogotá a seguir trabajando en la instalación de *El cadáver viajero*, porque ya estaban tomadas la decisión del moribundo y la decisión de la muerte. Su hijo, arrinconado por las pérdidas de su negocio, tuvo que volver a Medellín a seguir el caso por videollamadas: «A él quieren matarlo», advirtió una y otra vez. El cuerpo de don Raúl Carvajal pasó dieciocho días más en este mundo —vaya usted a saber si su alma estuvo adentro todo ese tiempo— entre la espada y la pared. Trataron de desentubarlo. Quisieron quitarle la anestesia a ver cómo reaccionaba. Pero tuvo arrebatos de desesperación.

Y murió a las 11:11 a.m. del sábado 12 de junio de 2021, y de inmediato se vio su silencio y se vio su vacío.

¿Por qué no murió antes? Porque Doris Patricia pidió, en su esporádico muro de Facebook, que no los dejaran solos: «Les pido una oración con todo el corazón para que se levante nuevamente de la cama del hospital donde lo entubaron porque ya no alcanzaba su respiración», escribió. Pero sobre todo porque durante un par de semanas eternas la gente se le acercó a su cuerpo desalojado e inconsciente, en aquella estancia en la unidad de cuidados pediátricos del hospital, a repetirle «don Raúl: no se vaya a ir que están diciendo que Santos va a pedir perdón por los falsos positivos» o «don Raúl: agárrese de lo que se tenga que agarrar, que no era un rumor sino que era cierto, que van a darle a usted toda la razón».

Tiene que haber escuchado aquella noticia. Tiene que haberse enterado, allá en la dimensión en la que estaba, como si hubiera seguido sintonizando los titulares de la radio. Del Río dio la noticia de su muerte en las redes sociales: «Acaba de fallecer don Raúl víctima del covid luego de dar todas las batallas con entereza y valentía», escribió en un tuit retuiteado diez mil veces y celebrado en veintisiete mil ocasiones. «Perdió esta, pero su recuerdo y fortaleza deben habitar en cada uno de nosotros a través de su ejemplo», agregó. Y fue común escucharles a sus amigos y a sus conocidos y a sus deudos lo desolador e irónico que resultaba que hubiera estado en coma justo en los días en los que el expresidente Santos se puso en la tarea de hablar a las claras sobre las ejecuciones extrajudiciales.

Fue en la mañana del viernes 11 de junio ante la Comisión de la Verdad. Santos contó que estaba allí porque quería: «Yo dije que me gustaría aportar esta verdad», advirtió, de gafas redondas, en el hall de la sede de la institución creada por sus acuerdos de paz. Explicó las discrepancias de fondo que había tenido con Uribe desde un principio: «Compartíamos con el presidente su objetivo de derrotar a las Farc, pero teníamos diferencias en el cómo», dijo. «Él pretendía acabarlos militarmente porque nunca quiso reconocer la existencia de un conflicto armado y yo consideraba más viable una derrota estratégica para llevarlos a una mesa de negociación». Recordó luego al auditorio de académicos y comisionados y víctimas y periodistas que había entrado al gobierno de Uribe, al Ministerio de Defensa, cuando los falsos positivos llevaban años en marcha: «Al comienzo, no pasaban de ser rumores sin evidencia que los sustentara, y por eso no les di credibilidad, no, no me cabía en la cabeza que algo así pudiera estar ocurriendo», aclaró, «pero a principios de 2007 empecé a recibir informes de fuentes creíbles y empezamos a actuar». Entonces interpretó el asunto de este modo: «No me cabe duda de que lo que dio pie a estas atrocidades fue la presión para producir bajas y todo lo que se tejió alrededor de lo que muchos han llamado la doctrina Vietnam». Hizo, de una vez, una nota al pie: «En honor a la verdad, tengo que decir que Uribe no se opuso al cambio de esta nefasta doctrina que él mismo había estimulado». Y para terminar declaró, con ojos entristecidos de deudo, el párrafo de la historia de Colombia que la mitad del país negaba a muerte: «Me queda el remordimiento y el hondo pesar de que durante mi ministerio muchas, muchísimas madres, incluidas las de Soacha, perdieron a sus hijos —unos jóvenes inocentes que hoy deberían estar vivos— por culpa de esta práctica tan despiadada».

«Eso nunca ha debido pasar», continuó. «Lo reconozco y les pido perdón a todas las madres, y a todas sus familias, víctimas de este horror, desde lo más profundo de mi alma».

Cada cual recibió esas palabras como pudo. Se sintió que era mucho y era poco y era al menos algo. Hubo desconcierto, agradecimiento, rabia, admiración e indignación. Era, sin embargo, un hecho: la primera vez que un protagonista del Estado —de nuevo: un miembro de la familia que montó *El Tiempo*, un exministro de Comercio y Hacienda y Defensa, un expresidente que duró ocho años en el cargo— les decía a las víctimas «sí pasó», «no se lo están inventando», «es cierto». Y, aunque tantos señalen, como prueba de que el mundo es el teatro de la infamia, que el viejo acarreador no alcanzó a enterarse de que aquella figura lejana le había pedido perdón, lo cierto es que don Raúl Carvajal se murió al día siguiente después de haber escuchado —en la voz de un enfermero— la noticia de ese reconocimiento.

—Hora de la muerte —preguntó el médico de guardia.

—Once y once —contestó el auxiliar.

Y desde aquel segundo se quedaron huérfanas, despojadas, las escalinatas de la iglesia de Nuestra Señora del Perpetuo Socorro en San José de la Montaña, las faldas boscosas de las veredas de su infancia, los mercados de frutas y de pescados y de verduras en los que habría de tropezarse con su mujer, el puente sobre el río Sinú en el que se cruzó con los demás camiones hasta volverse un fantasma digno de recuerdo, el patio terroso de la casa de su familia en el barrio de El Dorado, las casas de paso de los hijos vivos y los hijos muertos, las estatuas que fueron testigos de sus hazañas en las plazas de Bolívar, las trochas llenas de huellas y de costras por los lados del municipio de El Tarra, el Monumento de los Héroes convertido en el parque del estallido social que alcanzó a celebrar, las paredes invisibles de la esquina de la Avenida Jiménez con la carrera Séptima de Bogotá, el furgón blanco *JAC* de placas **SKZ-508** que había sido el portavoz y el refugio y la tumba de los dos, y el muelle que salía de las playas de los primeros de enero de todos y que se iba yendo y yendo hacia el lugar en donde el cielo es por fin el mar.

Sólo quedaron los tres. Y los tres, Oneida, Doris Patricia y Richard de Jesús, regresaron a esta Bogotá estrecha e inclemente para participar en el homenaje que se le hizo a don Raúl Carvajal en el Centro de Memoria, Paz y Reconciliación el viernes 8 de octubre de 2021. Entendían bien, por supuesto, semejante situación. Tenían claro que el funeral había sido lánguido y absurdo como tantos funerales de tiempos de covid. Sabían de memoria que por esos días se cumplían los quince años del asesinato del Mono. Ya habían experimentado el cariño que la gente de la Avenida Jiménez con carrera Séptima le tenía al personaje. Y no era cierto, como tantos querían creer, que hasta ahora estuvieran poniéndose al día en la lucha de un padre que no sólo los visitaba y les atendía las llamadas con frecuencia, sino que era una silla vacía en todos los encuentros familiares. Y, sin embargo, ese viernes temblaban por dentro porque el duelo requiere valor y la realidad es siempre una sorpresa.

Fue un día extraño. Tuvo algo de bautizo. Tuvo algo de velación. Empezó en la luna creciente. Siguió con un cielo azul de nubes blancas que se ensombrecieron cuando ya había terminado el homenaje. Hubo noticias de todas las ralas: se habló, en el reporte diario del covid, de 4.969.131 casos, 4.812.120 recuperados, 126.552 fallecidos y 14.426 positivos activos; se señalaron las demoras en el aeropuerto El Dorado; se revelaron las cifras del hambre en La Guajira; se describió la masacre de cuatro personas en Anorí, Antioquia; se celebró el punto que se trajo la Selección Colombia de Uruguay; se relató entre la compasión y el espanto el primer caso de eutanasia sin enfermedad terminal; se contó la caída de la banda criminal que se valía de la brujería para evitar su captura. Pero los tres sobrevivientes de la familia Carvajal Londoño sólo se enteraron de las dimensiones de la muerte del padre.

El Centro de Memoria, Paz y Reconciliación, a unos pasos nomás de la bóveda del Cementerio Central, la 1.335, en donde fue sepultado don Raúl, se convirtió en el refugio y el escenario del luto. En el piso pedregoso del lugar, al lado del furgón blanco que iba a ser guardado allí, un grupo artístico llamado Malanga hizo una presentación llena de zancos y de tambores; un par de fotógrafos se dedicaron a tomar las fotografías que salvarán la escena del olvido; un puñado de mujeres de la organización de Madres de Falsos Positivos de Soacha se dedicaron a rodear con oraciones de las suyas a los familiares del difunto; un corrillo de prójimos habló de conseguir el dinero necesario para hacer una estatua de don Raúl en el mismo sitio en donde habían encajado una placa en su nombre; una pequeña multitud de recicladores, estudiantes, reporteros y primos paisas y costeños acompañó al viejo José Alvira, con su gorra de militar, a lanzarse un monólogo en nombre de las víctimas que encaran a esos victimarios que además criminalizan las protestas, y una serie de artistas callejeros se lanzaron a pintar sobre un lienzo enorme un retrato del Padre de la Resistencia: «¡Por nuestros muertos!, ¡ni un minuto de silencio!», gritaban las unas y los otros.

Oneida, de chaqueta azul oscura, pelo corto plateado, gafas pequeñas y tapabocas de tela blanca, se veía bien y a punto de llorar. Era reticente, por naturaleza, a las arengas, pero, sobre la pequeña tarima que habían montado para la ocasión, se lanzó a decir lo que pensaba: «Quiero que muchos sepan lo que significa el dolor de una madre. Tuve un excelente hijo que mataron porque conocía el valor de la vida. Un día me dijo: "Mamá, si me toca estar en el combate, estoy, pero una persona inocente jamás la mataré". Y pasó lo que pasó. Y el padre de mis hijos no lo pudo superar y la vida se volvió un infierno y se acabó el hogar. Yo tengo mucho dolor, pero no todo está perdido, no, mi Dios es grande y poderoso. Aquí estamos nosotros en memoria de Raúl Carvajal Pérez y vamos a seguir luchando para que se sepa la verdad. Espero que todo el esfuerzo que hizo, como Padre de la Resistencia, se vea bien fundamentado cuando los asesinos de los militares que se negaron a ser asesinos sean capaces de decirlo. Ahí nos daremos por bien servidos los que hemos sufrido esto. Todos los días le pido al Señor que ponga sus manos en el corazón de esas personas y que digan la verdad», dijo.

Doris Patricia, de chaqueta negra, cabello claro, mirada puesta en la memoria de su papá y tapabocas de ¿QUIÉN DIO LA ORDEN? al día, retomó las palabras que había pronunciado en los encuentros anteriores con los muchachos de las primeras líneas de las protestas: «Yo a veces le preguntaba "papá, ¿tú por qué sales en los noticieros madreando a todo el mundo?" y él siempre me respondía "hija, yo trato, pero cuando estoy que me reviento por dentro no encuentro palabras bonitas para decir ni argumentos para soltar, sino que me toca mentarles la madre para desahogarme", y eso le está pasando a medio país», reflexionó con la garganta atascada y en el borde de un llanto que tenía mucho de angustia. «Yo los invito a que esta bandera de mi padre sea la bandera de todos ustedes: no importa qué pensamiento les hayan colocado cuando eran pequeños porque este es el momento de parar la violencia y de cumplir la justicia y de recobrar la dignidad y de dejar de llorar a los vecinos y de no volver a sentir que a uno lo pueden matar a la vuelta de la esquina y de impedir que el pueblo se siga matando con el pueblo».

Se vieron abrazadas por desconocidos. Se vieron acompañadas de niños y viejos como los que los habían acompañado en junio y julio y agosto en aquella esquina bogotana que era el patio de su casa. Se vieron repitiendo el estribillo del rap que Israel David, el primer nieto, había terminado de componer cuando todo parecía indicar que había llegado la muerte: *Cómo y por qué fue que lo mataron*, cantaron, *el amor de la familia lo desmoronaron*. Se vieron protegidas, como había sido desde el principio, por Richard de Jesús. Se vieron entrevistadas por periodistas jóvenes, muy jóvenes, que de verdad querían escucharlas. Doris Patricia, en el papel de vocera, contó que iban a donarle el furgón el Centro de Memoria así a algunos les enfureciera, que iban a estar apareciéndose por los lados de la JEP, e iban a hacerlo todo, desde una serie de dibujos animados hasta una corporación de la familia, para «que esto no se acabe con la muerte de mi padre»: «Pedimos que aquel soldado raso que sepa la verdad sobre los mal llamados "falsos positivos" tenga la valentía de confesarlo», dijo a *El Espectador*.

Fue, en suma, una experiencia absorbente, estremecedora: «El ojo lloroso y le cae sal», solían pensar en voz alta los viejos en las mecedoras de El Dorado de Montería, «qué paliza de día». No era que los tres no hubieran recolectado suficientes pruebas ya de que aquella partida era en serio. Ya habían venido a llevarse el nochero de la habitación matrimonial, la estampita de Jesús, el sombrerito montañero, el saco café de algodón que dice **TAKE**, la copia de los *Comentarios de la guerra de las Galias* de Julio César, los cuadernos llenos de notas, los volantes, las botas habanas y las gafas sin sus ojos: ya habían sentido que les arrancaban para siempre un órgano vital, en fin, porque revisar y elegir los objetos de los muertos es el verdadero entierro.

No era, repito, que no hubieran entendido la noticia de aquella muerte. Tenían clara la lucha que habían librado para que no lo cremaran: «Nuestra religión no lo permite», dijeron al mismo tiempo. Y, sin embargo, estar ese viernes aquí, en Bogotá, les había removido aún más el paso de la vida.

Hacía unas semanas ya, cuando vinieron a reclamar su cuerpo, se habían dado cuenta en plena Plaza de Bolívar de que don Raúl Carvajal había hecho una familia en el centro de la ciudad. Cómo lloraba y lloraba y lloraba esa gente tan buena. Cómo lo extrañaban los niños y los ancianos de La Candelaria. Cómo lo evocaban los vendedores ambulantes de la esquina de la resistencia. Qué sinceros eran los abrazos que les daban y los pésames que les murmuraban. Qué tristes y qué felices eran las anécdotas de esos diez años: «El día en el que nos regaló su comida», «la vez en la que nos acompañó a protestar contra la reforma tributaria», «la noche en la que estaba convencido de que se había vuelto ciego». Qué solidarios habían sido todos con don Raúl. De dónde habían sacado plata para darle si nadie tenía. De dónde habían sacado la fuerza para ser una sola fuerza.

Nadie le agradece nada a Bogotá. Pero ellos tres, Oneida, Doris Patricia y Richard de Jesús, no sabían por dónde empezar a reconocerle a esta ciudad la compasión de sus extraños.

Y el viernes del homenaje, cuando cada cual comenzó a marcharse a su propia vida, empezaron a sentir que irse de la ciudad era abandonar la casa de don Raúl a merced de la incertidumbre. Habían dejado de tener amigos, en los últimos años, porque en medio de semejante lucha cualquiera podía volvérseles en contra. Pero se despidieron de los compañeros de lucha de don Raúl como si fueran las únicas personas con las que podían ser ellos mismos: «Hágame caso, mijo, ivermectina», les recomendó Doris Patricia porque les hacía esa recomendación a todos los cercanos. Y al final los tres, hechos a la idea de ser evangelistas a partir de esa despedida, no les prometieron que seguirían adelante con la historia y con la historia de la historia porque no había nadie allí que no lo diera por hecho.

Cuando cerraron por última vez la puerta del furgón blanco, y se dirigieron a la salida de rejas negras del Centro de Memoria, Paz y Reconciliación, Doris Patricia se dio cuenta de que le estaba entrando a su celular una llamada de su marido. El leal de Iván, que la había acompañado a los viajes anteriores, que había estado allí cuando les habían robado el celular o cuando unos extraños le habían dado a Oneida instrucciones para perderse en Bogotá —«Dónde está, madre, mire a ver el nombre de la calle», le rogaba Richard de Jesús—, quería preguntarle si habían tenido algún problema de aquellos. Ella dudó en responderle porque ya no había cielo y estaba empezando a lloviznar, y era un error cantar victoria, pero le dijo «ya estamos saliendo» para decirle alguna cosa.

—Ya están saliendo —repitió, de la nada, la voz de algún desocupado que estaba interceptándoles la llamada.

—Cuelgo para colgarles a los que sabemos —dijo Doris Patricia, y prometió llamar después.

No tenía miedo. De qué si ella no sabía nada nuevo de nadie, ni estaba pidiendo más que justicia. Para qué si ella nada tenía que ver con los paros, ni iba a decir nada que no estuvieran confesando otros en las audiencias del tribunal de la paz: «Matamos a personas en estado de indefensión», «fueron crímenes de guerra hechos de manera sistemática contra población inocente», «no son errores, ni excesos, ni daños colaterales: son claramente asesinatos», «engañamos a muchachos con falsas promesas y los llevábamos al sitio donde se encontrarían con la muerte», «durante años mantuvimos esta farsa», «nunca les creyeron a las víctimas sus denuncias y han tenido que caminar un camino muy largo para encontrar algo de verdad», «tenemos la oportunidad de decirles lo que realmente pasó con sus seres queridos», diría, seis meses después, aquel comandante Tamayo al que don Raúl señaló desde el principio. Y Doris Patricia sentiría alivio y rabia y consuelo.

Pero miedo no, Señor, te damos las gracias por librarnos de esa sombra adentro.

Desde que salió del Centro de Memoria ese viernes, quince años después de que se le metió en las tripas, dejó de sentirla. Ya qué. Ya pa' qué el espanto de la madrugada. Ya no más ese temor diario, entre las uñas, que no la dejaba pensar. Ya no más esa culpa de seguir viviendo que sienten en vano los hijos de los padres tercos: «Yo le dije que se tomara los remedios», soltó, a la nada, en voz alta, «yo le dije que se pusiera bien el tapabocas en las marchas». Ya no más, de paso, esa tristeza cenagosa. Sintió nostalgia, eso sí, porque sus hijos seguían preguntando si alguna vez el Abuelo Bombón —que era un abuelo mágico— iba a volver. Se dijo, mientras abría la sombrilla que le había regalado un señor del movimiento de víctimas, que al menos estaban juntos, pero se apuró a decirse a sí misma que estar juntos lo era todo.

De tanto padecer los embates de cada día puede irse olvidando que la vida no es la agenda, sino la casa. Pero ella, Doris

Patricia, sabía volver todo el tiempo a la imagen del muelle en el que todos lamentaban que el abuelo se estuviera perdiendo esas olas de esas tardes. ¿Y si nos está viendo? ¿Y si es los bombillos temblorosos? ¿Y si es él quien nos vive metiendo en la cabeza que la alegría es el refugio? ¿Y si está al ladito cuando estamos todos juntos porque se niega a perderse la playa? Puede que por allá ya esté muerto, se decían por turnos, pero yo creo que aquí sigue vivo.

Don Raúl Carvajal sabe que ya es hora de irse a descansar. De la Plaza de Bolívar siguen viniendo las arengas de las protestas. Hay murmullos de misa en la iglesia de San Francisco. Pero se está enfriando la oscuridad de Bogotá. Los vendedores ambulantes de la esquina de la dignidad, que tumban sus mercancías en tapetes de colores, son reemplazados por los mendigos que pasan las noches bajo los umbrales de piedra del centro de la ciudad. Los muchachos del paro se han ido después de invitarlos a todos al Monumento de los Héroes, a setenta cuadras de allí, para oficiar el estallido social que vendrá. Y, como todos los atardeceres de su vida, don Raúl empieza la tarea de amontonar en el remolque de su furgón blanco las pancartas, la bandera de Colombia, la pila de volantes, el montón de notas de prensa sobre las persecuciones, el maniquí del cadáver de su hijo y las fotos colgadas de las cuerdas de ropa.

Nadie lo está viendo, no, nadie más le grita «mamerto» ni «guerrillero» ni «comunista» porque ya qué. Echa en una bolsa plástica las imágenes del día en el que los campesinos le contaron que el combate no había sucedido jamás, del día en el que un alcalde uribista le hizo guardar el camión, del día en el que unos agentes de la ley lo sacaron a sombrerazos de un encuentro de víctimas por ponerse a insultar a la gente del gobierno con nombre y apellido, del día, de hace poco, en el que presentó su caso en la JEP. Vuelve un puño el retrato del general que solía repetir «a mí denme de baja a los capturados». Guarda el letrero que últimamente le ha dado por poner: **USTED TAMBIÉN PUEDE AYUDAR A DENUNCIAR ESTE MISERABLE Y COBARDE CRIMEN DE ESTADO. CON SU CELULAR GRABE UN VÍDEO Y PUBLÍQUELO EN LAS REDES SOCIALES**

**PARA QUE SE HAGA VIRAL**. Acomoda con sumo cuidado la fotografía en la que su esposa cuelga el retrato de su hijo asesinado. Revisa el cuaderno de memorias en donde anota de paso cada una de las donaciones que le llegan de la nada. Busca hasta encontrar el documento de la alcaldía que lo autoriza a parquear el furgón *JAC* de placas **SKZ-508** todos los días en la misma esquina. Se frota con las palmas los dorsos arrugados de las manos. Se envuelve en la bufanda de rombos en blanco y negro. Se sube la cremallera del saco hasta la manzana de Adán. Se acomoda el audífono que le regalaron —y que suele apagar cuando deja esa esquina porque sospecha que tiene un GPS que les sirve para localizarlo— y entonces confirma que la Avenida Jiménez se está quedando sin los ruidos del día.

La señora Marina, la vendedora de los jugos de naranja y los salpicones que ya se ha quitado su delantal y se ha cambiado para volver a su casa, aparece de golpe para despedirse. Siempre lo ha hecho, pero lo ha estado haciendo más, aún, desde la vez en la que tuvieron que ponerle una pipa de oxígeno e inyectarle solución salina al viejo porque se resistía con pies y con manos a ir al hospital. No es que diga mucho: apenas balbucea «adiós, mi viejo, hasta mañana». Pero luego se queda pasmada un buen rato como si estuviera tratando de recordar alguna verdad. Y entonces don Raúl se ve forzado, por él mismo, a responderle «usted sabe que yo de aquí no me muevo: usted sabe que yo voy a morirme en esta esquina» en vez de prometerle que van a verse al día siguiente.

—Yo estoy tirando las últimas moneditas para ver si caen con la cara pa' arriba —agrega por si acaso.

—Es que ahorita lo vi regular tirando a mal —le contesta la señora con la sombrilla del regreso bajo el brazo.

—Yo sí siento rabia y sí siento odio, mi señora, pero de aquí yo no me voy —le repite.

Hubo un momento hacia el final de la tarde, cuando ya todo el mundo estaba yéndose a la Plaza de Bolívar, que un par de imbéciles de mejor familia le gritaron «¡no tengo plata, amigo!», «¡vaya pues a trabajar!», «¡subversivo de mierda!», «¡agradezca más bien que su ejército lo cuida!». Nunca los había visto por allí. Iba a olvidarlos, por la gracia del Señor, en un par de horas. Y, sin embargo, perdió el control por unos cuantos minutos porque conocía de memoria aquella raza de ciegos a la desgracia de los vecinos, de petulantes, de ociosos, de caritativos, de rateros de cuello blanco, de rezanderos que llegan a misa de siete armados hasta los dientes, de muchachitos repletos de amor propio comprado con tarjeta de crédito por sus papás, de negacionistas de una guerra que según ellos es una fantasía de izquierda, de malparidos que pasan de afán junto a los harapos porque el mundo es así, de alérgicos a las primeras planas de los periódicos nacionales, de convencidos desde muy niñitos de que el pobre es pobre porque quiere, de defensores de la sinvergüencería de los comandantes que ordenan bombardeos y ráfagas caiga quien caiga, de babosos, de traidores bilingües que cambian de acera cuando ven venir a un desmoralizado, de buhoneros de cosas inútiles e invisibles que pueden buscarse en las redes sociales, de silbadores del himno que levantan el pulgar cuando se cruzan con alguna cuadrilla de soldados que algún día serán traicionados por sus superiores, de repugnados que están convencidos de que las víctimas quieren vivir gratis de la gente que ha luchado tanto para salir adelante, de verdaderos profesionales en relativizar el horror que están viviendo en las tierras calientes del país, de vengadores de la clase media convencidos hasta la médula de que decirles verdades e insultar a los poderosos son actos terroristas, de herederos de una victoria por los siglos de los siglos que habrá de convertirse en derrota a la vuelta de la esquina, de señoritos perfumados desde la cabeza hasta los pies no vaya y sea que se les pegue la miseria.

Él, por supuesto, soltó un monólogo exasperado de los suyos que olvidó unos minutos después: «Yo no puedo porque yo no estudié y porque los medios han estado convenciendo a los desinformados de que yo soy un loco más de este país, pero ojalá alguien tenga la berraquera para publicar que a las gentes como ustedes dos, o como esa manada de asesinos de los muchachos de estrato uno que ustedes niegan, solamente puede perdonarlos es Dios porque Dios es el único que no quiere matar y porque nosotros no tenemos por qué perdonar esos crímenes cobardes», les gritó a sus espaldas, con la cara púrpura y la voz entrecortada, durante más de una cuadra, «nunca muere un hijueputa coronel, no, sólo morimos los hijos y los padres que no nos queremos callar, pero yo a ustedes los maldigo».

Ya a esta hora, la hora de salida, se siente menos mal. Cada final de tarde, hacia las siete, cuando está terminando de recoger su museo y acaba encaramado en el techo del camión, nota que hizo lo mejor que pudo y ya se fue el día y mañana lo va a volver a hacer.

Y, como empieza a haber menos exclamaciones y menos pisotones y menos rifirrafes, como nadie lo está viendo, no, nadie lo ve, se le acerca el perro criollo de pasos cortos que ha estado acercándosele —un día sí, un día no— en las últimas semanas.

El perro callejero, de pelaje renegrido, de orejas grandes y puntudas, de barbas amarillas y de mirada resignada, sigue a don Raúl Carvajal mientras consigue desatar las cuerdas de tendedero que suele amarrar al semáforo, al tubo verdoso de PVC y al poste de la luz que ahora sí lo es. Se dedica a vigilar al viejo, como una cámara, a unos cuantos pasos del camión. Espera a que ya no haya rastros de la galería de la impunidad. Sabe que aquel hombre de gafas que a veces le regala comida está agotado, consumido por los embates de la jornada, porque de tanto verlo ha aprendido a leerlo. Se le acomoda al lado cuando lo ve recuperar las fuerzas con golpes de tos, ¡tos!, ¡tos!, ¡tos!, sentado entre las puertas del remolque del camión. Ya no les teme a las palmaditas cariñosas que él le da.

Don Raúl se baja de un salto. Camina hacia adelante como venciendo la gravedad. Cierra con cuidado las puertas del camión, clic, listo a repetirle al perro callejero que si pudiera se lo llevaría a vivir por allá con él. Se deja escoltar hasta la puerta de la cabina. Le acaricia la cabeza como si fueran a

222

verse dentro de muy poco. Le dice «vaya para allá, vaya para allá» en vez de decirle «téngale cuidado a esta oscuridad». Se echa la bendición en el nombre del Padre, del Hijo y del Espíritu Santo. Se monta en el puesto del piloto a experimentar esa soledad de acarreador que no es un dolor, sino un consuelo. No le gusta dejar al animal a merced de la calle, ni le parece bien seguirle diciendo «el perro» por temor a nombrarlo, pero lo alivia ver vacío el puesto del copiloto.

Enciende el carro de un solo golpe. De la radio vienen las noticias de una pandemia que en plena Semana Santa, por segunda vez, tiene acorralados a los enfermeros, a los comerciantes de las islas, a los jueces. Busca alguna canción de Los Visconti en el dial pero a duras penas tropieza con un programa de humor que no viene al caso. Baja el volumen del aparato porque ese reguero de ingenios lo pone nervioso. Da un pitazo para que el perro le ladre. Se fija, por el retrovisor, en que el animal agarre su camino a donde sea: «Vaya para allá, vaya para allá». Se baja a la carrera Séptima por la rampa enladrillada, gira en contravía y agarra calle abajo por la desierta Avenida Jiménez como dándoles la espalda a los edificios que vieron las revueltas y los fusilamientos «en otros momentos más oscuros de la historia de Colombia».

Hay un reguero de bolsas de basura, negras y blancas y rotas, en el sardinel junto a la entrada de aquel túnel cerrado para siempre bajo la Avenida Jiménez.

Hay una fila de unas veinte personas con tapabocas a la espera de un bus que tendría que haber llegado hacía una media hora.

Hay un par de recicladores metiéndose por los callejones con una carreta de madera llena de cadáveres de objetos.

Y él, don Raúl Carvajal, va despacio. Va calculando los minutos que lleva en esas y los minutos que le están haciendo falta para echarse a descansar. Va deseándose a sí mismo una noche larga y sin sueños que le remuevan los sueños. Va fijándose en las trampas de la calle porque si algo odia en la vida es un conductor que deje de ponerle atención a lo que está pasándole en los cuatro puntos cardinales: «¡Cuidado ahí!». Se pregunta, mientras se busca el camino de vuelta sin ser arrollado por los buses, si tendrá cuentas y conversaciones pendientes por ahí. Sí, nadie puede morirse, si uno lo piensa con cuidado, porque el trabajo es infinito, porque siempre está haciendo falta que se deje una familia en la otra orilla o se complete una tarea o se dé la reivindicación o se logre una despedida o se haga justicia. Sólo unos cuantos afortunados son bendecidos con una muerte que redondee la trama con un clímax. Pero él se está preguntando si su esposa, sus hijos y sus nietos tendrán así de claro que los quiso: «¿Ustedes lo saben?».

«Ya no hay santa Lucía que valga», «arrieros somos y en el camino nos encontramos», «el que nada debe, nada teme», «si no sabes para dónde vas, ni salgas», «no crea que el indio es pobre porque la maleta es de hojas», «amanecerá y veremos», «para todo hay remedio menos para la muerte», «a burro negro no le busque el pelo blanco», «a lo hecho, pecho», le dicen sus muertos desde San José de la Montaña hasta acá.

¿Pero habrá sido capaz él, don Raúl, de hacer fuertes a sus hijos? ¿Habrá conseguido dejarles en claro que tenían e iban a tener a su papá pasara lo que pasara? ¿Podrán leer los mapas y encontrar los lugares cuando él se vaya? ¿Cantarán juntos, cuando él no esté, *déjame con mis harapos: son más nobles que tu frac*? ¿Sí consiguió enseñarles, por su comportamiento de antes y después, que era mejor la terquedad que la derrota, que ser el estafado era preferible a ser el estafador, que sonreírles a los niños conocidos y desconocidos era un sacramento, que empezar el día desde temprano le servía a todo el mundo, que desperdiciar el espíritu era el único pecado, que la fidelidad era el corazón y tragarse las tragedias como tragando barro era escupirles a las víctimas?

¿Se me notó el amor por ustedes? ¿Lo vieron? ¿Lo sintieron? ¿Lo tocaron? ¿Supe darles las gracias por mi vida?

El furgón blanco se va perdiendo en el tránsito a los trancazos de las siete de la noche. Se ve grande ese camión corto, resumido, si uno lo tiene a unos pasos nada más. Se ve pequeño como es, como se ve ahora, si a lado y lado se le pegan un par de taxis sin pasajeros. Y parece una anécdota, con sus denuncias a los cuatro vientos, cuando es señalado por los pasajeros aturdidos de algún bus articulado de tres vagones de los que siguen por allá. Pero en este preciso momento es una carroza fúnebre que va del funeral al entierro y es un féretro que va descendiendo al centro de la Tierra. Salta en un cráter de la calle. Se va a meter por las callejuelas que van a dar al descampado en donde se parquea cada noche. Ya, por hoy, no lo vamos a ver más, pero mañana su historia vuelve a comenzar.

Don Raúl Carvajal le echa una última mirada a su esquina, la esquina de su resistencia, a través del espejo retrovisor: ojalá el día siguiente esté limpia, vacía, para él. Ve después, porque se cruza la mirada con su reflejo, los ojos entrecerrados, las cejas pobladas, los bigotes clásicos, las mejillas caídas, las manchas del sol de agua de Bogotá, las sombras de su sombrero de viejo. Se fija en el camino por venir, ojo ahí, porque jamás va a permitirse la vergüenza de conducir mal. Desde aquí se está viendo idéntico a sí mismo. Se está pareciendo cada vez más y más y más a su historia. Se está volviendo la silueta inflexible e innegable de un padre que se acuesta temprano para levantarse temprano a ser un padre. Y que, de cara a todas las eras, anda haciendo su gesto de yo no me voy a callar.

# Agradecimientos

Yo vi un par de veces a don Raúl Carvajal, a lo lejos, en aquella esquina suya —e incluso llegué a escucharle un monólogo breve e interrumpido—, pero la verdad es que pude escribir *El libro del duelo* gracias a su familia: gracias al testimonio lleno de giros dramáticos de Doris Patricia Carvajal, en especial, que fue mi guía por tantas escenas y la voz de mi consciencia durante ciertos pasajes, y gracias a las voces oportunas y generosas de Oneida Londoño, Richard de Jesús Carvajal e Iván Quintero. Dejo constancia de lo mucho que me sirvieron los recuerdos de tantos de sus amigos y de tantos de sus testigos en la calle: las declaraciones de Carlos Castaño el bueno, en especial, me dieron las dimensiones de semejante viaje por la verdad. Y quedo eternamente agradecido con el compasivo Miguel Ángel del Río, tan buena compañía, por ponernos a todos en contacto.

*El libro del duelo*, que es, sin duda, una novela, pudo ser como es porque durante más de una década un puñado de estupendos periodistas retrataron —en los espacios de *El Tiempo*, de *El Espectador*, de *Noticias Uno*, de *El Heraldo*, de *Pacifista*— la lucha de don Raúl en cuerpo y alma: los talentos de Jhoan Sebastián Cote, de José Noé Espinosa, de Laura Langa, de Álvaro Lesmes, de Nelson Lombana, de Álvaro Lozano Gutiérrez, de Valentina Parada Lugo, de Carolina Ortiz Narváez, de Diego Pérez, de Carlos de Urabá me sacaron de varios callejones sin salida. El retrato de Carvajal que hizo el generoso Carlos Bernate, un tejido de palabras y de fotos, me confirmó la belleza de esta historia: qué suerte contar con una de aquellas imágenes en la cubierta del libro. La conversación de Doris Patricia Carvajal con nuestro amigo Diego Rubio, que fue,

227

como era de esperarse, un gran apoyo, me abrió nuevos caminos. *El cadáver viajero,* un bello, estremecedor trabajo del fotógrafo Bruno Sandstede y el artista Abel Azcona que toma su título de una estupenda crónica de *Semana,* me hizo sentir parte de un colectivo dispuesto a cuidar una historia de todos para todos.

Cada vez me sirve más sentir que algún lector de carne y hueso está esperando lo que estoy escribiendo: César López me hizo parte de su banda musical por la memoria llena de historias semejantes a la de los Carvajal Londoño y yo lo mantuve cerca como un testigo de la escritura; Daniel Samper Ospina me preguntó todo el tiempo en qué iba don Raúl, en vez de decirme que no desfalleciera, porque lo suyo ha sido respaldarme como un hermano; Marcela Romero, mi mamá, se me fue convirtiendo en la receptora ideal de este relato no sólo porque me estuvo diciendo que era necesario, sino porque página por página me sentí viviendo su enorme sensibilidad, su compasión; Carolina López, mi esposa, mi editora, fue cada día más la vida y la fortuna que yo estoy viviendo: se fijó línea a línea, por supuesto, en que este evangelio cumpliera su promesa, pero fue, sobre todo, mi contexto.

«**Para viajar lejos no hay mejor nave que un libro.**»
Emily Dickinson

# Gracias por tu lectura de este libro.

En **Penguinlibros.club** encontrarás las mejores
recomendaciones de lectura.

Únete a nuestra comunidad y viaja con nosotros.

**Penguinlibros.club**